周作人 著
谢冬荣 整理

知堂古籍藏书题记

国家图书馆出版社

图书在版编目(CIP)数据

知堂古籍藏书题记 / 周作人著, 谢冬荣整理. — 北京 : 国家图书馆出版社, 2023.2

ISBN 978-7-5013-7260-7

Ⅰ. ①知… Ⅱ. ①周… ②谢… Ⅲ. ①私人藏书—题跋—作品集—中国—现代 Ⅳ. ①I266 ②G256.4

中国版本图书馆 CIP 数据核字(2022)第140622号

书　　名　知堂古籍藏书题记
著　　者　周作人　著　谢冬荣　整理
责任编辑　王燕来
装帧设计　爱图工作室

出版发行　国家图书馆出版社(北京市西城区文津街7号　100034)
　　　　　(原书目文献出版社　北京图书馆出版社)
　　　　　010-66114536　63802249　nlcpress@nlc.cn(邮购)
网　　址　http://www.nlcpress.com
经　　销　新华书店
印　　装　北京雅图新世纪印刷科技有限公司
版次印次　2023年2月第1版　2023年2月第1次印刷

开　　本　710 × 1000　1/16
印　　张　26
书　　号　ISBN 978-7-5013-7260-7
定　　价　128.00元

序　言

鲁迅与周作人在中国现代文学史上有着极为重要的地位，两人文风各有其独特性，尤其是周作人那平淡如水的文风，在其当世就有着重要影响，他的弟子废名、俞平伯、江绍原、沈启无等人的作品中，或多或少都表现出知堂风格。

周作人文风的形成也受地域文化的影响，他在《雨天的书》自序二中说："这四百年间越中风土的影响大约很深，成就了我的不可拔除的浙东性，这就是世人所称的'师爷气'。"

显然浙东文风对周作人有着重大影响，然他在1906年到1911年间居住于日本，传承近三百年的江户文化也对周作人的文风产生了重大影响。他在《与友人论怀乡书》中说："浙东是我的第一故乡，浙西是第二故乡，南京第三，东京第四，北京第五，但我并不一定爱浙江。"

周作人给他心中的故乡排出了这样的座次，想来是在总结哪些地区对他的观念构成过影响。其实除了地域影响外，环境和心态的变化也会改变写作文风以及相应的文体，他在《书房一角》的原序中对个人文体的转变做出了如下分期："我写文章始于光绪乙巳，于今已三十六年了。这个时间可以分为三节，其一是乙巳至民国十年顷，多翻译外国作品，其二是民国十一年以后，写批评文章，其三是民国二十一年以后，只写随笔，或称读书录，我则云看书偶记，似更简明的当。”

周作人说他从光绪三十一年开始写文章，此年即公元1905年，写作36年之后，他将自己文体的转变区分为三个阶段，第一个阶段主要是翻译外国作品，第二阶段主要是写批评文章，第三个阶段是从1932年之后，他自称只写读书录式的随笔，以他的话来说，就是看书偶记。

其实周作人的第三期文章主要是有选择性地摘录古书，同时做出夹叙夹议式的点评，他的这类文章在社会上产生了不小的影响。钱玄同在1939年1月14日给周作人的信中说：“鄙意老兄近数年来之作风颇觉可爱，即所谓‘文抄’是也。”

显然钱玄同把周作人称为“文抄公”并无贬义，他认为这种文体有可爱之处。当时朱自清对周作人的《中国新文学源流》一书颇有微词，但他说周作人的文抄看似简单，却有着一般人难以达到的高度：“有其淹博的学识，就没有他那通达的见地，而胸中通达的，又缺少学识；两者难得如周先生那样兼全的。”

正是因为周作人所创的文抄体有着独特的韵味，故这类文章发表后引起不少人纷纷效仿，而藏书家们最喜这种文体，例如阿英、叶灵凤、唐弢、黄裳等都在模仿周作人文抄体中的委婉含蓄。因此可以说，周作人的文抄体乃是有着独特风格的书跋或者题记，用当世的说法，或可称之为书话。

写书话类文章，首先要有相应的藏书，周作人在幼年之时就有藏书之好。光绪二十一年（1895），周作人10岁，他与哥哥周树人和弟弟周建人各从压岁钱中拿出50文，在周作人的提议下，用这笔集资买下了一部和刻本的《海仙画谱》。在此后的岁月中，无论到哪里，他都会广泛地收书，经过多年的积累，他有了不小的藏书规模。

梁实秋曾前往北平西城八道湾去拜访周作人，他在那里看到周作人的居所有正房三间，其中两间都用来藏书。梁实秋估计里面陈列了18个书架，可见周作人的藏书已成规模。当时梁实秋注意到这些书中既有西书也有中文线装书，因为只是匆匆一瞥，梁实秋并未留意到周作人藏了哪些书。

周作人在其晚年所写的《知堂回想录》中，谈到他的收书准则可分为八大类，这八类中既有儒家正统书，也有子部佛经类著作，同时他还留意博物类书，比如《农书》《本草》等等。从留存至今的苦雨斋旧藏来看，周作人的藏书路数与其兄鲁迅颇为相像：都不注重版本，更为注重内容的可读性。

正因如此，周作人在阅读这些书时，时常会把一些感悟书写在读本的空白处，这些题跋大多短小精悍，但却能够表达出周作人对一些问题的看法。因此，若想全面地研究周作人的思想，以及他的书跋体，就必须要系统研读周作人在其藏书中留下的题记和跋语。

二十余年来，市面上出现了不少周作人的手稿，甚至还有沈尹默为周作人所书的“苦雨斋”匾额，然而他的藏书却少有出现，这种现象也说明了苦雨斋旧藏大多没有流散出来。事实上，他藏书中的主要部分现在藏于国家图书馆。

周作人生前并没有将他在书中所写题跋汇集在一起，日本投降后，周作人以汉奸罪被判刑十年，他的家产以及藏书被没收，故而搜集他所书的题跋变得颇为困难。

近些年来，国家图书馆的谢冬荣先生将该馆所藏周作人旧藏之书加以整理，他先将部分整理之文发表在《文献》上。我拜读后感叹于谢先生梳理之详，使我对周作人的藏书理念有了更加立体的认识。周作人在1942年4月到1943年1月间，曾经担任过敌伪时期北大图书馆馆长一职，尽管他为北大图书馆购买了不少善本，但因他任职时间较短，故他为北大图书馆作出了哪些贡献，外界其实知之甚少。如今读到谢冬荣先生辑出的这些题记，让我突然有了个小想法：如果将藏在各个公共图书馆的周作人题记一一辑出，能否梳理出周作人完整的藏书理念呢？期待着谢先生能够有更多的发现。

韦　力

2020年12月

凡 例

一、本书所收录的知堂题记皆据国家图书馆所藏古籍上的周作人手迹整理而成；

二、全书收录知堂题记一百二十条，其中四十九条之前已有论著揭示，七十一条系首次公布；

三、每条题记由释文、注释、书影三部分组成；

四、知堂题记一般书写工整，识读较易，个中亦有难以辨别之处，为便于读者，现据题记手迹全部整理、标点；

五、注释主要说明所题古籍的书目信息、题记内容中提及的人或事、周作人书话或日记等著作涉及的相关内容等等，以作参考；

六、书影包括题记书影和古籍书影，后者一般以卷端为准，既可见题记手迹，又可见古籍面貌；

七、限于时间和条件，整理者未查阅馆藏全部的知堂藏书，书中的题记尚有待发掘之处。

目录

虎口日记

民国二十二年元日午后游厂甸，于摊上得此册。十余年前读《补勤诗存》，知有此书，求之不可得，今于无意中遇之，亦可喜也。次日重订讫记。知堂。

廿九年二月廿三日再阅于北平。

《虎口日记》，清鲁叔容撰，清光绪二十二年（1896）福州刻本。鲁叔容生平不详。本书前有同治元年（1862）陈元瑜序、秦树铦等人题辞。日记起咸丰十一年（1861）九月二十九日，讫同年十二月十九日。内容主要记载太平天国占领绍兴之时著者的所见所闻。卷端著者署“于越遁安子述”。

周作人撰有《〈虎口日记〉及其他》一文，对此书叙述较为详细，其中谈及自己的乡曲之见时说，一面搜集乡贤著述，“一面我又在找寻乱时的纪录，这乃以洪杨时为主，而关于绍兴的更为注意，所得结果很是贫弱，除了陈昼卿的《蠡城被寇记略》，杨德荣的《夏虫自语》一二小篇以外，没有什么好资料，使我大为失望。后来翻阅陈昼卿的《补勤诗存》，在卷十三《还山酬唱》中有一诗题云，《鲁叔容虎口见闻录》，小注云，‘绍城之陷，鲁叔容陷贼中，蹲踞屋上，倚墙自蔽，昼伏夜动，凡八十日，几死者数，仅以身免，然犹默记贼中事为一书，事后出以示人，不亚《扬州十日记》也’”。文中对购买此书的经过也有涉及，并对其书名和著者略有考证：书名方面，认为“岂最初实为见闻录，其后又改为日记欤”；著者方面，引用《乡隅纪闻》认为鲁叔容年七十卒。[1]

[1] 周作人：《〈虎口日记〉及其他》，载《知堂书话》（周作人著文，钟叔河编订），中国人民大学出版社 2004 年版，第 841—844 页，下引此书，只注明书名及页码。此文作于民国三十二年（1943）癸未十月二十日，1944 年 1 月刊《风雨谈》9 期，收入《苦口甘口》。

民國二十二年元日午後游廠甸於攤上得此冊十餘年前讀補勤詩存知有此書求之不可得今於無意中遇之亦可喜也次日重訂綫記

知堂

廿九年二月廿三日再閱於北平

虎口日記

於越遯安子述

咸豐十一年辛酉九月二十九日甲寅辰時赭賊襲紹興府城陷大風雨先是總兵饒廷選督兵潰諸暨令許瑶光傷遁賊乘間直撲暨邑事已岌岌官與紳尚各執己見不脩武備余心竊憂之是日黎明遣僕出城買舟擬赴鄉寓慰老母心不意賊奪西門入守城兵勇捍衛團練大臣王副都履謙及諸當道盡出五雲門棄城東遁任賊欵叚而入余聞警卽至吳山板橋遇鄰友孫康海肇圻方以人言洶洶正共相疑訝間俄見披髮跣足

海东逸史

明亡后二百四十年此书终得出世，可谓有幸矣。同时邵武徐氏亦刻入丛书，无序跋，不知所据何本，校订不甚精。此有孙彦清序，稍有校注。卷十八董守谕以下四人，徐本不列目，固失之，而此本别据传记补入，本文似亦有过犹不及之嫌。眉间有朱批，不知出何人之手，殆亦是长恩阁之流，可以宝重也。民国壬午十二月廿六日，以十金得此书于北京，因记。知堂。

《海东逸史》十八卷，清翁洲老民撰，清光绪十年（1884）慈溪杨泰亨饮雪轩刻本。翁洲老民生平不详。

谢国桢先生的《增订晚明史籍考》对《海东逸史》一书有详细的论述："是书纪鲁监国事，书为纪传体……称郑成功奉鲁监国曾驻澎湖，后又迎居金门，为他书所不载。罗列鲁监国诸臣事迹，忠义遗民抗节遗事琐闻，而尤以记舟山事为最详。"关于作者"翁洲老民"虽不知何许人，但“当是明季遗民而作于清康熙时也”。[1]

该书除了光绪十年本外，后又有《邵武徐氏丛书》本、《四明丛书》本。题记中所言“长恩阁”是晚清著名藏书家傅以礼的藏书处。傅以礼（1827—1898），字节子，浙江会稽（今绍兴）人，官至道员，藏书处不仅有长恩阁，还有七林书屋、华延年室等。

[1] 谢国桢：《增订晚明史籍考》，上海古籍出版社 1981 年版，第 586—587 页。

明亡後二百四十年此書始得出世可謂有幸矣
同時邵武徐氏亦刻入叢書無序跋不知所據何
本校訂不甚精此有祁彥清序稍有校注卷十
八蔡升論以下四人徐本不列目因失之而此本別據
傳記補入本文似亦有過猶不及之嫌眉間有朱批不知
出何人之手殆亦是丙恩閣之流可以寶重也民國
壬午十二月廿六日以十金得此書於北京因記 知堂

知堂書記

以派謚曰孝見續表忠記

海東逸史卷一

翁洲老民手稿

監國紀上

慈谿楊泰亨理庵校刊

王諱以海太祖第十子荒王檀九世孫也父肅王壽鏞以崇禎九年襲封十二年薨子以派嗣十五年北兵破兗州自縊死十七年二月詔以王紹封三月京師陷王避兵南下五月福王立於南京命徙封江廣暫駐台州乙酉五月南京亡踰月潞王常淓監國於杭州不數日出降按小腆紀年諸臣請監國不受明季南略云杭人擁戴之大兵至郎開門率衆降○是刻考異均註首見處餘不複閏六月九日按紀年東陽兵起在諸義旅後此或當作十九日原任兵部尚書右僉都御史張國維自杭州來朝請王監國會故九江僉事孫嘉績吏科給事中熊汝霖起兵餘姚刑部員外郎錢肅樂起兵甯波蘇松兵備僉事沈宸荃起兵慈谿並奉表至台而會稽諸生鄭

触藩始末

《触藩始末》三卷，琴阁主人记咸丰七年英人占据广州、掳叶名琛事，其时任南海县知县，姓名俟考崇仁华廷杰也。自雅片事变以至焚圆明园，英人行事原系一致，叶相之胡涂乃不可及。掳赴印度时，需要衣物，其单中尚有《吕祖经》一本，可见一斑。此书记载颇详，可资查考。民国甲申六月十日，药堂。

《触藩始末》三卷，清华廷杰撰，清末刻本。叶名琛（1807—1858），字昆臣，湖北汉阳（今湖北武汉汉阳区）人，道光十五年（1835）进士，官至两广总督。咸丰七年（1857），英法联军攻陷广州城，掳掠了时任两广总督的叶名琛，后又将他移至海外，关押在印度加尔各答。不久叶名琛病逝于此。

《触藩始末》一书前后无序跋，卷端仅题“琴阁主人记”，因此，依据本书不能确定著者的确切姓名。书末有周作人墨笔题记，对著者略加考证：“著者华廷杰，崇仁人，见《仰视千七百二十九鹤斋》本七弦河上钓叟《英吉利广东入城始末》。中华民国三十四年二月十日，知堂记于油灯下。”《仰视千七百二十九鹤斋丛书》本《英吉利广东入城始末》卷端题“七弦河上钓叟记”，也未明言著者姓名，不过该书末有“记者曰”，其中谈到：“最后乃见崇仁华观察廷杰日记，观察于汉阳能不负生死者也，是尽取所记，句揤而字比之。”据此判断，《英吉利广东入城始末》一书的著者当是华廷杰。而《触藩始末》与《英吉利广东入城始末》在内容上有很多相同或相似之处，两书显然出自一人之手。因此，《触藩始末》的著者应当也是华廷杰。据《（同治）崇仁县志》卷八所载，华廷杰字樵云，江西崇仁县吴坊渡人，道光二十四年（1844）举人，二十五年进士，以知县分发广东，初署东莞，后奏补香山，因镇压三点会有功，调补南海知县，同治七年（1868）回籍，九年前往粤西帮办龙州军务。

觸藩始末三卷 琴閒主人記咸豐七年英人佔據廣州擄

葉名琛事其時任南海縣知縣（崇仁華廷傑也）姓名俱考自雅片之交以至焚

圓明園英人則事事與一致葉相相大相徑乃不可知擄赴印度時需

要之物又單中尚有公租條之本可見一斑此書記載頗詳可資

查考 民國甲申六月十日 葉恭綽

觸藩始末卷上

琴閣主人記

道光二十三年英人滋事議和後賠欵二千萬原定和約五年一易二十七年英人照會兩廣總督耆英欲援上海福建章程得入省城來往而粵東民情強悍堅不願其入城同聲忿激不約而符其時因公已革之巡撫黃恩彤運司趙長齡均在粵幫辦洋務且與耆相皆原定和議之人聞是請未及答而英船已直入虎門駛進省河泊十三洋行下沿路礮臺概被驅散臺兵釘塞礮

武林失守杂感诗百首

二十一年五月从杭州抱经堂得此册，系民国七年抄本。纸墨粗恶，诗亦不甚佳，但因系乡邦文献，故改订藏之。五日，作人记于北平西北城之苦茶庵。

《武林失守杂感诗百首》，清陈春晓撰，民国七年（1918）抄本。版心下镌“师石山房钞本”。此书未提著者真实姓名。书前有绿石山樵序，署“咸丰庚申闰三月上旬，绿石山樵书于申江客馆，时年八十有一”，序前内容有缺叶。书末有诚龛“书后”，其中谈到“以其序审之，当为陈宝渠尊人所作”。宝渠，系陈福勋字。陈福勋，浙江钱塘（今杭州）人，早年游沪，长于洋务，曾因功先后授职知县、同知，光绪十九年（1893）卒，年八十三，《（民国）上海县续志》卷十五有传。

《武林失守杂感诗百首》有民国铅印本。陈春晓另著有《申江避寇杂感百首》。

二十七年五月從杭州抱經堂得此冊係民國七年抄本紙墨粗惡詩亦不甚佳但為鄉邦文獻故以訂藏之五日作人記於北平西北城之苦茶庵

苦茶庵

而走未及城而東城一路下來老幼以萬千計余以耄年育目兼
以頒穉零丁若非決計回頭大有踐踏離散之患就近過姻親鍾宅
暫作觀望其家正在搬動詢悉水門已開生死呼吸只爭片刻急
覓慈航苦無舟子郭門咫尺遠若里勢益危急幸有少壯子弟及
僮廝輩與鮮事者併力以濟黎明達東新閘大呼吾生竟爾脫險
沿途覓雇篙工前進天削地棘厝劫萬重次兒鵝心力幾盡于此
舟行七日始抵滬瀆孫兒先數日前已到自岸登船倘恍如夢亦
始念所不及此評及途中遇寇情形及每日餐宿苦狀悽絕一時其
殆有神助者歟大兒勲因軍務吃緊公爾忘私幸為預備館

思痛记

廿九年五月在北平得此册，较别本多黄慎之序一篇，价二元半也。廿八日，知堂记。

《思痛记》二卷，清李圭撰，清光绪六年（1880）师一斋刻本。题记旁有“第四本”数字。书末有墨笔题记一行：“丙申九月筱园读于沪滨”，钤“小园”印。本书前有光绪十三年黄思永序、光绪五年高鼎序，末有光绪六年金遗跋。高鼎在序中言此书内容为：“盖追述庚申闰三月举家被难与己身，逮壬戌秋始克脱离虎穴事也。”

李圭（1842—1903），字小池，江苏江宁（今南京）人。咸丰十年（1860）被太平军所掳，同治元年（1862）设法逃离，后在宁波新关税务司任文牍事，光绪二年受总税务司派遣前往美国祝贺其建国百年，著《环游地球新录》四卷，九年以州同衔充宁绍台道洋务委员，十九年补海宁州知州，二十四年以病开缺，二十八年于杭州病逝。民国《杭州府志》卷一百二十二有传。另又著有《鸦片事略》。

民国二十六年（1937）四月十三日，周作人撰有《〈思痛记〉及其他》一文，其中提到“中国近世的丧乱记事我也曾搜集一点来读，可是所见很不多”，又说“这里边与我最有情分的要算是《思痛记》了”，早在光绪二十四年时即购买一部，后又陆续购买，当时已经有三部了。民国二十九年四月十八日又撰有一篇《思痛记》的小文，四月二十九日刊于《实报》。文中提及筱园题记及印章，当即是指此题记本。周作人认为第四部有光绪十三年黄思永序一篇，“盖后刻加入者，故为早印本所无也”。[1]

除了这一则题记外，另外还有三部相同版本的《思痛记》上有周作人的题记。一部“第五本”的题记为：“廿九年六月十六日从杭州花牌楼书店得来，价值三元。此为第五本也。次日订讫记此，知堂。”一部“第九本”的题记是：“中华民国三十一年三月十六日从上海得来。此为《思痛记》第九本。价法币五元，约值此地通行币二元也。知堂记。”一部“第十本”的题记为：“中华民国三十一年四月得自杭州，十日寄到，价法币五元。此《思痛记》第十本也。十二日，知堂记。”

[1] 周作人所撰这两篇文章，见《知堂书话》第775—778页。

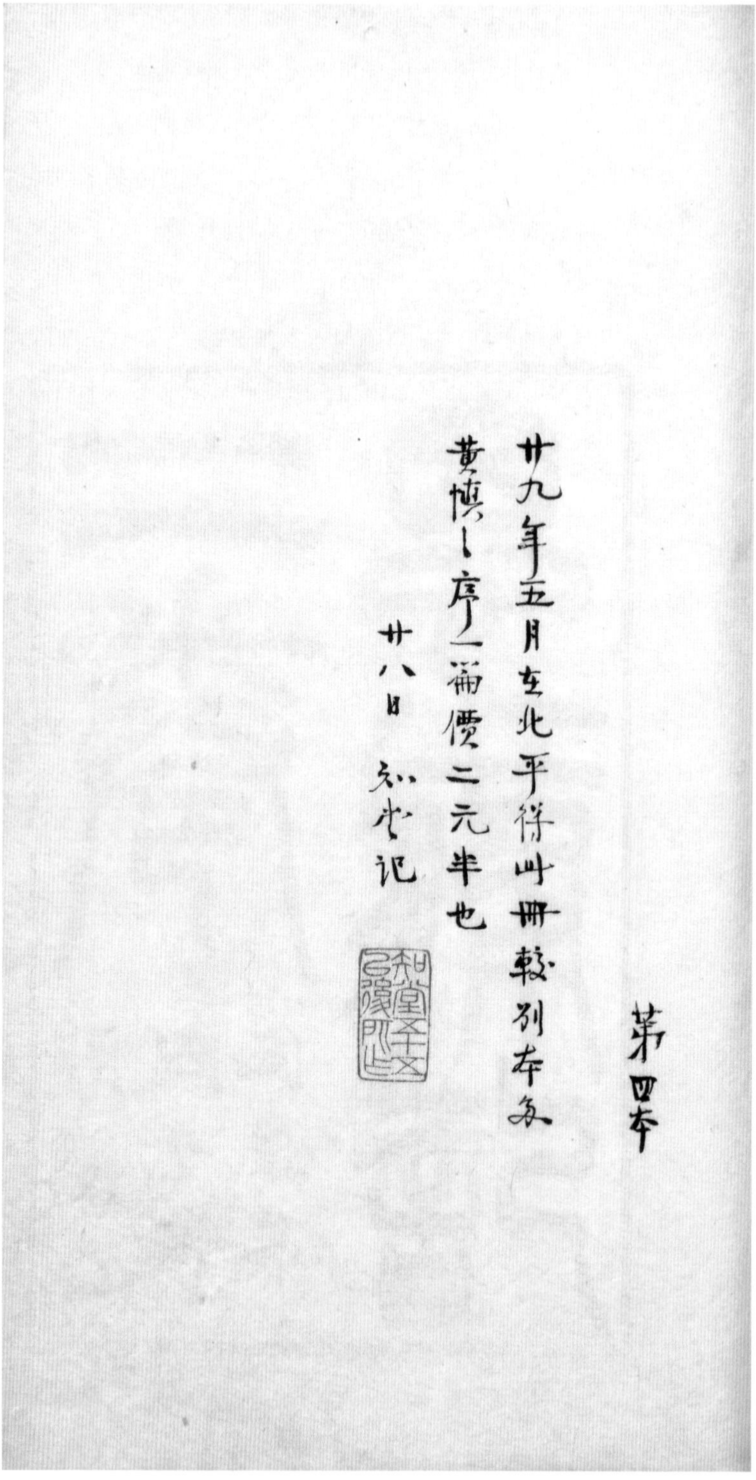
第四本

廿九年五月在北平得此册较别本多

黄慎之序一篇价二元半也

廿八日 知堂记

思痛記卷上

江甯李圭小池

金陵雄冠南戒夙稱天塹豈惟是六朝以來爲帝王之州就我 國家而言督部開牙將軍建鎮其視他省會不尤綦重歟乃咸豐三年春粵賊自九江安慶順流而下旬日間竟陷之遂北拔維揚東踞京口若張兩翼然曩者天塹之稱果有異耶賴向忠武公躡賊東下駐兵孝陵衛進遏其衝使不得逞其豕突故鄉村去城較遠者間未遭賊禍六年五月大營潰忠武退保丹陽旋卒於軍 朝命江南提督和春接統其

粤寇起事记实

此书系徐霞村君所赠。题半窝居士撰，不署姓名，中记包村事，云吾郡云云，盖是越人也。廿四年五月十日记。

《粤寇起事记实》一卷，清半窝居士撰，清同治刻本。半窝居士生平不详。本书正文署“同治十三年（1874）岁在甲戌九月中浣半窝居士撰于长沙寓舍之舄吟斋”。后有附记，最后一条为诸暨包立生率众抵抗之事，末有双行小字曰：“予目睹粤西之乱，从实直书，惟包村之事乃耳闻而非目见，因系吾乡忠义大节，特附记之。”

题记中提到的“徐霞村君”指徐元度（1907—1986），字霞村，祖籍湖北，生于上海，著名翻译家、学者。

此書係徐霞村君所得題半窩居士撰不署姓名中記包村事云吾郡云云係蓋是越人也廿四年五月十日記

知堂

粤寇起事記實

近人記粤寇發難緣由言人人殊皆傳聞之訛予浪遊嶺外久寓潯州詳知蟻聚之由親見狼烽之起近日客窗多暇特將當時釀禍情形從實記之年衰智短愧無叙事之才書其大畧而已嗟乎粤寇非有奇材異能也以邊徼之幺麽微類而橫行數千里流毒十餘年是誰之過與雖妖孽終歸翦滅而勞師黷武危乎艱哉惟望司牧者以斯事爲殷鑑懍朽索戒貪

法喜志

廿九年一月廿八日启无所赠，知堂记。

《法喜志》四卷，明夏树芳撰，明万历江阴夏氏清远楼刻本。书名页镌“江阴夏氏清远楼藏板”。书前有吴亮“法喜志题辞”、邹迪光“名公法喜志叙”、万历三十四年（1606）丙午顾宪成“法喜志叙”、夏树芳“法喜志自叙”。本书为汉代至明代的名人传记集，分为四卷：卷一起东方曼倩，讫苏琼，计 55 人；卷二起陶贞白，讫裴宽，计 57 人；卷三起白少傅，讫刘元城，计 48 人；卷四起胡康侯，讫杨铁崖，计 48 人。共收录人物 208 人。

夏树芳，字茂卿，江苏江阴人。万历十三年举人。撰有《消暍集》，辑有《词林海错》十六卷、《奇姓通》十四卷、《栖真志》四卷等。

此书《四库全书总目》著录，列于“释家类存目”之中，提要云：“是编取历代知名之人，摭其一事一语近乎佛理者，皆谓得力于禅学”，并评价到：“故有此援儒入墨之书，以文饰其谬，可谓附会不经。”《四库全书总目》著录此书为三卷，又说“前有万历六年顾宪成序”，与此部皆不相同。夏树芳后又作《续法喜志》四卷，体例同前，收录人物160人。

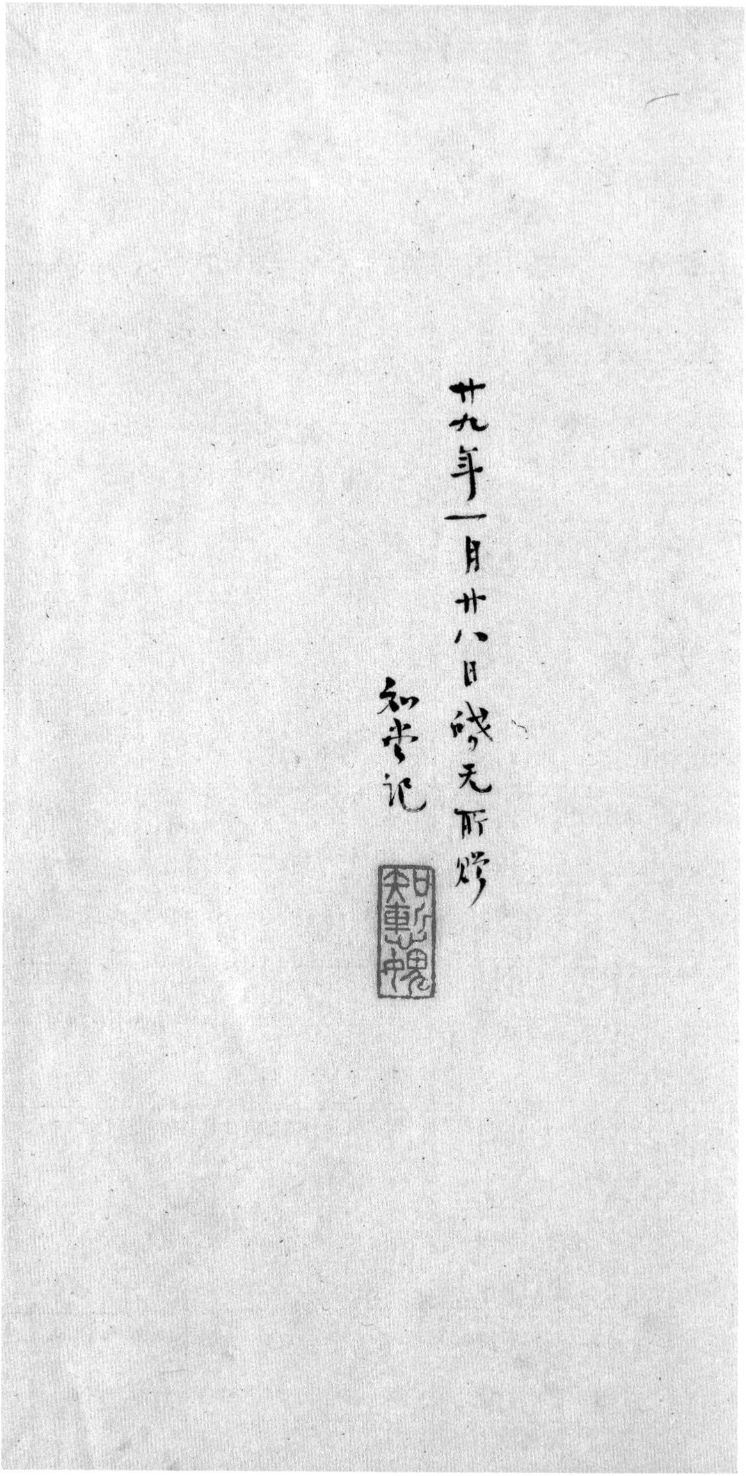

廿九年一月廿八日晚无所为

知堂记

法喜志卷一

氷蓮道人夏樹芳輯
瘖斗居士馮　定閱

東方曼倩

東方朔字曼倩平原厭次人武帝朝上書稱旨待詔金馬門時有正諫法言以爲滑稽之雄元狩三年帝鑿昆明池得黑灰以

碧血录

傅氏刻本《碧血录》前已有一部，今见此书乃是故友杨子鸿遗物，末有题记，因又收得之。民国三十一年四月四日晨改订讫记。知堂。

《碧血录》二卷附录一卷，明黄煜辑，清傅以礼编，清光绪二十二年（1896）七林书堂刻本。书前有漫翁序、《例言》五则及总目，末有赵怀玉序、乾隆四十一年（1776）卢文弨题辞及光绪二十二年傅以礼跋。本书主要收录明天启时死于阉党之祸的十一位忠臣的诗文，卷上为杨涟、左光斗、魏大中、顾大章、周忠建，卷下为缪昌期、周顺昌、周起元、高攀龙、李应昇、黄尊素。

黄煜，生平不详，字谜庵，山西平遥人。傅以礼（1827—1898），字节子，浙江会稽（今绍兴）人，著名藏书家，以收藏南明史籍为特色，藏书处名“长恩阁”等。

书末最后半叶写有墨笔题跋，署“民国十二年（1923）八月一日长沙杨禧记于天津”。杨禧当即为周作人题记中所称“故友杨子鸿”。

傳氏刻本碧血錄前已有一部今見此書乃
是故友楊子鴻遺物末有題記因又收得一
民國三十一年四月四日晨改訂訖記

知堂

知堂書記

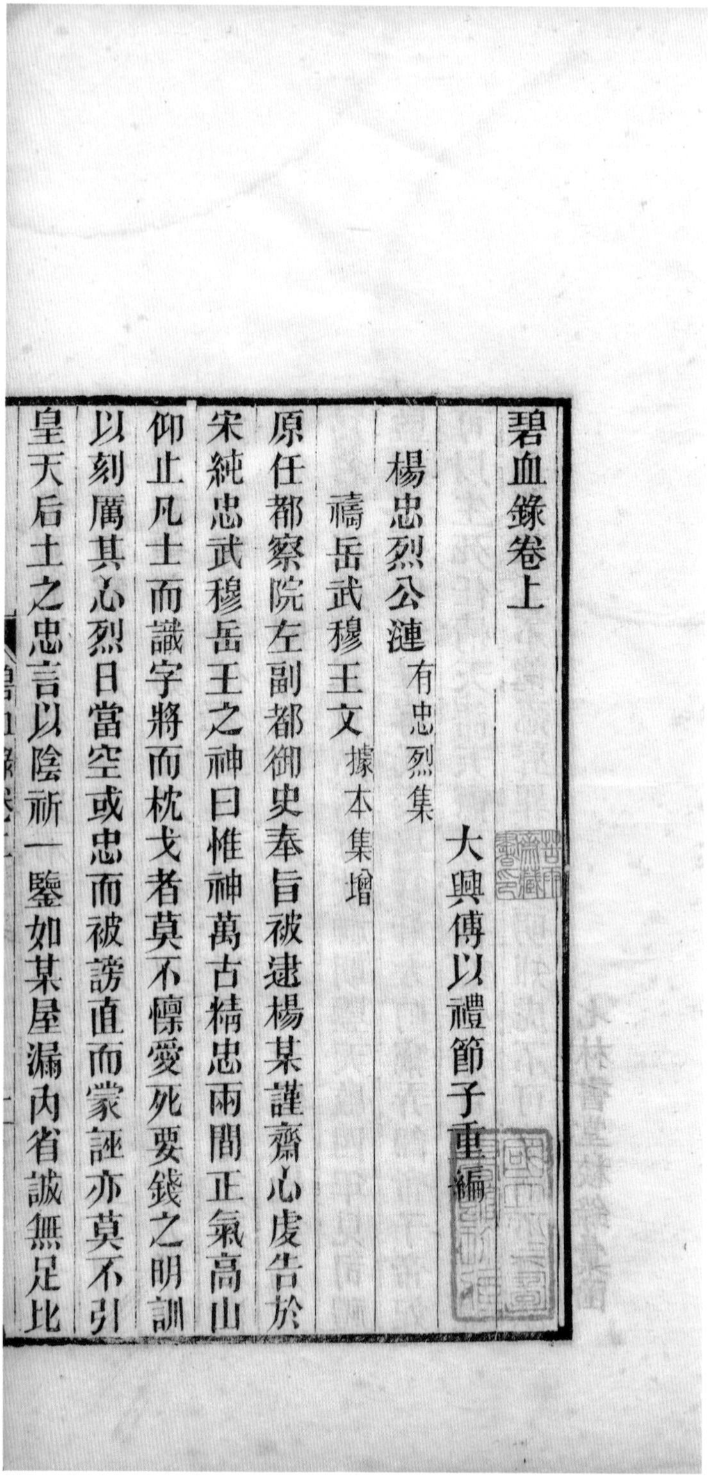

碧血錄卷上

大興傅以禮節子重編

楊忠烈公漣 有忠烈集

禱岳武穆王文 據本集增

原任都察院左副都御史奉旨被逮楊某謹齋心虔告於宋純忠武穆岳王之神曰惟神萬古精忠兩間正氣高山仰止凡士而識字將而枕戈者莫不懍愛死要錢之明訓以刻厲其心烈日當空或忠而被謗直而蒙誣亦莫不引皇天后土之忠言以陰祈一鑒如某屋漏內省誠無足比

传芳录

前日阅《越缦堂日记》，查所记王山史、全谢山关于王谑庵死节之论辩。《孟学斋日记》乙集下“同治四年乙丑十月十九日”条下有云：“谢山《与绍守杜君札》力辨王遂东之非死节，而极称余尚书，自是乡里公论。杜守名甲，尝刻《传芳录》，于有明越中忠臣皆绘象系赞，而有遂东无武贞，盖未以谢山之言为信也。”昨游厂甸，忽见此书，喜出意外，亟购以归。录中凡有像十幅，似皆转录《越中三不朽图赞》者。题语则杜补堂自撰，其谑庵一赞，亦颇有致。末云“饿死事小，行其所志”，王、全诸人可以塞口矣。越缦对于谑庵之死前后所说亦不一致，大可笑也。廿五年二月八日，知堂。

《传芳录》一卷，清杜甲辑，清乾隆十四年（1749）刻本。书前有乾隆十四年于敏中、绍兴知府杜甲序，越州忠贤后裔倪长康等人谢启、蕺山书院祭刘念台先生文，书末有李凯跋。《传芳录》收录了十位越中历史上彪炳千秋、照人耳目的先哲，包括：王守仁、孙燧、沈炼、黄尊素、施邦曜、倪元璐、周凤翔、刘宗周、祁彪佳、王思任，一人一像，像后有杜甲所撰赞语。

杜甲，江南江都（今江苏扬州江都区）人，字补堂，贡生，初任真定通判，后迁遵化州、通州知州、宁波知府，乾隆十三年任绍兴知府，十五年任杭州知府，曾与修《（乾隆）河间府志》。

前日閱越縵堂日記查所記王山史全謝山關於王謔庵死節之
論辯孟學齋日記乙集下同治四年乙丑十月十九日条下有云謝
山與紹守杜君札力辨王遂東之非死節而極稱余尚書自是鄉
里公論杜守名甲嘗刻傳芳錄於有明越中忠臣皆繪象系贊
而有遂東無武貞蓋未以謝山之言為信也昨游廠甸忽見此書
喜出望外亟購以歸錄中凡有像十幅似皆轉錄越中三不
朽圖贊其題識則杜補堂自撰其謔庵一贊亦頗有致末云餓死
事小行其所志王全諸人可以塞矣越縵對於謔庵之死前後
所說亦不一致大可笑也廿五年三月八日知堂

知堂書記

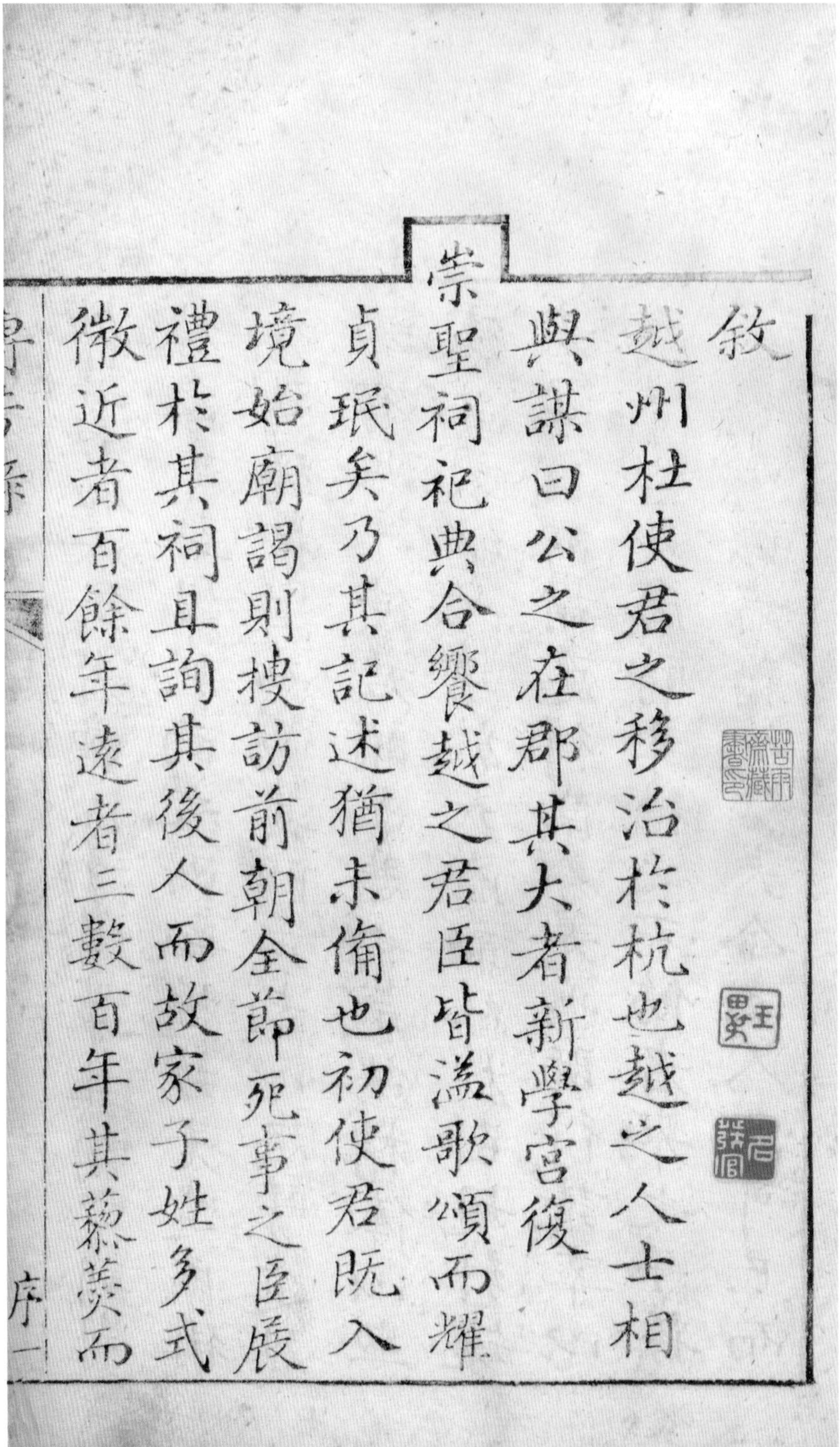

敘

越州杜使君之移治於杭也越之人士相與謀曰公之在郡其大者新學宮復

崇聖祠祀典合饗越之君臣皆滿歌頌而耀貞珉矣乃其記述猶未備也初使君既入境始廟謁則摟訪前朝全節死事之臣展禮於其祠且詢其後人而故家子姓多式微近者百餘年遠者三數百年其藜藿而

序一

义民包立身事略

民国三年十二月七日在绍兴墨润堂以百分得此书。廿八年九月三十日重订，时在北平。知堂记。

《义民包立身事略》，清包祖清辑，清宣统三年（1911）铅印本。书前有宣统三年王世裕序，末有同年包祖清跋。全书收录了各种有关包立身的传记资料。

包立身（1838—1862），浙江诸暨包村人，因在包村组织东安义军反抗太平天国，被太平军镇压，清廷予以嘉奖，封为义臣。

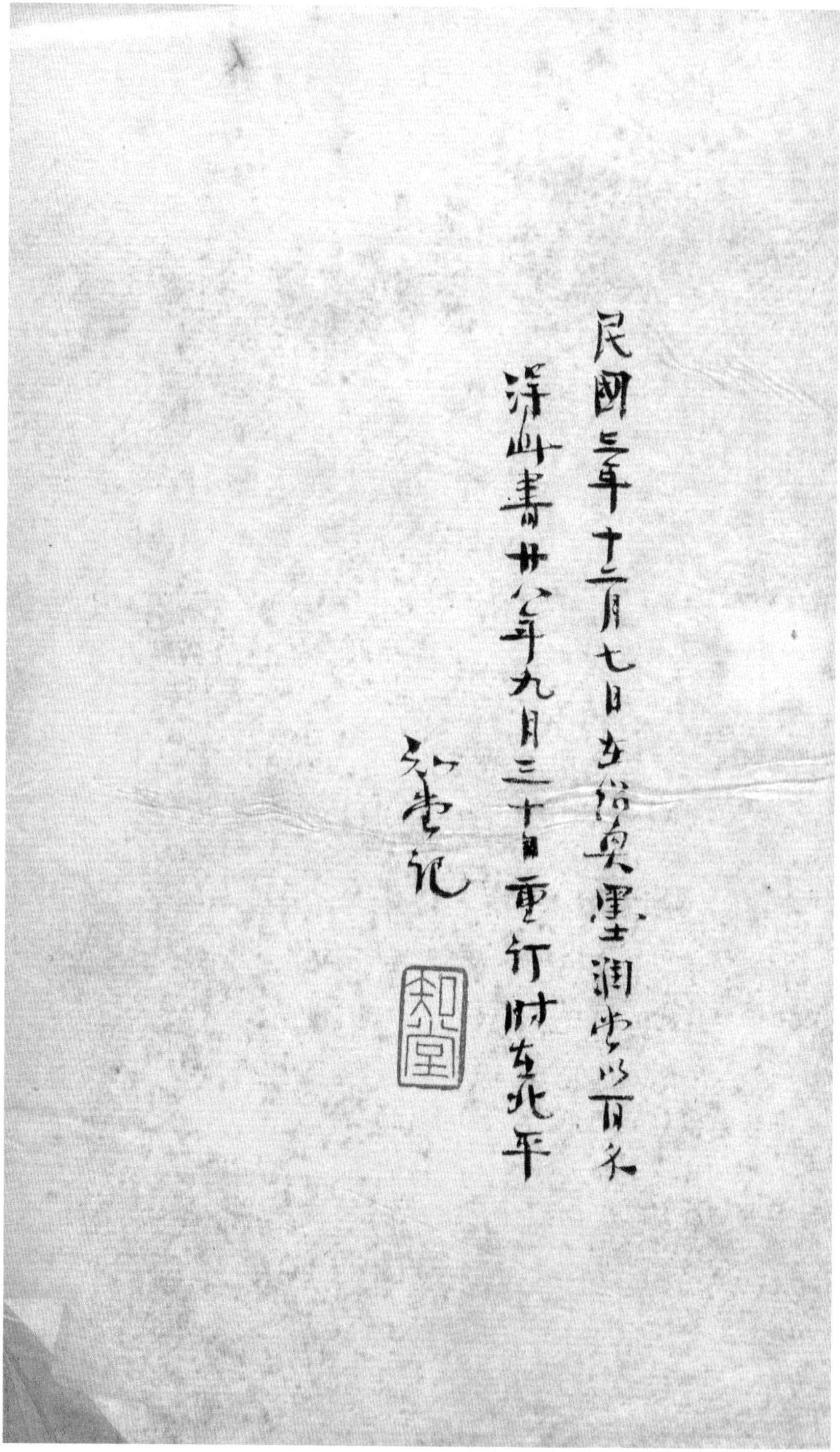

民國三年十二月七日在紹興墨潤堂以百文得此書 廿八年九月三十日重訂時在北平 知堂記

序

韶齡喜人談包村事其時有周四者爲吾家雇傭曾脫自僞洪氏部下知包村事頗悉每聆其談終夕不倦少長讀書得沅陵吳大廷山陰陳錦二家文集中包立身傳又讀山陰何鏞刼火紀焚詩益慕立身之爲人可謂能獨立不倚者矣光緒癸卯二三同志創紹興白話報乃就吾所睹記演爲紹興大英雄包立身刊之報中惜當時未見蔣果敏公奏牘與趙氏採訪稿言之未詳去歲包君越瑚助其族人修宗譜則搜輯近時名家所爲立身傳洎奏牘訪稿悉備余讀之益廣所未聞然尤喜讀其同邑吳亮公前輩一傳其稱立身實十九世紀東亞能言獨立之人物與余昔之演立身意實同斯固定論百世不磨哉包君修譜既竟別刊義民包立身

王季重先生自叙年谱

谑庵年谱一册，在北平藻玉堂书店托谢刚主君代为取来，价四十元。三十年八月三日，知堂记。

《王季重先生自叙年谱》一卷，明王思任撰，清初王兖锡、王图锡等刻本。此题记写于第二册正文末。钤“知堂五十五以后所作”印。王思任（1575—1646），字季重，晚号谑庵，浙江山阴（今绍兴）人。明代文学家。万历二十三年（1595）进士，鲁王监国时曾官礼部侍郎。绍兴城破后，绝食而死。《王季重先生自叙年谱》系王思任自编年谱。全书前后无序跋，起万历三年，讫崇祯十二年（1639）。

王思任是晚明著名的文学家。周作人对他颇为推崇，他在书话之作《文饭小品》中说：“王思任是明末的名人，有气节有文章，而他的文章又据说是游记最好。”对于王思任的游记文章，周作人评价甚高：“他所独有的特点大约可以说是谑罢。以诙谐手法写文章，到谑庵的境界，的确是大成就，值得我辈的赞叹，不过这是降龙伏虎的手段，我们也万万弄不来。”[1]

题记中提到的“谢刚主”指谢国桢。谢国桢（1901—1982），字刚主，晚号瓜蒂庵主，河南安阳人。著名历史学家、文献学家、藏书家。著有《南明史略》《晚明史籍考》《明清之际党社运动考》等。

第二册最后粘贴有抄本“王谑庵先生传”二叶，后有周作人墨笔题记：“此张宗子作《王谑庵传》抄本，原写一纸，夹入卷首。今为分作两叶，附订于末，惜不能知抄者之姓氏，当亦是解人也。八月十七日，知堂识。”

[1]《知堂书话》，第546—547页。

謔菴年譜一冊在北平藻玉堂書店託謝剛主君代為取來價四十元三十年八月三日知堂記

王謔庵先生傳

謔庵生平淡宕自喜，以謔出之，無不奇妙，後之作傳者，但以莊語稱其卓異，循良，昧失本色。

山陰王謔庵先生，名思任，字季重，年十三即從漏衡岳先生館于檇李黄葵陽宮庶家，先生落筆雲异，葵陽公喜而奇之，學業日進。萬曆甲午以弱冠舉于鄉，乙未成進士，房書出，一時紙貴洛陽，士林學究以至村塾頑童，無不口誦先生之文，及幼小號之，直與錢鶴灘、湯海若争坐位焉。先生初為縣令，意輕五斗，兒視督郵，淹蹇宦途，三仕三黜。自二十一釋褐，七十二絶粒，通籍五十年，三為縣令，一為司李，一為教授，兩為県幕，三為主政，一為備兵使者，直至監國，特簡宮詹，晋秩少宗伯，而國事又不可問矣。五十年內，強半林居，放浪山水，且以暇日閉戶讀書，自庚戌游天台雁宕，另出手眼，乃作游喚，見者謂筆悍而膽怒，眼俊而舌尖，恣意描摹，盡情刻畫，文譽鵲起。蓋先生聰明絶世，出言靈巧，與人諧謔，皆以放言無忌，憚川黔縉紳，奉為戲笑。先生同年友也，以先生閑住在家，思以帷幄屈先生，檄先生至之日，謔先生於滕王閣，時日落霞生，先生謂之曰：王勃滕王閣序，不意今日乃復應之。公問故，先生曰：只落霞與孤鶩齊飛，今日正落霞而年兄眇一目，孤目齊飛，為年兄道也。之面赧及頸，先生知其意

筆寫謹菴如蘇長公鳳翔東院觀王摩詰畫檣殘煙肰絲縷之破動謹菴語矣

此件宗子作王謹菴傳抄本原寫一紙夾入卷首今另作冊葉附訂於末惜不能知抄者之姓氏當亦是解人也 八月十七日 知堂識

王季重先生自叙年譜

男　鼎起　霞起　仝訂

孫　袞錫　舜錫
區錫　田錫
永錫　仝梓

萬曆三年乙亥先生一歲

誕於七月二十一日辰時○在京都西江米巷藥肆中○今福建盧洪冠帶帽舖有樓一間者是○父

瀫祭值年祭簿

平景孙手书祭簿一册。三十一年四月从杭州书贾得来。五月廿三日重订讫记，知堂。

《瀫祭值年祭簿》，清平步青撰，清稿本。平步青（1832—1896），字景荪，号栋山，浙江山阴（今绍兴）人，同治元年（1862）进士，官至江西粮道。《瀫祭值年祭簿》详细记录了山阴平氏家族的祭规。

周作人在《两种祭规》一文中对萧山汪氏的《大宗祠祭规》和山阴平氏的《瀫祭值年祭簿》两部书进行了详细的介绍，认为“其文献上的价值自然更是确实无疑的了”。[1]

[1]《知堂书话》，第850页。

平是孫手書祭簿一冊

三十一年四月從杭州書賈購來

五月廿三日重訂訖記　訒齋

指款

清明掃墓條規

掃墓祝文條式

重陽送寒衣條規

祭產字號坐落租額細户

户名糧額

值年房逐年交代清帳

祭祀清單

第二房完帖房捐田值祭議單稿

公議新條

一灘祭向係長二三四五六七八九十房輪值今第三房第六房均無後第五房游宦四川第七房寓山東第八房寓廣東第九房散居外省第十房寓江西在紹者惟第二第四兩房按年輪值

一灘祭定於每年十二月初八日交與值年者當將祖像敬謹請歸所有捐錢發存祭祀一并交收清楚毋得踰延缺少倘有徇情遺誤與受者均公同議罰

一祭產均在山陰迎恩坊平灘祀户承糧所有糧銀南米俱於本年完納其田亦於本年收租

一年第[illegible]

帝京景物略

《帝京景物略钞》一卷，连序跋共百三十六页，陶筠厂先生手抄本。先生生于崇祯九年丙子，至康熙二十九年庚午五十五岁。民国二十一年三月，从杭州抱经堂购得之，可珍也。二十六日，作人记。

《帝京景物略》，明刘侗、于奕正撰，清康熙会稽陶及申抄本。此书是一部反映北京风景名胜、民俗风情的著述。全书分为八卷：卷一城北内外，卷二城东内外，卷三城南内外，卷四西城内，卷五西城外，卷六至七西山，卷八畿辅名迹。初刻于明崇祯。此本为清初人陶及申手抄本。陶及申（1636—？），字式南，号筠庵，浙江会稽（今绍兴）人。陶氏手抄本前有“帝京景物略钞引”，末署“庚午春正十八日”，即为康熙二十九年（1690）。

1932年3月29日，周作人在致俞平伯的信中提到购买《帝京景物略钞》之事：“近日从杭州买到一部《帝京景物略钞》，系会稽陶筠厂及申手抄本，计时在清康熙廿九年，以乡曲之见看之甚可喜也。”[1]

周作人对《帝京景物略》颇为赞赏。他在《关于竹枝词》中说：“明末的《帝京景物略》是我所喜欢的一部书，即使后来有《日下旧闻》等，博雅精密可以超过，却总是参考的类书，没有《景物略》的那种文艺价值”，又认为在诸多记北京事的书中，“若《帝京景物略》则文章尤佳妙”。[2]

[1] 周作人、俞平伯著，孙玉蓉编注：《周作人、俞平伯往来通信集》，上海译文出版社 2014 年版，第 198 页。

[2] 周作人：《关于竹枝词》，载《过去的工作》，北京十月文艺出版社 2013 年版，第 2—3 页。

菊徑傳書　　　　筠厂手錄

帝京景物畧　百三十三頁

帝京景物畧鈔一卷連序跋共百三十六頁陶筠厂先生手抄本先生生於崇禎九年丙子至康熙二十九年庚午五十五歲民國二十一年三月從杭州抱經堂購得之可珍也二十六日作人記

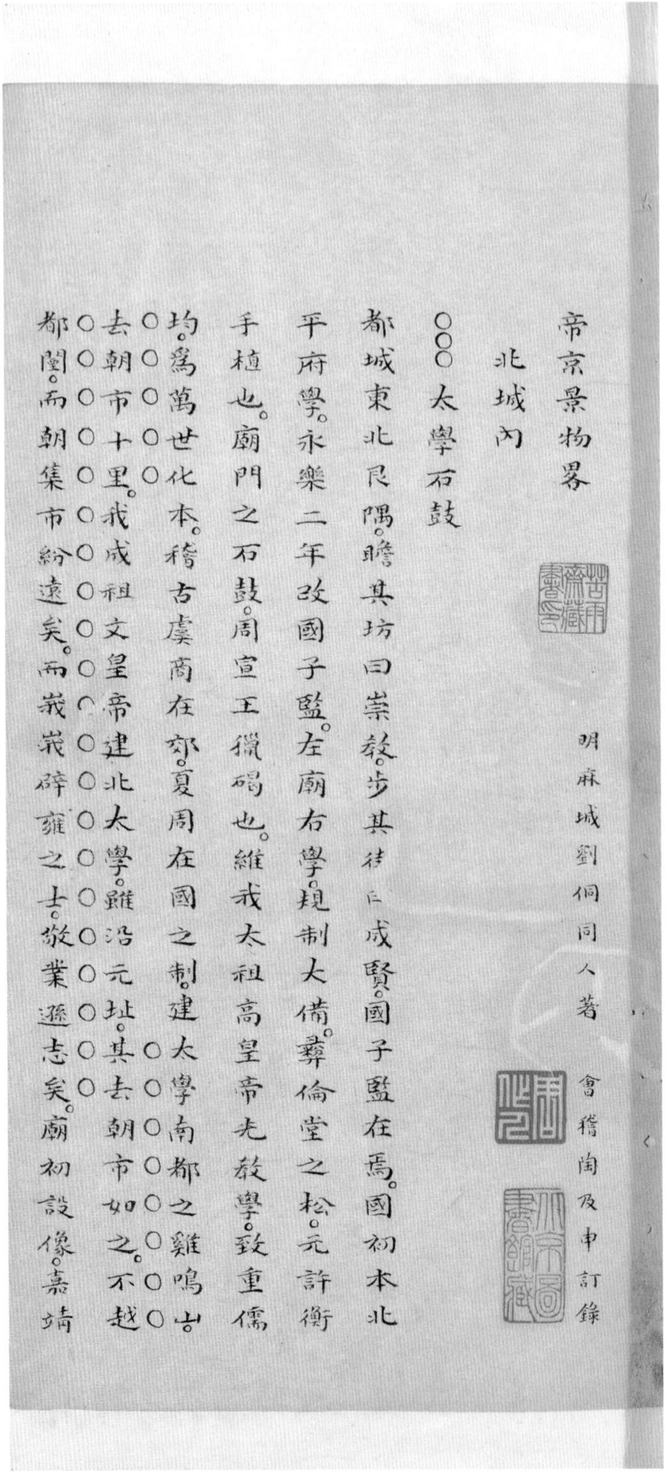

帝京景物畧

明麻城劉侗同人著

會稽陶及申訂錄

北城內

〇〇〇太學石鼓

都城東北艮隅。瞻其坊曰崇教。步其街曰成賢。國子監在焉。國初本北平府學。永樂二年改國子監。左廟右學。規制大備。彝倫堂之松。元許衡手植也。廟門之石鼓。周宣王獵碣也。維我太祖高皇帝先教學。致重儒均。爲萬世化本。稽古虞商在郊。夏周在國之制。建太學南都之雞鳴山去朝市十里。我成祖文皇帝建北太學。雖沿元址。其去朝市如之。不越都闉。而朝集市紛遠矣。而嵗嵗辟雍之士。敬業遜志矣。廟初設像。嘉靖

藤阴杂记

《藤阴杂记》十二卷，清末有重刊本。数年前，曾求得其原刻，自序署“嘉庆丙辰”，题页只写书名，不记年岁。近日又得此一部，则左右有字两行，云“嘉庆庚申增辑、石鼓斋镌”。校阅本文，计卷一末多一则、卷八多两则、卷十二多一则，盖原板补刻者也。昔尝与玄同戏语，模拟书中所记，大抵如云“朱竹垞迁居至南横街，中途覆车损一书帘”云云。唯事虽琐屑，亦复有可喜处，只可惜诗多而记事少耳。廿七年四月十三日烛下记于北平，知堂。

《藤阴杂记》十二卷，清戴璐撰，清嘉庆五年（1800）石鼓斋刻本。书前有嘉庆元年（丙辰）吟梅居士戴璐序。序中谈及此书的编纂原委：“余弱冠入都，留心掌故，尝阅王渔洋《偶谈》《笔记》等书，思欲续辑，于是目见耳闻，随手漫笔。及巡视东城，六街踏遍，凡琳宫梵宇、贤踪名迹，停车咨访，笔之于书。甲寅读礼闲居，重加芟削，见《旧闻考》《宸垣识略》已载者悉去之，汇存十二卷。”戴璐（1739—1806），字敏夫，号葭塘，一号吟梅居士，浙江归安（今浙江湖州吴兴区）人，乾隆二十八年（1763）进士，由工部主事历官至太仆寺卿。居京四十年，交游广泛，撰《藤阴杂记》以续《日下旧闻》，又撰有《石鼓斋杂识》《吴兴诗话》等。

周作人撰有《题〈藤阴杂记〉》一文，1938年7月2日发表于《晨报》上，后收入《书房一角》中。文中收录了他的这篇题记，内容基本相同，略有不同者，如“昔尝与玄同戏语”中“玄同”作“饼斋”，与题记原稿不同。饼斋是钱玄同的别号，两者所指实为同一人。虽然如此，由此亦可见周氏题记在正式发表的时候，又在原稿的基础上进行了修改。

藤陰雜記十二卷，清末有重刊本，數年前曾求得其原刻，自序署嘉慶丙辰，題頁只寫書名，不記年歲。近日又得此一部，則左右有字兩行，云嘉慶庚申增輯，石鼓齋鐫板，校閱本文，計卷一末多一則，卷八多兩則，卷十二多一則，蓋原板補刻者，如昔春戲其言同戲得模擬，其中所記大抵多云朱竹垞遷居古南横街中途買車，損一書籠云云，唯多雜瑣屑，亦復有可喜處，只可惜詩多而記事少耳。廿七年四月十三日燭下記於北平知堂。

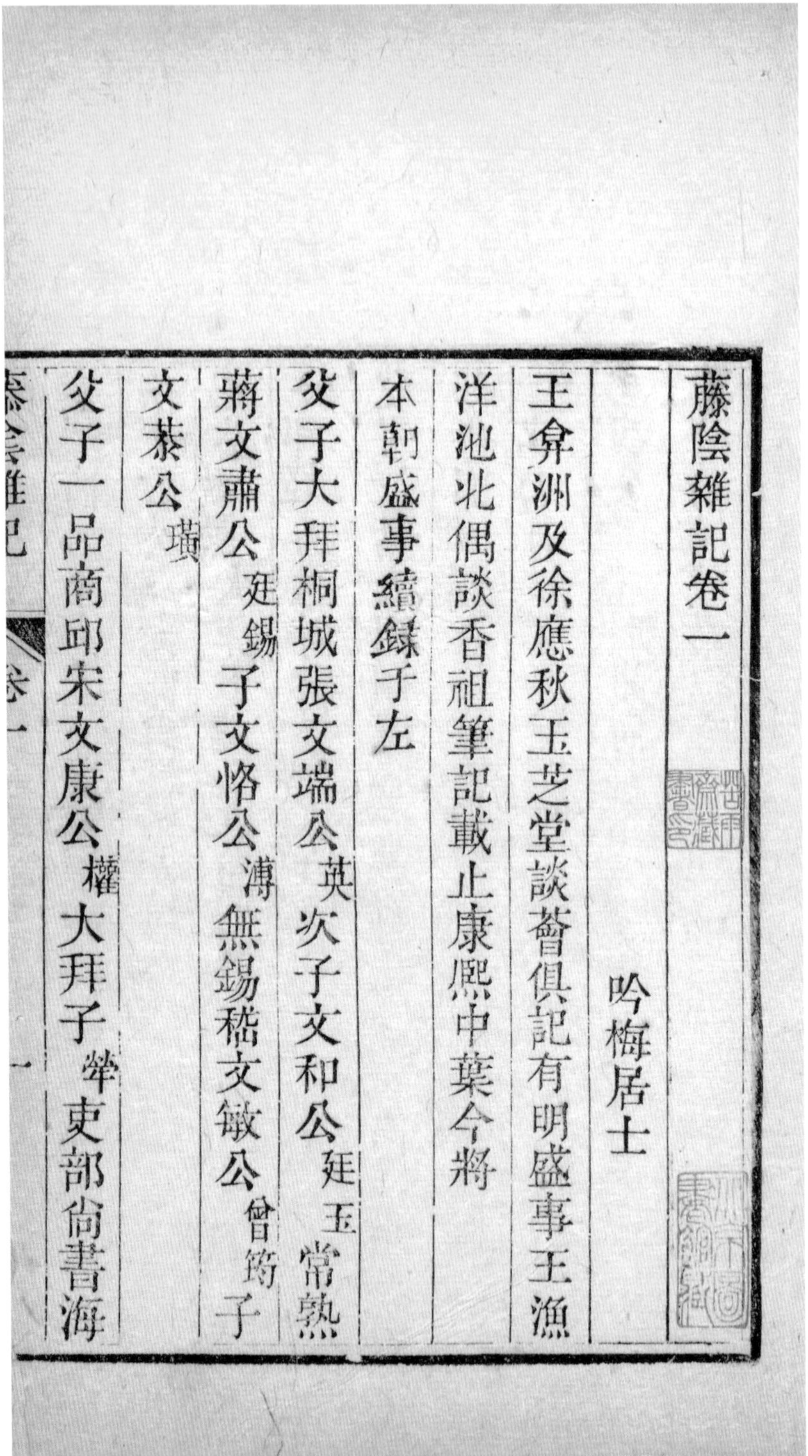

藤陰雜記卷一

吟梅居士

王弇洲及徐應秋玉芝堂談薈俱記有明盛事王漁
洋池北偶談香祖筆記載止康熙中葉今將
本朝盛事續錄于左
父子大拜桐城張文端公英次子文和公廷玉常熟
蔣文肅公廷錫子文恪公溥無錫嵇文敏公曾筠子
文恭公璜
父子一品商邱宋文康公權大拜子犖吏部尚書海

藤陰雜記　卷一　一

都门竹枝词

此书不知系何人所辑，序文亦未署名，文理亦有欠顺处。而词多可读，作手不一，惜无从一一分别之矣。廿七年十二月十二日，知堂改订后记于北平。

此即徐永年所编《都门杂咏》而稍有改变，计加三十首，但不尽佳耳。乙酉夏。

《都门竹枝词》，清光绪三年（1877）刻本。书前有光绪三年序，内言“忽于丁丑端阳后，诸友人谈及《都门竹枝词》一书，不免动今昔殊情之感，故杂集诸友，共为咏歌，得诗百余首，并选得硕亭老夫子《草珠一串》诗十数首，纳于其中，以充其类”。全书分风俗、对联、古迹、技艺、服用、市廛、节令、翰墨、人事、时尚、食品、词场等类，收录有关北京的风俗诗共二百三十九首。

周作人比较重视竹枝词之类文献的收藏。他在《北京的风俗诗》中将竹枝词分为三类，其中第三类是以风俗人情为主者，“此种竹枝词我平常最喜欢，可是很不可多得，好的更少”，[1]后面罗列所知北京竹枝词时，指出“杨静亭著《都门杂咏》一百首，序署道光二十五年（1845）即乙巳岁，原附《都门纪略》后，今所见只同治元年（1862）甲子徐永年改订本，所收除静亭原作外，又增入盛子振、王乐山、金建侯、张鹤泉四人分咏，总共二百十七首，计静亭诗有一百首，可知未曾删削，惟散编在内而已。光绪三年丁巳改出单行本，易名为《都门竹枝词》，增加三十五首，不著撰人名字，且并原本五人题名亦删去之，殊为不当”。[2]

[1]《知堂书话》，第876页。此文作于民国三十四年（1945）六月十五日。

[2]《知堂书话》，第878页。

此書不知係何人所輯序文亦未署名文理亦有欠順處而詞多可讀作者不一惜無從一一分別之矣廿七年十二月十二日知堂題記於北平

知堂書記

此即徐永年所編都门雜咏而稍有改変計加三十首但不見佳耳　乙酉夏

都門竹枝詞

風俗

、傳臚

掄材天子重文章金殿臚傳姓字香分道紅旗來謁廟滿街爭看狀元郎

、覆試

幸叨主試大包容是歲乙巳合覆天下孝廉不列等者不止十餘人幸賴當道者援解稍減其數不似當年場屋鬆天子下簾親考試

兰亭图记

此书得自杭州书店。王宗炎印系伪作，余亦未可尽信。原书残缺，有抄补若干页，盖非原本，今并去之，合订为一册，聊以存故乡文献而耳。民国壬午祀灶前二日灯下书，知堂。

《兰亭图记》一卷《遗墨》一卷，明释觉显集，明万历刻本。释觉显生平不详。钤“吕晚邨家藏图书”“王宗炎校见书”“安越堂藏本”等印。

本书收录了晋人王羲之《山阴兰亭宴会序》、诗成两篇者十一人、诗成一篇者十五人、诗不成者十六人，晋人孙绰《兰亭宴会诗后序》，以及后世有关兰亭的诗文等，如唐何延之《兰亭记》、明张元忭《游兰亭记》等。全书字体版刻风格多有不同，说明刊刻时间并不一致，时有增补。

此書得自杭州書店王宗炎印係偽作
餘亦未可安信原書殘缺有抄補若干頁
蓋亦原本今並存之合訂為一冊聊以存
故鄉文獻而耳民國壬午祀竈前二日燈下書

知堂

蘭亭圖記

山陰蘭亭宴會序

右軍將軍會稽內史王羲之撰

永和九年歲在癸丑暮春之初會於會稽山陰之蘭亭修禊事也群賢畢至少長咸集此地有崇山峻嶺茂林脩竹又有清流激湍映帶左右引以為流觴曲水列坐其次雖無絲竹管絃之盛一觴一詠亦足以暢敘幽情是日也天朗氣清惠風和暢仰觀宇宙之大俯察品類之盛所以游目騁懷足以極視聽之娛信可樂也夫人之相與俯仰一世或取諸懷抱悟言一室之內

环游地球新录

前得李小池《游记》系善成堂重刊，今又于隆福寺街得此，乃是元刻本，唯缺自序二页、凡例二页，为可惜耳。廿五年五月七日，知堂。

《环游地球新录》四卷，清李圭撰，清光绪刻本。李圭生平见《思痛记》条。光绪二年（1876）是美国建国一百年。为此美国在费城举办世界博览会。清政府受邀派人参会。李圭是唯一的中国人代表。《环游地球新录》即为李圭对此次参会的详细记载。书前有光绪四年李鸿章序以及光绪三年李圭自序。李鸿章在序中说此行“水陆行八万二千三百余里，往返凡八阅月有奇，为《美会纪略》一卷、《游览随笔》二卷、《东行日记》一卷，附以《地球图》一、《会馆全图》一，总名之曰《环游地球新录》”。

1936年4月9日，周作人在书话之作《鸦片事略》中言未曾得见《环游地球新录》，只是转引了书中的内容，5月4日的“补记”中则说，“从来薰阁得李小池著《环游地球新录》四卷，盖光绪丙子（一八七六）往美国费里地费城参观博览会时的纪录，计《美会纪略》一卷，《游览随笔》二卷，《东行日记》一卷”。[1]

[1]《知堂书话》，第676页。

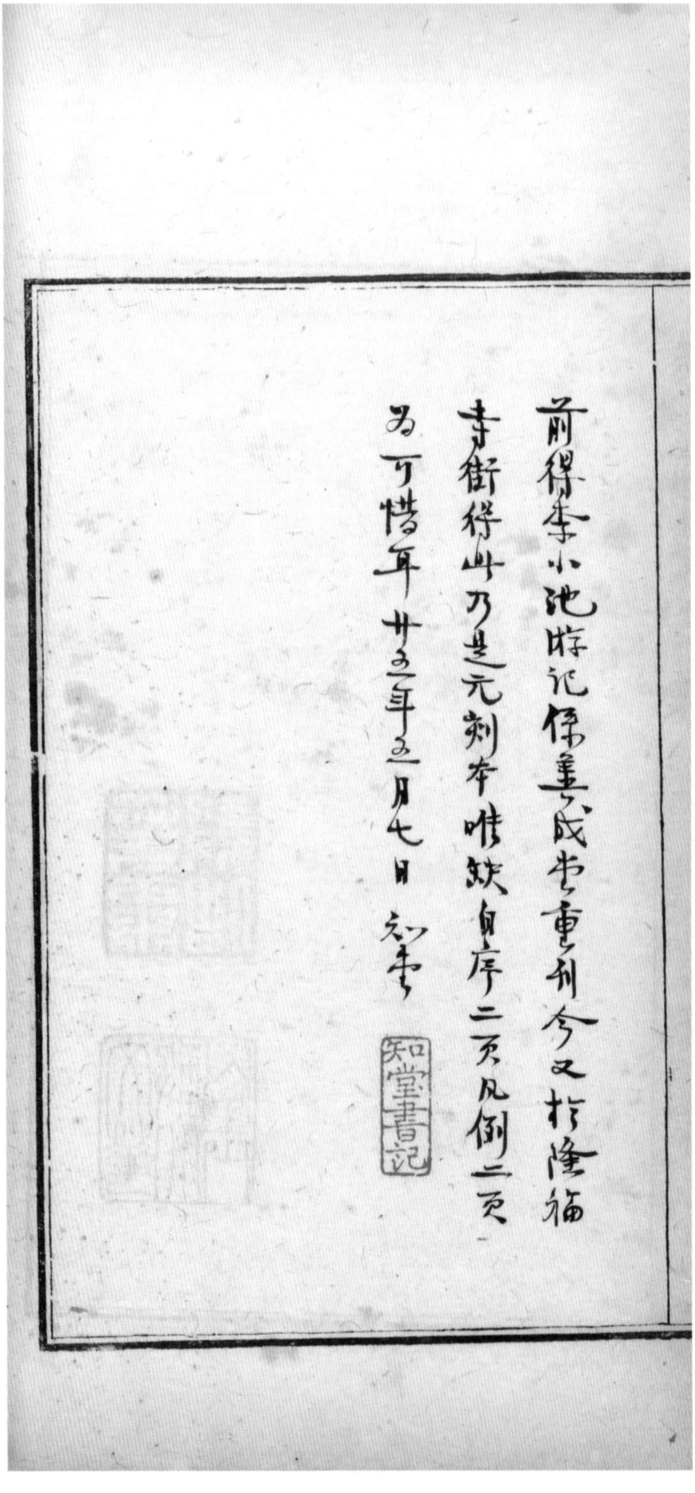

前得李小池游記係姜氏書重刊今又於隆福
寺街得此乃是元刻本唯缺自序二頁凡例二頁
為可惜耳 廿五年五月七日 知堂

知堂書記

環遊地球新録卷一

江甯李圭小池

美會紀畧

美國設會縁起

北阿墨利加洲有美國者洋文稱友乃德司得次譯即合衆國又稱米利堅俗稱花旗泰西强大國也在地之西半球以球而論適與中國腹背相對自昔不通聲聞皆紅皮土番（西人稱爲因頓）所居三百八十四年前日斯巴尼亞國（即西班牙國）臣可倫勃斯跨海尋地始探得之嗣英國傳教士亦至其處見氣候

庭闻忆略

宝竹坡江山花蒲鞋头船事件本无甚关系，乃图晚盖作此程朱眉眼向人，一何可笑。至于夏鼎武辈，则原不足道也。民国廿二年二月六日于厂甸得此册，重订讫记，作人。

《庭闻忆略》二卷，清宝廷撰，清夏鼎武辑，清光绪刻富阳夏氏丛刻本。宝廷（1840—1890），字少溪，号竹坡，姓爱新觉罗氏，镶蓝旗人，同治七年（1868）进士，官至礼部右侍郎。“江山花蒲鞋头船事件”是指光绪八年（1882），宝廷典试福建，归来时道经浙江，纳一船妓（吴人称为“花蒲鞋头船娘”）为妾。此事为人所知，宝廷遂上疏自劾，请求辞职。

周作人是极力反对程朱理学的，“老实说，我是不懂道学的，但不知怎的嫌恶程朱派的道学家，若是遇见讲陆王或颜李的，便很有些好感”。[1] 因此，他对于为学宗法程朱的宝廷持批评态度，所以才有题记中“乃图晚盖作此程朱眉眼向人，一何可笑”之语。

[1]《知堂书话》，第759页。

寶竹坡江山花蒲鞋頭船事件本無甚關係乃圖晚蓋作此程朱眉眼向人一何可笑至于夏畀武事則更不足道也 民國廿二年二月六日於廠甸得此冊重訂訖記

作人 知堂

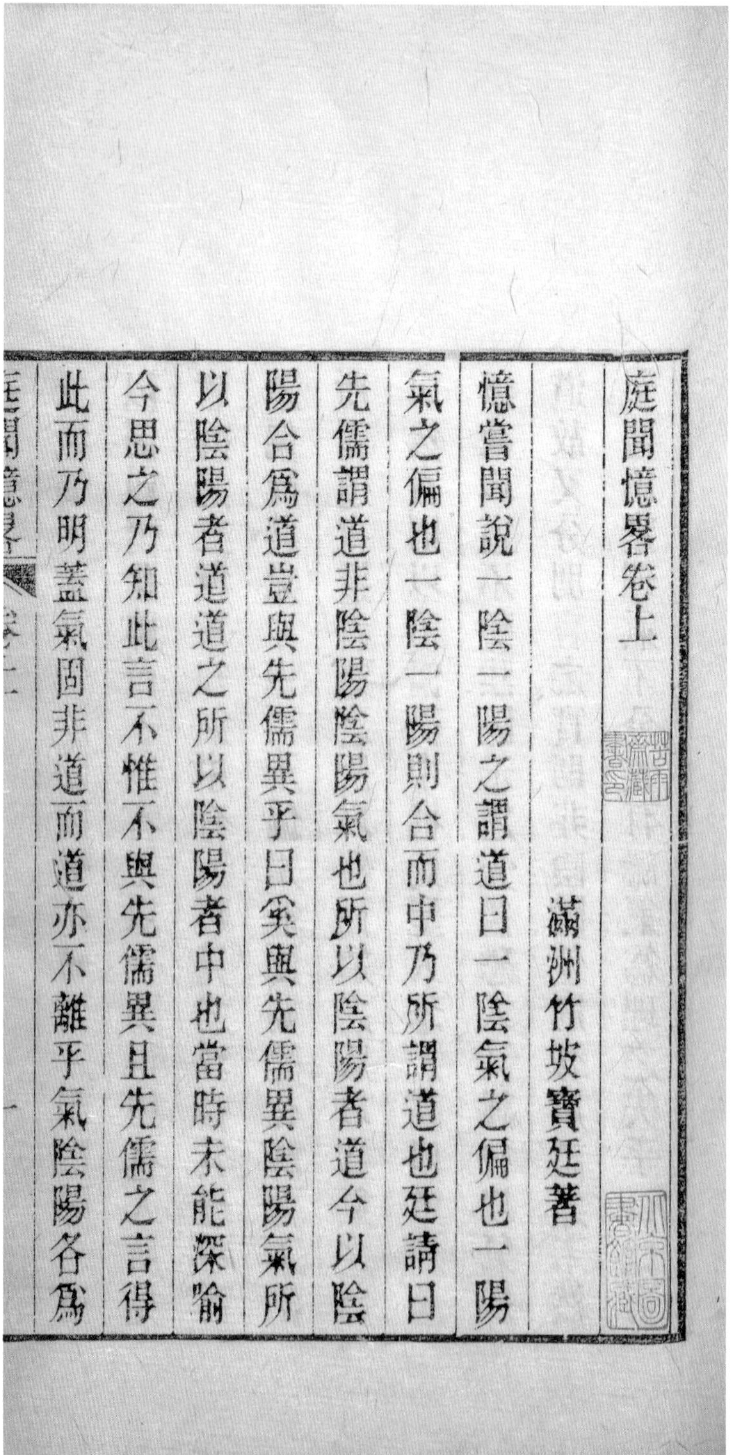
庭聞憶畧卷上
滿洲竹坡寶廷著
憶嘗聞說一陰一陽之謂道曰一陰氣之偏也一陽氣之偏也一陰一陽則合而中乃所謂道也廷請曰先儒謂道非陰陽陰陽氣也所以陰陽者道今以陰陽合爲道豈與先儒異乎曰奚與先儒異陰陽氣所以陰陽者道道之所以陰陽者中也當時未能深喻今思之乃知此言不惟不與先儒異且先儒之言得此而乃明蓋氣固非道而道亦不離乎氣陰陽各爲
庭聞憶畧　卷上　一

求己录

民国廿三年一月七日在厂甸买得。此书作于甲午之后，良药苦口，忠言逆耳。今日展读，不禁叹息，四十年来如一辙也。十一日灯下，知堂记。

廿六年十一月廿二日在北平再阅一过。

廿八年三月十六日又阅一过。

《求己录》三卷，陶保廉编，清光绪刻本。上述题记写于该书的函套上。陶保廉（1862—1938），浙江秀水人，清末两广总督陶模之子。本书前有光绪二十二年（1896）止园主人序，序后为“叙目”。“叙目”首有“芦泾遁士”（陶保廉）识语，末署“光绪甲午冬日”。止园主人在序中说“（芦泾遁士）乃类集帝王之已事及名臣儒士之说议格言，论而著之”。此书所引文献，包括《左传》《吴越春秋》《汉书》《后汉书》《程氏遗书》《朱子语类》等书，以及丁度、司马光、苏轼等人之作。

周作人对《求己录》颇为推崇，从上述多次题记可见一斑。他在《谈策论》（后收入《风雨谈》）一文中即引用了《求己录》中的话语，以说明洋八股策论的害处，并指出：“《求己录》下卷中陶君的高见尚多，今不能多引。”

民國廿三年二月七日在厰甸買得
此書作於甲午之後良藥苦口忠言逆耳
今日展讀不禁嘆息四十年来如一轍也
十二日灯下 劭雲記
廿六年十一月廿二日在北平再閱一遍
廿八年三月十六日又閱一遍

求己錄卷上

蘆涇遯士編

左傳衛文公事

閔公二年狄人滅衛僖之二年齊桓公封衛於楚邱衛文公大布之衣大帛之冠務材訓農通商惠工敬教勸學授方任能元年革車三十乘季年乃三百乘

論曰自來振衰起弱必無速效近功非首重學校則士習漓而國本頹非留意人才則文事武備盡成虛設非維持商賈殫力農工則民窮財盡國用奚資非苦身節用矢志有恆則臣下何由觀感事仍廢於半途衛文惟

求己錄上　一

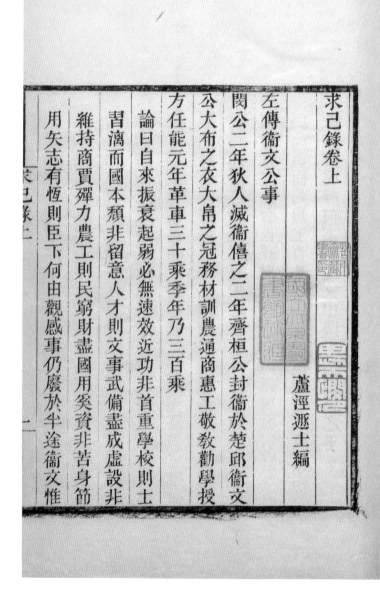

小儿语

《小儿语》一卷、《女小儿语》一卷，明吕得胜著，《续小儿语》三卷、《演小儿语》一卷，吕坤著，共一册。民国初年得之于越城大路书摊。二十一年二月二十九日重衬订一过，记于北平苦雨斋。作人。

《小儿语》一卷、《女小儿语》一卷，明吕得胜撰；《续小儿语》三卷《演小儿语》一卷，明吕坤撰，清嘉庆二十四年（1819）刻本。书前有明嘉靖三十七年（1558）吕得胜序，末有万历二十一年（1593）吕坤跋。书末有嘉庆二十四年（己卯）中州吴正纬重刊记，另镌“板藏江西九江府经厅署内”等字。吕坤（1536—1618），字新吾，河南宁陵人，明代著名文学家、思想家，官至刑部侍郎。著有《呻吟语》《实政录》等。吕得胜，吕坤之父。

周作人在《吕坤的〈演小儿语〉》认为：“前面的五卷书，都是自作的格言……虽然足为国语的资料，于我们却没有什么用处。末一卷性质有点不同，据小引里说，系采取直隶河南山西陕西的童谣加以修改，为训蒙之用者。”他从童谣的角度，对《演小儿语》予以肯定，认为它的价值是“使我们能够知道在明朝有怎样的儿歌，可以去留心搜集类似的例，我们实在还应感谢的”。[1]

《周作人日记》1932年2月29日载：“上午衬《小儿语》，午了。”[2]

[1]《知堂书话》，第489页。该文1923年4月刊于《歌谣周刊》12号，收入《谈龙集》。

[2]鲁迅博物馆藏：《周作人日记》（下），大象出版社1996年版，第200页。

小兒語一卷女小兒語一卷明呂得勝著
續小兒語三卷演小兒語一卷呂坤著共
一冊民國初年得之於越城大路書攤二
十一年二月二十九日重襯訂一過記於北
平苦雨齋 作人

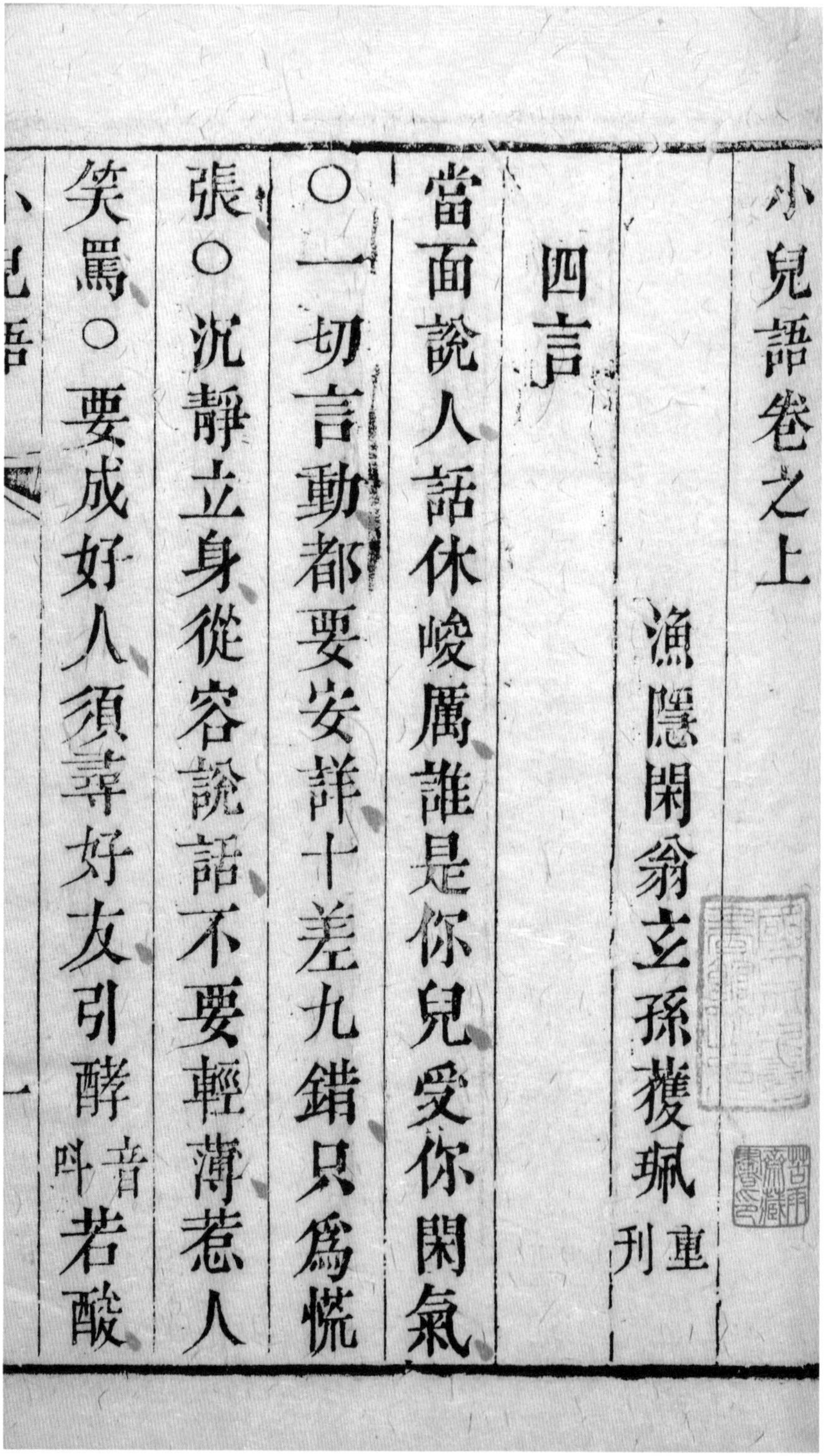

小兒語卷之上

漁隱閑翁玄孫獲珮重刊

四言

當面說人話休峻厲誰是你兒受你閑氣

○一切言動都要安詳十差九錯只為慌

張○沉靜立身從容說話不要輕薄惹人

笑罵○要成好人須尋好友引酵音叫若酸

小兒語 卷之 一

冬心先生杂著

《冬心先生杂著》六种一册，陈曼生重刊本。民国廿二年四月从杭州得来，廿六日晨衬订讫记，知堂。

《冬心先生杂著》六种，清金农撰，清嘉庆道光陈鸿寿种榆仙馆刻本。书前有陈鸿寿“引”，内言刊刻缘由：“扬州旧有刊本，已久不存。近有刻入《巾箱小品》中者，袖珍小字，苦于翻阅。今为重刻，以广其传。”陈鸿寿（1768—1822），号曼生，浙江钱塘（今杭州）人，工书画，精篆刻，善制宜兴紫砂壶。《冬心先生杂著》分为六种，包括：《研铭》《画竹题记》《画梅题记》《画佛题记》《自写真题记》《画马题记》。

题记中所说“从杭州得来”，当是指从杭州抱经堂书店得来。据《周作人日记》1932年4月记载，该月周作人多次与抱经堂有信件联系。抱经堂是朱遂翔（1900—1967）在杭州创办的旧书店。

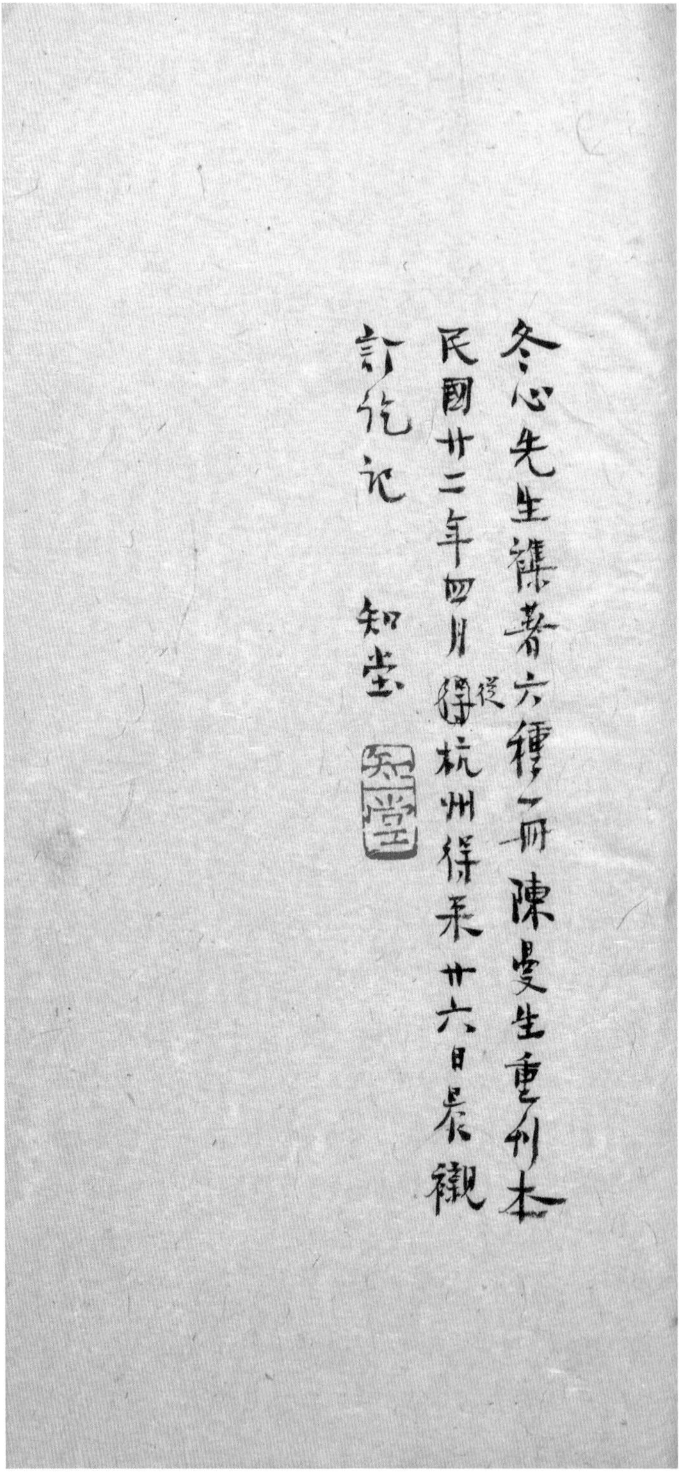
冬心先生雜著六種一冊 陳曼生重刊本
民國廿二年四月從杭州得來 廿六日晨襯
訂訖記 知堂
知堂

冬心齋研銘

錢塘　金農

魯隱君研銘

一畝宮齊民居苔滿榻勤著書莫羨西鄰有麥魚

石處士研銘

持平用方子之苗族頑陰不氷是謂温谷

寫周易研銘

蠱履之節君子是敦一卷周易垂簾闔門手寫不倦心光存吾慕蓍龜占可以釋百憂水洞洞雲幽幽此道最精顔惡頭

习苦斋画絮

平常所见《画絮》，皆惠年编刊十卷本。今此书只四卷，字画精好，胜于惠刻，而前后无题序，意者或即戴兆春序文中所云“先君于服官吴门时，曾裒集付刻数卷”者耶。此系吴氏石莲庵旧藏。数年前在北平所得，今日重阅，辄记数行。时中华民国廿八年二月八日，知堂。

《习苦斋画絮》四卷，清戴熙撰，清刻本。戴熙（1801—1860），别号习苦斋，浙江钱塘（今杭州）人，道光十二年（1832）进士，官至兵部右侍郎，著有《习苦斋画絮》《赐砚斋题画偶录》等。在光绪十九年（1893）惠年杭州鹾署刻本《习苦斋画絮》的跋中，其孙戴兆春叙述了该书一波三折的刊刻过程：“先祖文节公所著有习苦斋诗文集，均已刊行，惟《画絮》十卷藏之箧中，迄未付梓。先君心耿耿焉。于服官吴门时，曾裒集付刻，乃刻未数卷而先君见背，春时正供职京华，丁忧回籍，后适就沪上蕊珠讲席之聘，见西法印书颇称精美，复出文节公手钞本付石印局，惜迁延岁月，工未及半，旋以起复入都，事又中止……菱舫世伯精于绘事，视艖莅浙，得《画絮》钞本而喜之……因分类排比，力任剞劂之事。”

周作人在书话之作《习苦斋画絮》中曾引述题记的内容：“后又得《画絮》别本四册，曾题其端云‘平常所见《画絮》皆惠年编刊十卷本，今此书只四卷，字画精好，胜于惠刻，而前后无题序，意者或即戴兆春所云，先君于服官吴门时曾裒集付刻数卷者耶。此系吴仲怿旧藏，卷首有海丰吴氏石莲庵一印。’”[1]此与上述题记的内容微异，姑且存之。吴重憙（1838—1918），字仲怿，号石莲，室名石莲庵，山东海丰（今无棣县）人，曾官江宁布政使、邮传部左侍郎、河南巡抚等职。

[1]《知堂书话》，第941页。

平常所見畫徵皆惠年編刊十卷本今此書六四卷字畫精好勝於惠刻而前後無題序意者或即載兆春序文中所云先君於服官吳門時之彙集付刻數卷者邪 此係吳氏石蓮庵舊藏數年前在北平所得今日重閱輒記數行者

中華民國廿八年二月八日 知堂

習苦齋畫絮卷一

錢唐戴熙　醇士

竹易於密而難於疎惟板橋能密亦能疎此專師其疎處

夏太常鐵畫銀鉤一時之傑人爲之語曰太常一个竹西涼十挺金余家有其畫偶一效之

世傳梅花道人石刻眞蹟也秀雅入骨要非俗眼所能賞耳

檀欒大竹挺千尋難得雙竿聚一林休問孰高還孰下此君个个是虛心

臨水一梢亭亭自動掀篷悵望不減天寒翠袖時也

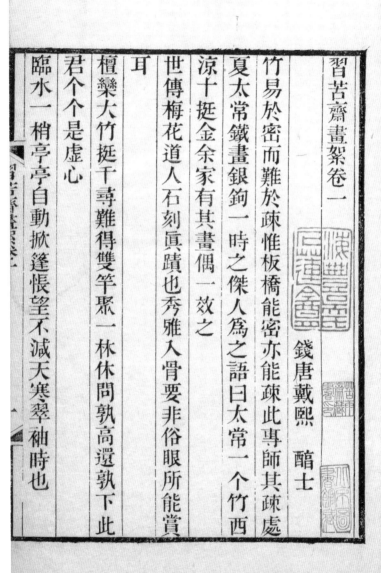

二树紫藤花馆印选

民国二十一年二月二十一日启无见赠，云得之于厂甸也。二十三日改订讫记。作人。

近日苦雨，取出此书来看。黄、丁、奚诸作几无一不佳，但觉得不可追踪古人。所谓学我者病，岂不亦此类欤。廿七年七月廿六日又记。知堂。

《二树紫藤花馆印选》不分卷，顾鳌辑。民国四年（1915）影印本。书前有民国四年周彦威序，其中有云“文物重器有西去流沙之概，星霜所蚀，兵燹迭更，其亡散销铄于五厄者，更不知凡几。吾友广安顾子巨六恫焉，爰就素所搜集古今印谱三百余种中，撷其菁英，辑为丛刻，钩沉翼坠，播之艺林。惟制版研丹尚须时日，先以所藏乾嘉诸老手拓祕本濡纸脱文，以为喤引。其诸大雅闳硕，或有取于斯也”。卷末有樊子容跋，以及“民国四年仲秋月法轮印字局铜印”牌记。

顾鳌（1879—1956），字巨六，四川广安人，光绪二十九年（1903）

癸卯科举人，民国初年参与袁世凯称帝、张勋复辟，后任职律师。

《周作人日记》1932年2月21日载：“（下午）启无来，五时去，赠印谱四册。”[1]此《二树紫藤花馆印选》当即其中之一。

[1]《周作人日记》（下），第196页。

民國二十一年二月二十一日啓无見贈云得之
於廠甸也二十三日改訂記 作人

近日苦雨取出此書來看黄丁戛諸作我
無一不佳但覺得不可追蹤古人耳然學我
者病也豈不亦此類歟 廿七年七月廿六日又記

知堂

二樹紫藤花館印選

西厢酒令

廿九年九月在北京从三友堂得此，价甚不廉。因不多见，故终收得之。嘱衬纸改订，今日已成，记其缘由。廿六日午，知堂。

《西厢酒令》不分卷，题东山居士撰，清嘉庆刻本。东山居士生平不详。本书前有嘉庆二十一年（1816）丙子东山居士叙。全书收录以《西厢记》为主题的酒令三百条。

周作人撰有《记酒令》一文，刊于1941年2月24日《北平晨报》上。文中重点谈到了此书，认为《西厢酒令》收录酒令数量，比俞敦培的《艺云轩西厢新令》（一百条）、汪兆麒的《西厢酒筹》（一百六条）都要多，且“远在俞汪之前”[1]，因为并不多见，所以俞敦培编《酒令丛抄》时未收入。

[1]《知堂书话》，第980页。《北京晨报》原作《记酒令》，收入《知堂书话》时改为《西厢记酒令》。

三友堂，书肆名。孙殿起《琉璃厂书小志》载隆福寺有三友堂："张立纯，字粹斋，枣强县人；高新元，字建侯，衡水县人；赵连元，字问渠，吴桥县人，于民国九年开设。先在宣武门内海市街，至十年徙隆福寺路南三槐堂旧址，十年又徙迤西路南，即文粹斋旧址。二十三年三人分手，三友堂字号归建侯所有。"[1]

[1] 孙殿起：《琉璃厂小志》，第三章《书肆变迁记》，上海书店出版社2010年版，第101页。

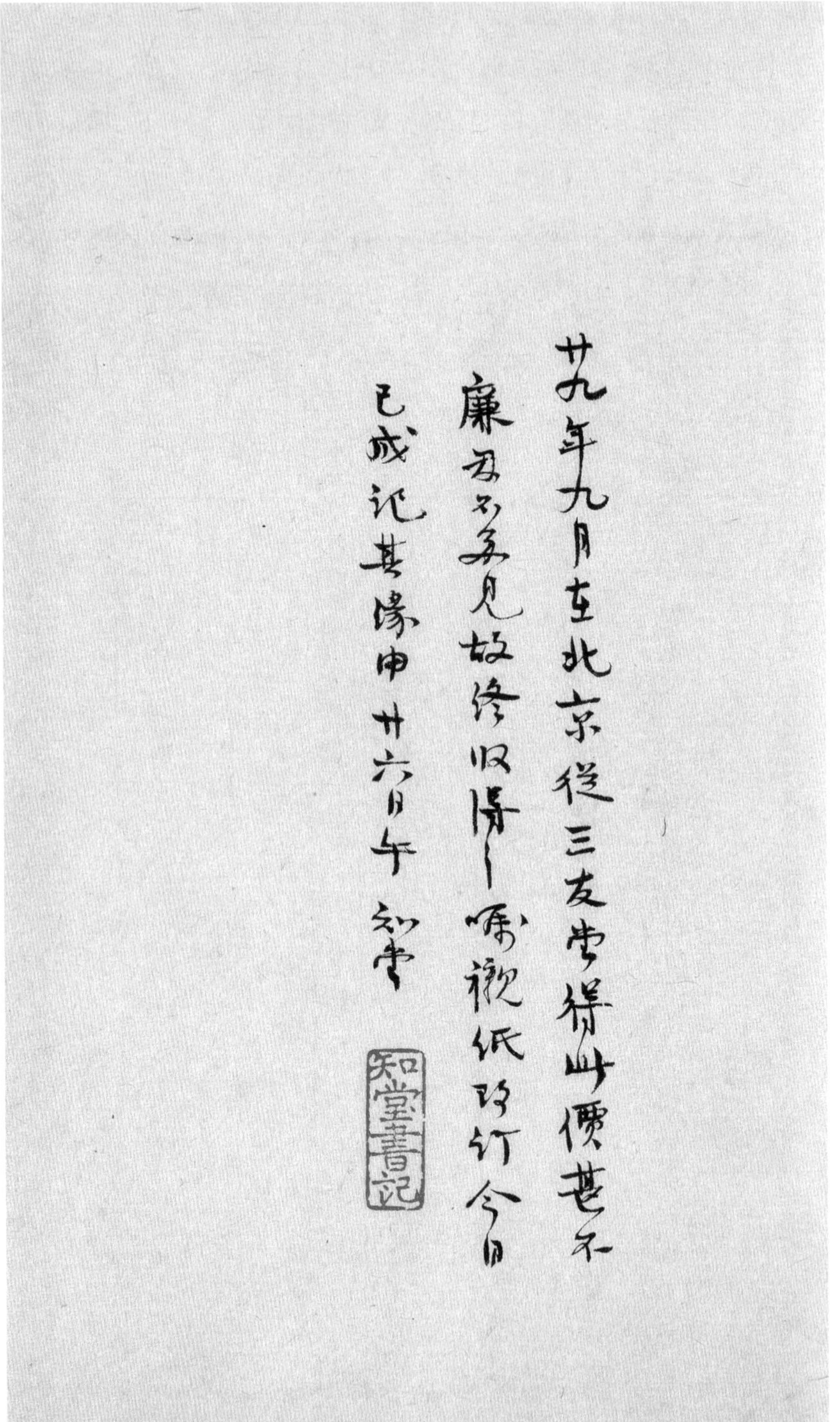

廿九年九月在北京從三友堂得此價甚不廉因不多見故終收得之嘱補紙改訂今日已成記其緣由　廿六日午　知堂

知堂書記

西廂酒令敘

需之象曰君子以飲食宴樂蓋冠昏賓祭非酒無以成禮花晨月夕非酒無以合歡況海內清平朝廷無事賢公卿退食自公同寅和衷二簋亦可用享士君子優遊林下朋友講習一樽亦可論文爰編西廂之令用佐東閣之筵聊助笑談罔識忌諱臨時去取主則擇之

嘉慶丙子之秋東山居士書

茶史

民国乙酉十一月二十日，雨中改订，此书四册。时浙西人狼沈三、赵二、王大正在跳踉叫嗥，阅此消遣，亦颇得消闲之趣也。十堂题记。

《茶史》二卷，清刘源长撰，清陆求可订。清康熙十四至十七年（1675—1678）刘谦吉刻本。合刻有《茶史补》一卷，清余怀撰，清刘谦吉订。

刘源长，字介祉，江苏淮安人，生活于明末清初之间。其子刘谦吉于康熙十四年刻此书。书前有康熙十六年李仙根序、十四年陆求可序、刘谦吉序，以及有关茶叶著作的“各著述家”。全书分为两卷，卷一茶之原始、茶之名产、茶之分产、茶之近品、陆鸿渐品茶之出、唐宋诸名家品茶、袁宏道《龙井记》、采茶、焙茶、藏茶、制茶，卷二品水、名泉、古今名家品水、欧阳修《大明水记》、欧阳修《浮槎水记》、叶清臣述煮茶泉品、贮水、汤候、苏廙十六汤、茶具、茶事、茶之隽赏、茶之辩论、茶之高致、茶癖、茶效、古今名家茶咏、杂录、志地。

“民国乙酉”指民国三十四年（1945）。此题记写后不久，12月6日周作人即因汉奸案被国民党政府逮捕。

民國乙酉十一月二十日兩中改訂此書四冊

時浙西人狼狽三遷三王大至花瑞璃叶嗥

閩此間遣兵駛浮闖迫一劫也

青野記

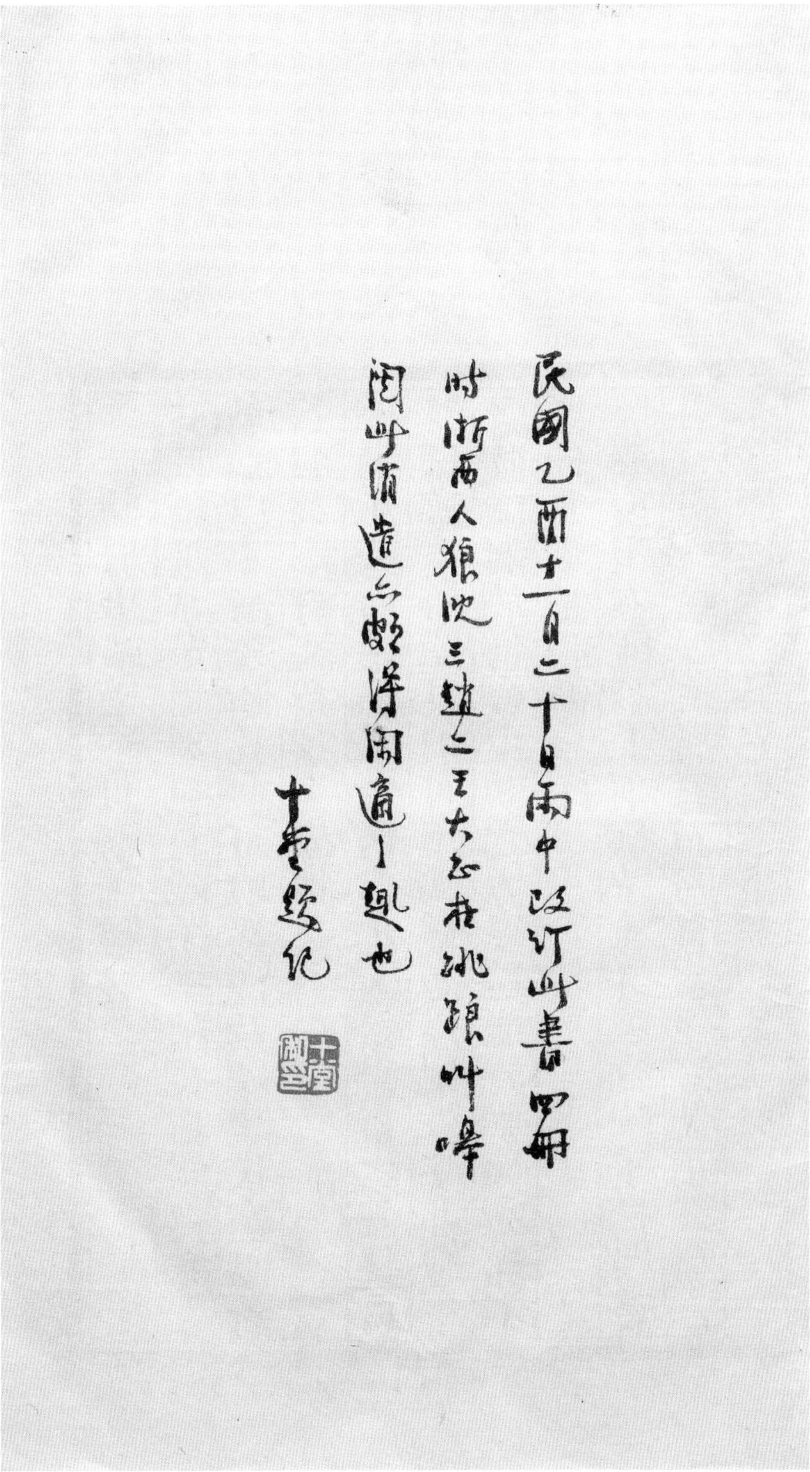

陸羽事蹟十二則 外附盧仝

竟陵僧於水濱得嬰兒育爲弟子稍長自筮得蹇之漸繇曰鴻漸於陸其羽可用爲儀乃姓陸氏字鴻漸名羽及冠有文章茶術最精

陸羽承天府沔陽人老僧自水濱拾得畜之既長自筮曰鴻漸於陸其羽可用爲儀乃以定姓字郡守李齊物識羽於僧舍中勸之力學遂能詩雅性高潔不樂仕進嗜茶善品泉味

陸羽復州人隱苕上稱桑苧翁又號竟陵子杜門著書或行吟曠野或痛哭而歸有茶經傳世凡三篇言茶之原之法之具尤備天下益知茶飲矣

迷藏一哂

查万年历，康熙十一年壬子十二月十七日立春，与此所记正合，可知此为康熙十二年癸丑也。壬午三月廿九日，知堂。

《迷藏一哂》，清抄本。书前有春梦生序，末署“癸丑立春，时在前岁季冬望后之二日也”，上述题记即写于纸上粘贴于此。全书收录谜诗一百首，前两首为六言，其余为七言绝句，每句隐藏花草各一，共计四百种。如谜诗为：果中亦有君王果，卉中亦有君王卉；藤中亦有君王藤，树中亦有君王树。谜底分别是：万岁冰桃、万年花、万岁藤、万年枝。

周作人撰有短文，介绍此书，收录在《书房一角》中。上述题记的主要内容在短文中有反映，只是没有最后一句“壬午三月廿九日，知堂”。“壬午”指民国三十一年（1942）。周作人在文章中还考证道：“文中弘字不避讳，盖亦康熙时所抄。”又说：“下册有数首乃是所谓荤谜素猜者，颇多谐谑，此在市井本亦有之，惟祭酒公而为此，乃别有趣味，想见老辈风趣，在康熙时盖尚有晚明的风气存在也。”[1]

[1]《知堂书话》，第983页。

草草戀隨人聊付迷藏一哂

癸丑立春旨在前歲之人望後二[illegible]也

查萬年曆康熙十一年壬子
十二月十七日立春其此所記正
合可知此爲康熙十二年癸丑也
壬午三月廿九日 知中

謎

長壽仙翁纂輯
永住和尚叅訂
訂坐真人詮次
抱靈居士較証

註

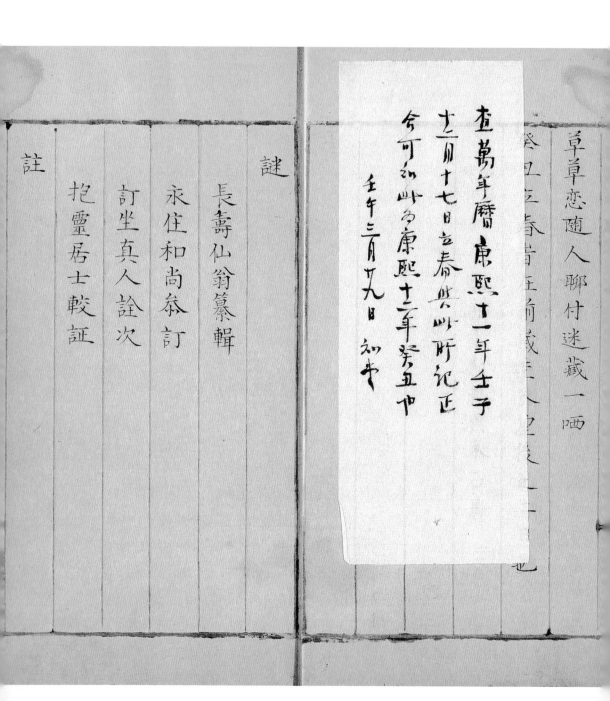

序

生草池塘春夢夢花筆下春生生生夢夢而雖憑總是生也是夢夢夢雖覺大夢生生雖問三生春花春草任冬烘可是惺惺懞懂　管子猶堪說鬼墨子亦可傳神而九赤白隙中塵苦讀周易衍盡愁似鰥魚知夜慵同孤燕逢春花花

谭子雕虫

民国廿八年夏至日改订书面，距原刻书时盖正二十年矣。知堂记。

《谭子雕虫》二卷，明谭贞默撰，民国八年（1919）嘉兴谭新嘉刻蓝印本。此题记书写于函套上。本书前首为《嘉兴谭扫庵祭酒贞默著述目录》，目录后有民国八年己未宜宾爨汝禧识语；次为陈子龙序及崇祯十五年（1642）谭贞默序。书末有民国八年谭新嘉跋。《谭子雕虫》一名《小化书》《雕虫赋》。谭新嘉在跋中说："其书于小虫类为之赋，各赋之后，自为注释。"全书共三十七段，其中第三至三十三段为各类虫所作赋，其余为赋序、赋总等。谭贞默（1590—1665），字梁生，号扫庵，浙江嘉兴人，崇祯元年（1628）进士，曾官太仆寺少卿、国子监司业兼祭酒事等职，撰有《扫庵集》等。谭新嘉称贞默为嘉兴谭氏迁禾（嘉兴古名禾兴）九世祖。

周作人喜读博物类之书，此为其中之一。

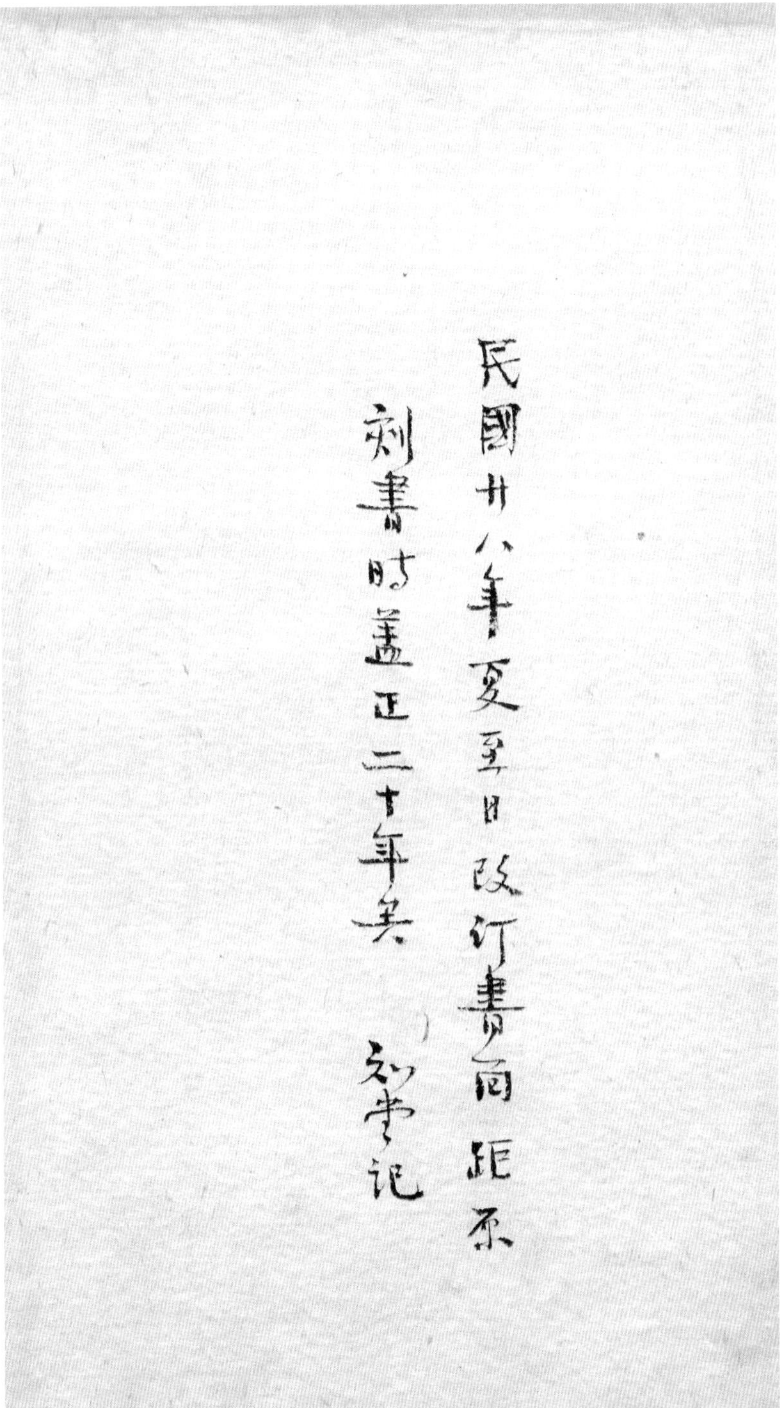

民國卅八年夏至日改訂書面距原
刻書時蓋正二十年矣　知堂記

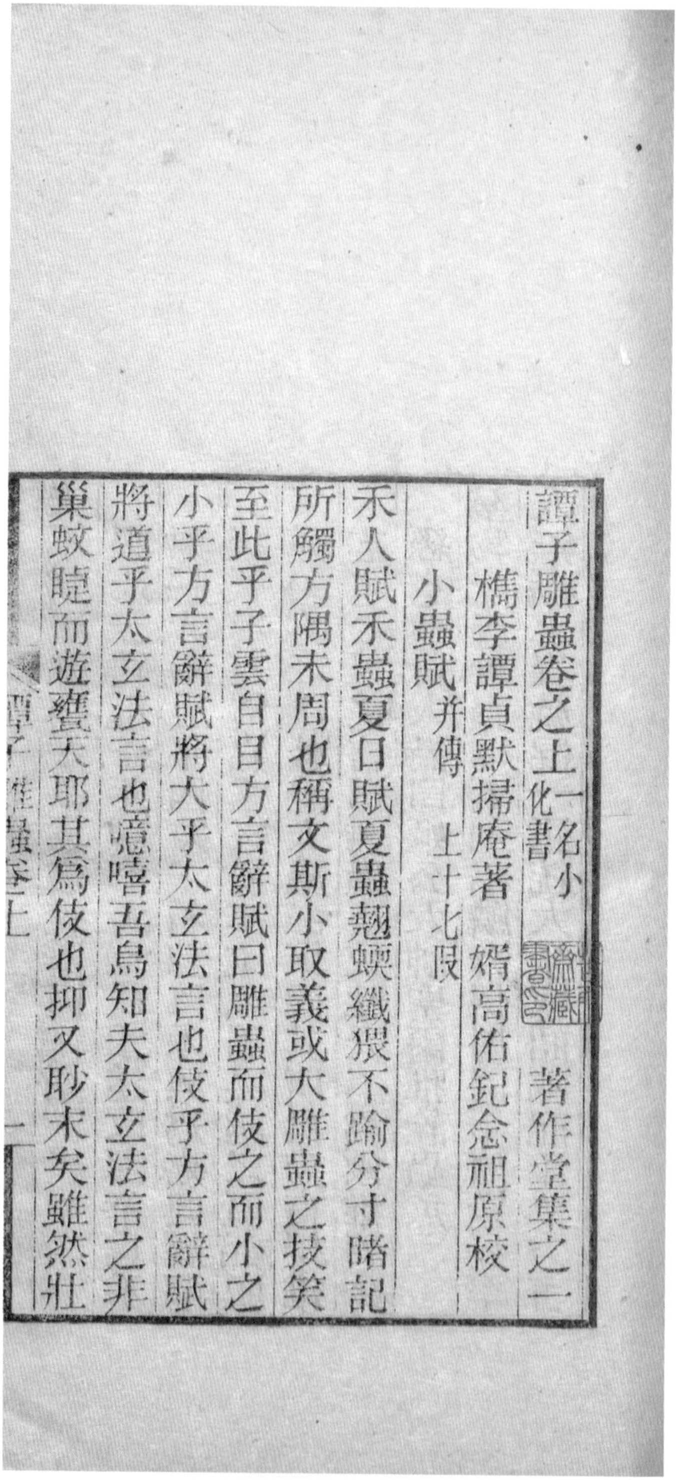

譚子雕蟲卷之上一名小化書　著作堂集之一

檇李譚貞默埽庵著　婿高佑釲念祖原校

小蟲賦并傳　上十七段

禾人賦禾蟲夏日賦夏蟲翹蟆纖猥不踰分寸睹記所觸方隅未周也稱文斯小取義或大雕蟲之技矣至此乎子雲自目方言辭賦曰雕蟲而伎之而小之小乎方言辭賦將大乎太玄法言也伎乎方言辭賦將遁乎太玄法言也噫嘻吾烏知夫太玄法言之非巢蚊睫而遊甕天耶其爲伎也抑又眇末矣雖然壯

譚子雕蟲卷上　一

虫荟

此书刻板至今才四十年，而市上少见，价亦随贵。今此一部又系从修绠堂得来。该堂以漫天索价闻名京师，然则其价之不廉，盖可以想见矣。民国二十年十一月十日，知堂记。

《虫荟》五卷，清方旭撰，清光绪刻刻鹄斋丛书本。书前有光绪十六年（1890）孙诒谋、胡念修、方心泉序以及著者自序。方旭（1857—1921），原名承鼎，字调卿，室名听镜轩，浙江建德人。光绪元年秀才，曾任惠英女子学校校长。参与纂修《建德县志》，著有《虫荟》《蠹存》等。全书分为五卷，内容分别为：羽虫、毛虫、昆虫、鳞虫、介虫。

修绠堂为琉璃厂书坊。据孙殿起《琉璃厂小志》载，修绠堂系河北冀县人孙锡龄于民国六年（1917）创办。[1]

[1]《琉璃厂小志》，第101页。

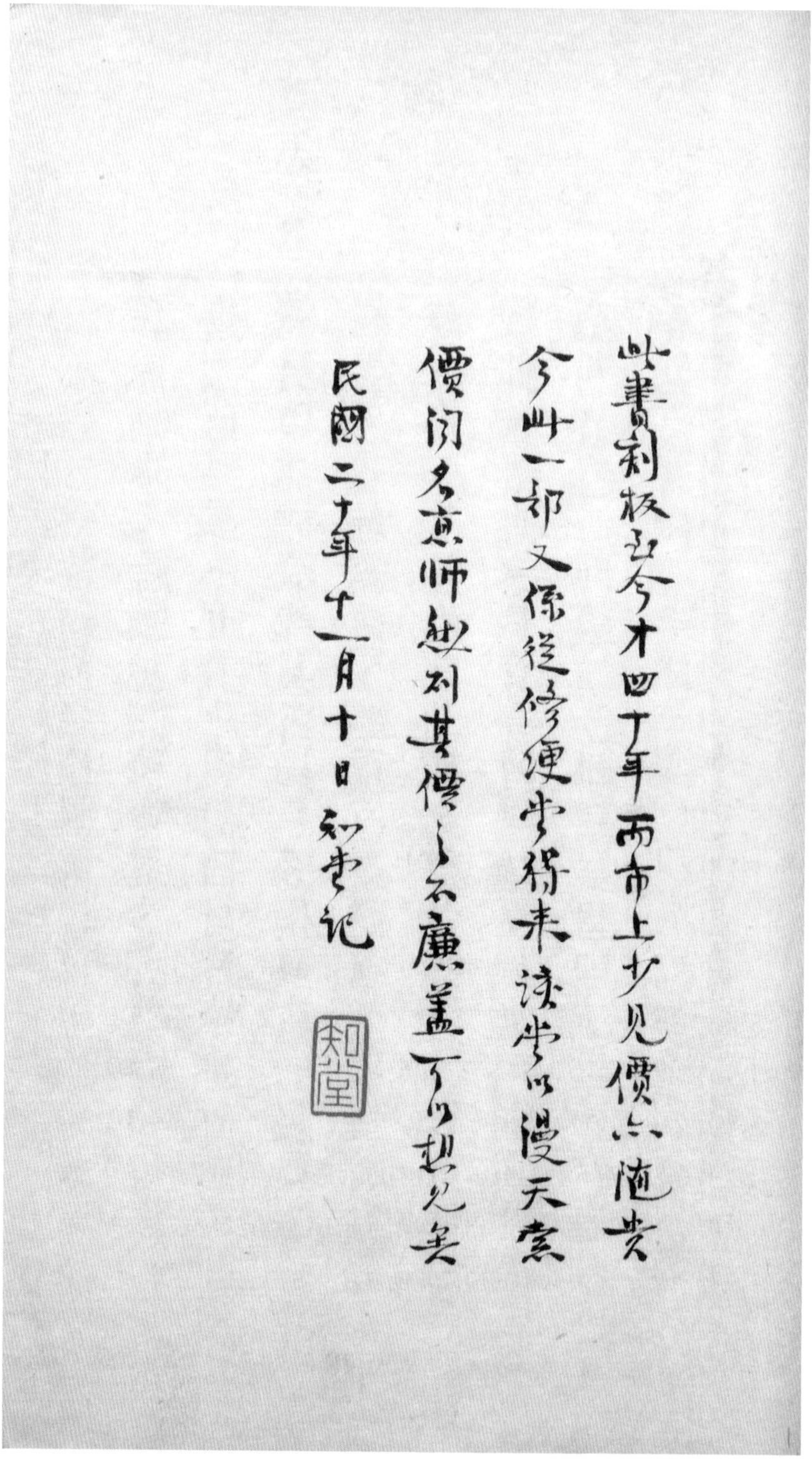
此書刻板至今才四十年而市上少見價亦隨貴
今此一部又係從修綆堂得來該堂以漫天索
價聞名京師然則其價之不廉蓋可以想見矣
民國二十年十一月十日　知堂記
知堂

蟲薈卷一　　　　睦州方旭

羽蟲

鳳

爾雅　鶠鳳其雌凰

駢雅　長離瑞鶠鸑鷟鳳也

蓺林伐山　足足鳳也

續廣雅　鳴鳥仁鳥鳳也

西番譯語　鳳凰西番呼窮窮

譯史紀餘　鳳凰高昌呼洗毋兒哈百譯呼奴涙哈

桂海續志　廣西梧州府博白縣有遠村號綠舍皆

蒿庵闲话

廿五年三月廿六日从朴学斋得此册，改订讫阅一过记此。知堂。

《蒿庵闲话》二卷，清张尔岐撰，清嘉庆刻本。张尔岐（1612—1678），字稷若，号蒿庵，山东济阳人。著名经学家，究心程朱之学，著有《仪礼郑注句读》《周易说略》《诗经说略》《书经直解》《老子说略》《蒿庵闲话》等。

朴学斋为琉璃厂书肆。据孙殿起《琉璃厂小志》载，朴学斋系河北冀县人周庆福创办。[1]

1936年3月28日，周作人撰有《文人之行》一文，并于当年5月发表于《宇宙风》16期上。该文主要谈及张尔岐及其《蒿庵闲话》，开篇即说："对于蒿庵张尔岐的笔记，我本来不会有多大期待，因为我知道他是严肃的正统派人。但是我却买了这两卷闲话来看，为什么呢？近来我想看看清初人的笔记，并不能花了财与力去大收罗，只是碰着到手的总找来一看，《蒿庵闲话》也就归入这一类里去了。"[2]

[1]《琉璃厂小志》，第169页。

[2]《知堂书话》，第668页，收入此书时题名改为《〈蒿庵闲话〉》。

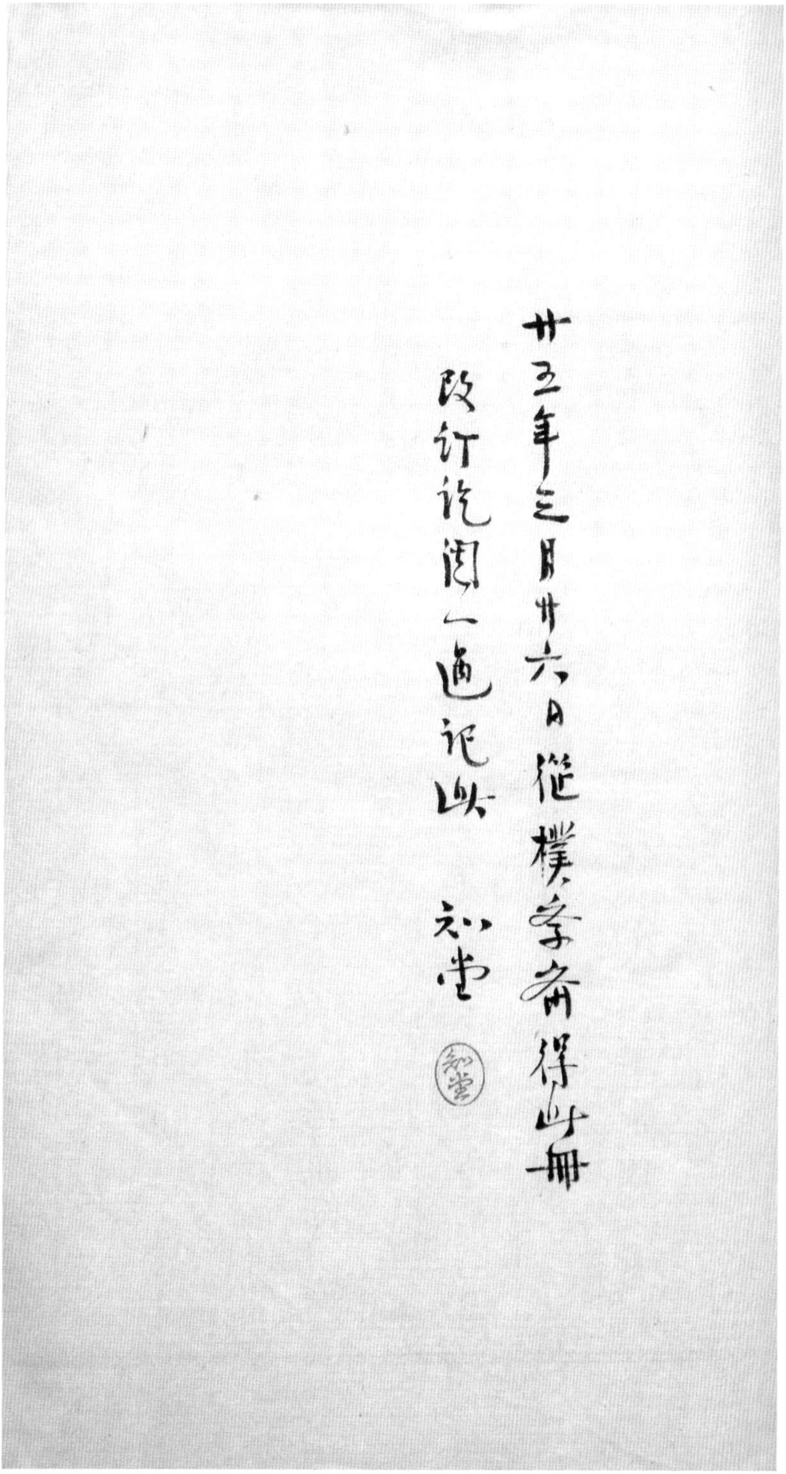
廿五年三月廿六日從樸學齋得此冊
改訂訖閱一過記此　知堂
知堂

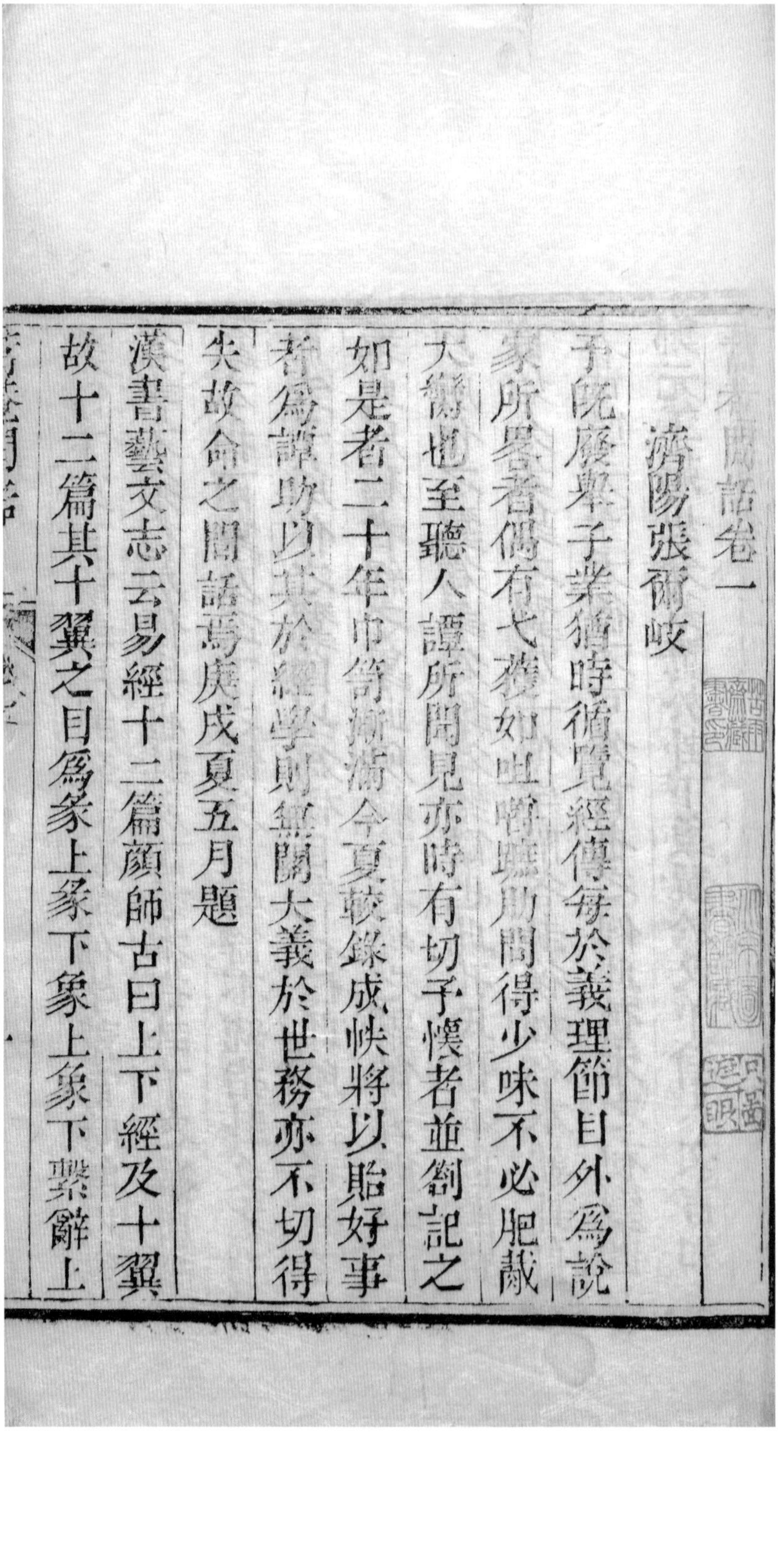

蒿菴閒話卷一

濟陽張爾岐

予既廢舉子業猶時循覽經傳每於義理節目外為說家所略者偶有弋獲如咀嚼雞肋間得少味不必肥胾大臠也至聽人譚所聞見亦時有切予懷者並劄記之如是者二十年巾笥漸滿今夏較錄成帙將以貽好事者為譚助以其於經學則無關大義於世務亦不切得失故命之閒話焉庚戌夏五月題

漢書藝文志云易經十二篇顏師古曰上下經及十翼故十二篇其十翼之目為彖上彖下象上象下繫辭上

钝砚卮言

张星鉴著《仰萧楼文集》，中《怀旧记》第二则记钱君事云：字映江，号竺生，所著《左札》七卷外，有《南明书》三十六卷，咸丰八年卒，年六十一。此书编成在道光戊申，当是五十一岁时也。民国甲申五月十日，知堂识。

《钝砚卮言》，清钱绮撰，清道光刻本。钱绮（1798—1858），字映江，号竺生，江苏元和（今苏州）人，诸生。本书系钱氏杂著之作，内容以天文居多。前有“引目”，首为钱绮自识，言“穷居观化，时有会通，或茗椀清谈，博研渠于座客，或豆棚闲话，矜炙輠于邻童，汇而笔之，略成篇段，自嗤钝砚之难穿，聊效卮言之日出，如日穷理格物，则吾岂敢”，时间署“道光戊申春正月”。

張星鑑著仰蕭樓文集中懷舊記第二則記錢君事云字映江號竺生所著左札七卷外有南北志三十六卷咸豐八年卒年六十一此書編成在道光戊申當是五十之歲時也民國甲申五月十日知堂

鈍硯卮言

元和錢綺箸

天地皆右旋論 十則

歷家以日月五星爲右旋，此但爲步算立法，故借其退數言之，其實未嘗不以日月五星爲左旋也。凡左旋右旋皆就人面北言，自右至左曰左旋，自左至右曰右旋。以余論之，日月五星實皆右旋，非特日月五星右旋，即恒星天亦右旋，非特恒星天右旋，卽地球亦右旋。余之爲此說也，鮮有不以爲怪誕者，請備論之。天有九重，最遠者爲宗動天，其次爲恒星天，其次爲土星天，其次爲木星天，其次爲火星天，其次爲日輪天，爲金星天，爲水星天，最近地者爲月輪天。此歷

世说新语注钞

此系“三注钞”之一种。民国二十二年五月从杭州得来。惜书估草率改订，末有误易处不能修正耳。五月三日，知堂。

《世说新语注钞》二卷，明钟惺选批，明刻本。钟惺（1574—1624），字伯敬，号退谷，湖广竟陵（今湖北天门）人。万历三十八年（1610）进士，官至福建提学佥事。著有《史怀》《隐秀轩集》等。钟惺诗文反拟古，主性灵，与同里谭元春编选《古诗归》，名扬一时，形成著名的“竟凌派”。

“三注钞”指钟惺编选的《三国志注钞》八卷、《世说新语注钞》二卷和《水经注钞》六卷。

此係三注鈔之一種 民國二十二年五月從杭州得来

楷書尚草率改訂未有誤多處不能修正耳

五月三日 知堂

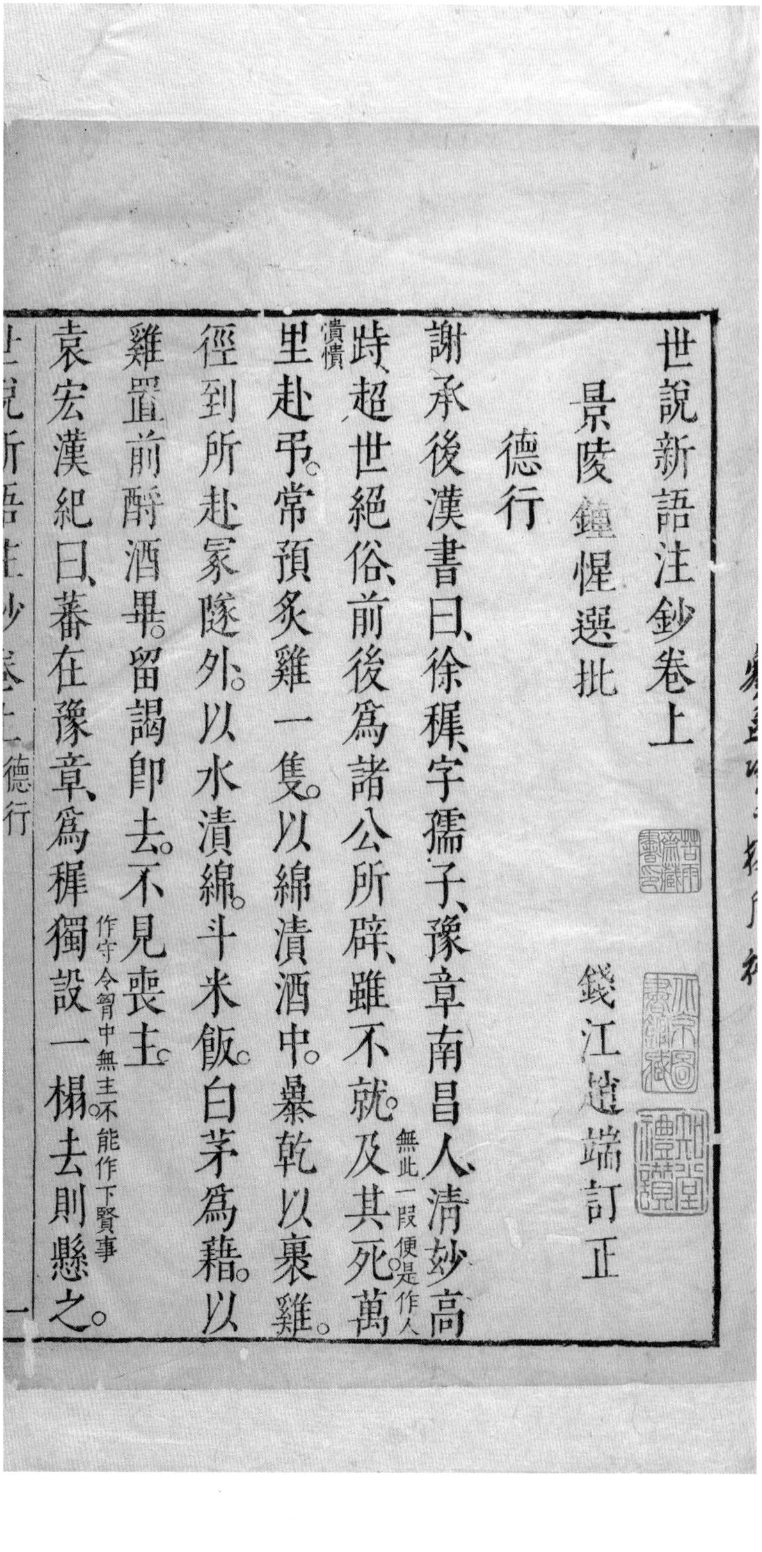

世說新語注鈔卷上

景陵鍾惺選批

錢江逍端訂正

德行

謝承後漢書曰、徐穉字孺子、豫章南昌人、清妙高跱、超世絕俗、前後爲諸公所辟、雖不就。及其死、萬里赴弔。常預炙雞一隻。以綿漬酒中。暴乾以裹雞。徑到所赴冢隧外。以水漬綿。斗米飯。白茅爲藉。以雞置前酹酒畢。留謁即去。不見喪主。袁宏漢紀曰、蕃在豫章、爲穉獨設一榻、去則懸之。

無此一段便是作人

潰憒

作守令胷中無主不能作下賢事

世說新語注鈔卷上　德行　一

湘舟漫录

此书本系二种合刻，今只存《湘舟漫录》三卷。数年前，曾得《白香丛刻》一部，《骖鸾集》亦缺，《漫录》题叶已重刻，仍署“嘉庆十六年”，龚氏一序亦遂撤去，可知其缺盖已久矣。此本虽不完，却有序文，卷末亦多十六至二十一共六叶，颇有可取。在护国寺庙会以一角钱得之，总算很值得的了。民国廿七年二月廿七日，知堂记于北平。

《湘舟漫录》三卷，清舒梦兰撰，清嘉庆十六年（1811）桂林郡城刻本。舒梦兰（1757—1810），字白香，晚号天香居士，江西靖安人，著有《天香全集》。该书书名叶题“湘舟漫录骖鸾集合刻”，可知出版时应为二种合刻，先生所藏仅有《湘舟漫录》，尚缺《骖鸾集》。题记中所称《白香丛刻》即为《天香全集》，三册，存《游山日记》（卷7—12）、《婺舲余稿》《和陶诗》《香词百选》《花仙小志》《湘舟漫录》等。

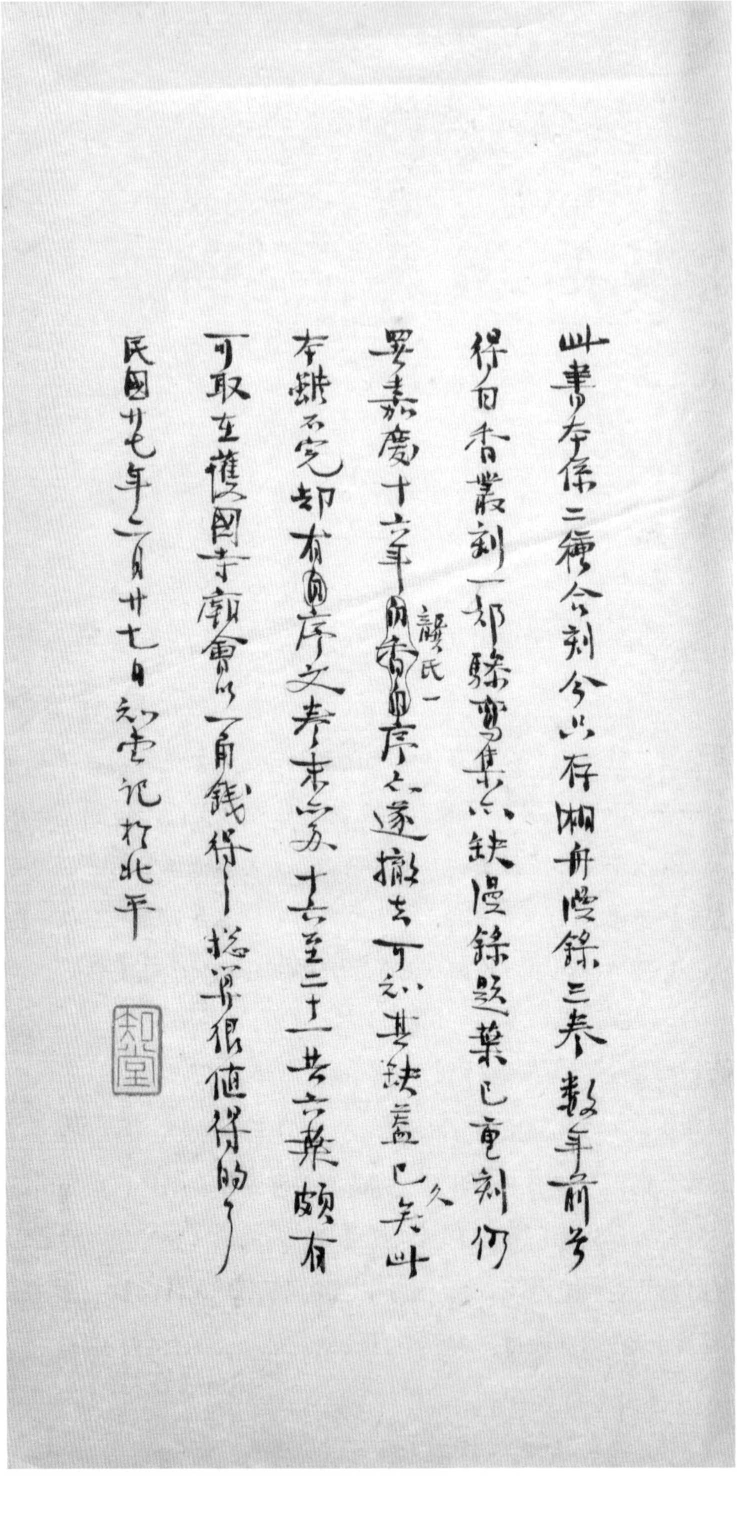
此書本係二種合刻今只存湘舟漫錄三卷數年前曾得白香叢刻一部縣寓集亦缺漫錄題葉已重刻仍署嘉慶十六年譚氏一序亦遂撤去可知其缺蓋已久矣此本缺不完卻有自序文卷末亦缺十五至二十一共六葉頗有可取在護國寺廟會以一角錢得之總算很值得的了

民國廿七年二月廿七日知堂記於北平

知堂

湘舟漫錄卷一

靖安舒夢蘭白香著

安義詹　堅樸園
南昌龔　鉽漚舸　同編

湘水發源興安至永州與瀟水合流故名瀟湘凡九折於衡嶽之南湘中記帆隨湘轉望衡九面正謂此也湘源旣灑以二妃之淚湘流復澄以三閭之心清聲泠泠一碧千里吾舟在鏡中游耳

榜人華先言其同業一人甚奇終日力勤而寡言不

脞录

廿八年六月在北平得此册，有“碧琅玕馆”藏印，书中批点盖亦是杨庸叟手迹，可珍也。二十七日，知堂阅后记此。

《脞录》二卷，清华光鼐撰，清刻本。华光鼐（1886—1917），字少梅，号伯铭，天津人，撰有《脞录》《东观室遗稿》，辑有《天津文钞》。本书前后无序跋，内容多记亲属、友朋有关诗的事情。

杨光仪（1822—1900），字香吟，晚号庸叟，天津人，祖籍浙江义乌，举人出身，曾主讲辅仁书院。著有《碧琅玕馆诗钞》四卷《续钞》四卷。

廿八年六月在北平得此册有碧琅玕馆
藏印书中批点尽是杨庸斋手迹可
珍也二十七日知堂阅讫记此

以下題照寫

脞錄卷一

天津　華光鼐　少梅

金芳舟先生玉珽字藕川黃竹老人胞弟也性嗜琴曾繪圖照一幀題詠甚夥茲將邑前輩題句錄出。王意田學海五古云（題金芳舟彈琴小照）西風吹颯颯松竹四圍繞山色淨無埃爽氣來林杪何處發清音幽人坐雲表橫琴一再鼓逸韻自縹渺箇中眞趣多悠然聲漸杳老手善寫生滿幅煙嵐好披圖豁眼界令我塵懷掃人生各有情雅俗殊襟抱鍾期不易逢伯牙悲宿草安道具高風碎琴甘潦倒

脞錄　卷一　一

秦淮艳品

民国二十一年十一月得此书于上海书店，二十三日改订讫记。知堂。

《秦淮艳品》，清张曦照辑，清光绪元年（1875）小嫏嬛仙馆刻本。张曦照，生卒年不详，字海初，江苏江宁（今南京）人，咸丰二年（1852）举人，山东候补知县。《国朝金陵文钞》录其文。书前首为光绪元年金和序，余文魁序，以及光绪元年张曦照序；次为湖上老渔父等人题词。本书收录秦淮名妓二十四名。书末附《秣陵花谱》，署“沧州渔翁戏笔”。

《周作人日记》1932年11月23日载：“上午喉痛，似感冒也，改订《秦淮艳品》。”[1]

[1]《周作人日记》（下册），第339页。

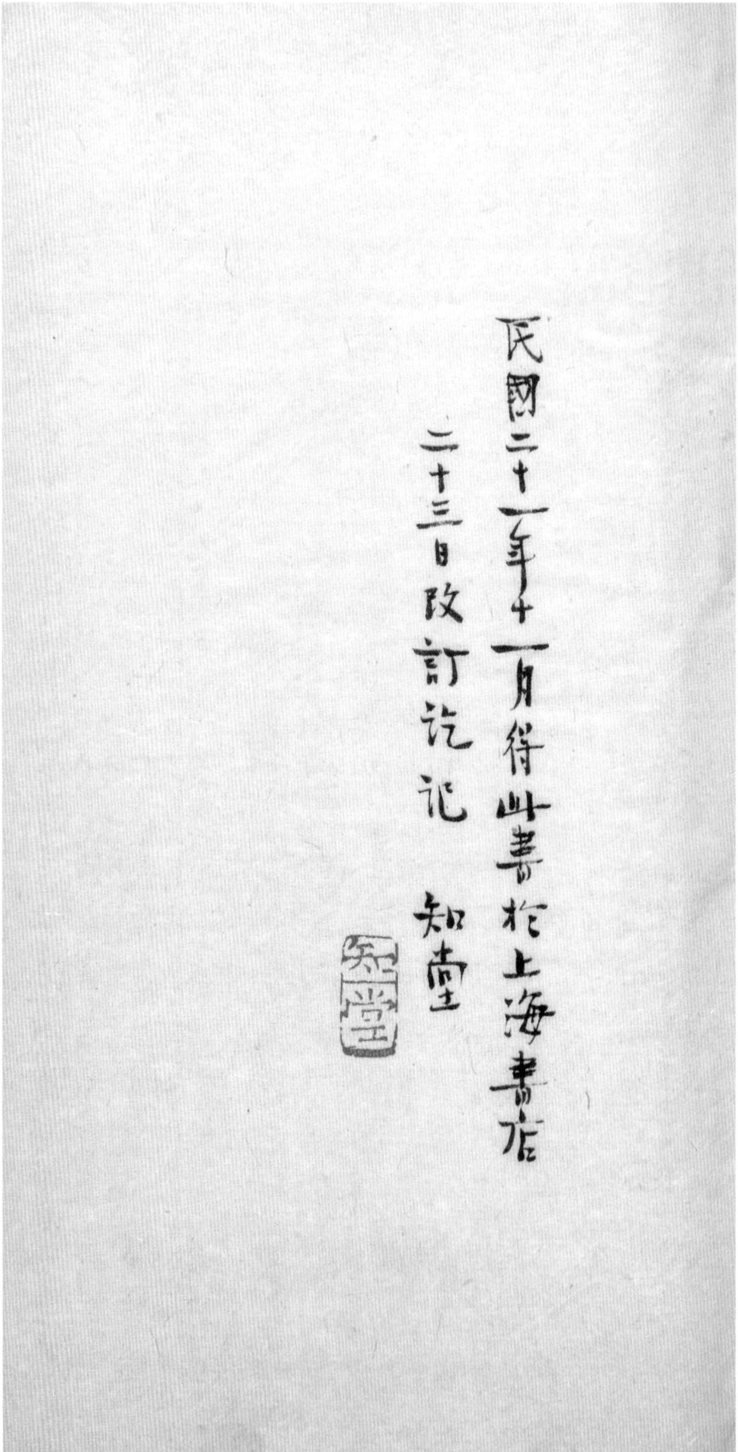
民國二十一年十一月得此書於上海書店
二十三日改訂訖記 知堂
知堂

幽豔

雙鳳號、碧簫、少依阿姨、居紫琅、色藝冠時、甲戌來白下、居煙月雙籠之館、

有美一人。生是俠獨。明漪在神。光澤耀目。芝秀崇階。蘭泛空谷。蒼松鶴巢。翠篁鸞宿。淡埽鉛華。彩越羅縠。為議聘錢。珍珠十斛。

四奇合璧

《品花四奇合璧》四卷，光绪八年刊，题花下解人编，前有丁丑三借庐主人序，称吾友慕真山人所作。查邹弢著《三借庐赘谭》卷四有“俞吟香”一则，云：姓俞名达，自号慕真山人，卒于甲申初夏，著有《醉红轩笔话》等。不及《四奇》，但云有《花间棒》。岂即是书别名欤！廿六年十一月十四日记。

《四奇合璧》，清花下解人编，清光绪八年（1882）上海王氏刻本。

1938年7月16日，周作人撰有《题〈四奇合璧〉》一文，7月26日刊于《晨报》，后收入《书房一角》中。该文对《四奇合璧》的著者及其书名进行的考证，与上述题记相同，又对此书进行了评价：“盖是李笠翁《闲情偶寄》，张山来《幽梦影》之馀绪，而本来力弱，又是学步，遂愈见竭蹶，大有秀才岁考之概矣。”又说：“书中自称《四奇合璧》，王廷学题字乃于其上加品花二字，其实本非谈冶游者，如时式说法，当云香艳小品耳。”[1]

[1]周作人著文、钟叔河编订：《知堂序跋》，中国人民大学出版社2004年版，第445页。

品花四奇合璧四卷光緒八年刊題花下解人編前有丁丑三借廬主人序稱吾友慕真山人所作查鄒弢號三借廬贅譚卷四有俞吟香一則云姓俞名達自號慕真山人卒於甲申初夏著有醉紅軒筆話等不及四奇但云有花間棒豈即是此刊名歟廿六年十一月十四日記

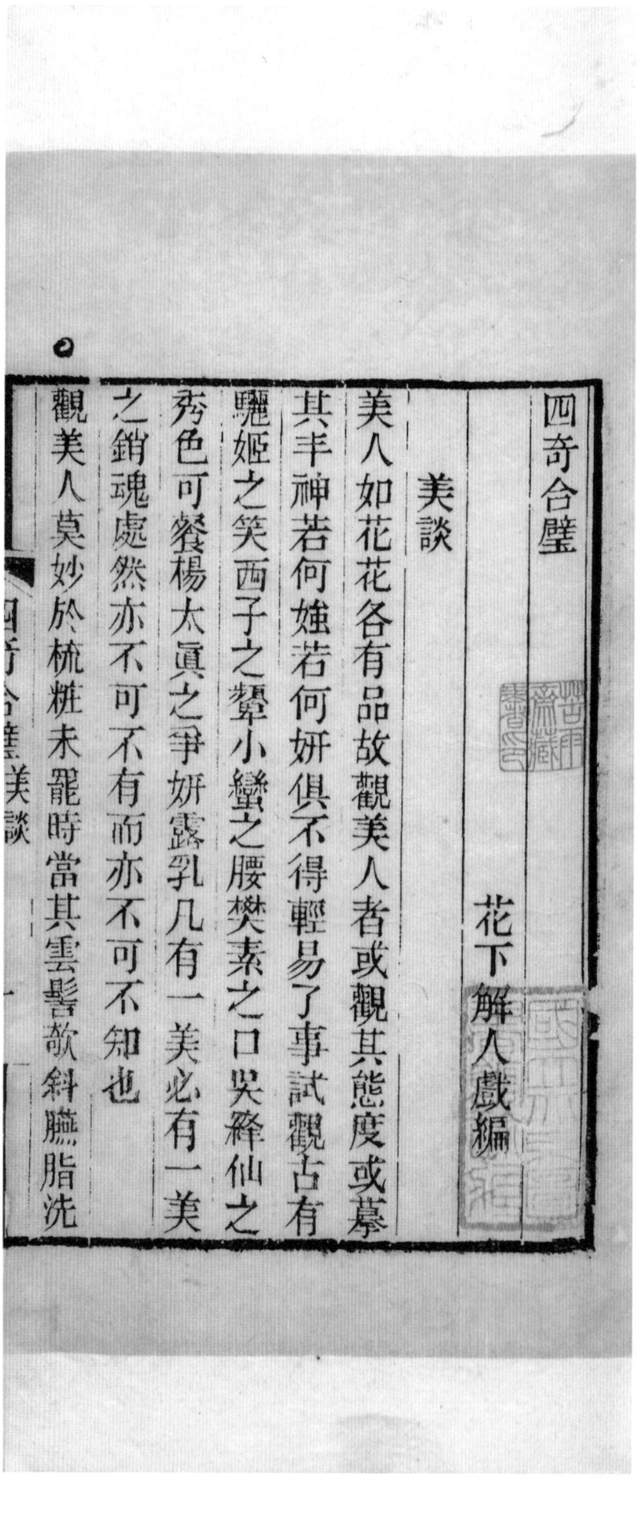
四奇合璧　　花下解人戲編

美談

美人如花花各有品故觀美人者或觀其態度或摹其丰神若何婕若何姸俱不得輕易了事試觀古有驪姬之笑西子之顰小蠻之腰樊素之口奚彝仙之秀色可餐楊太眞之爭姸露乳凡有一美必有一美之銷魂處然亦不可不有而亦不可不知也

觀美人莫妙於梳粧未罷時當其雲髻欹斜臙脂洗

四奇合璧　美談　一

醉古堂剑扫

此书在日本甚通行，与《菜根谭》同为人所爱诵，但在中国则似久逸，素未闻有人说及也。民国二十一年五月从名古屋市其中堂书店买得此本，二十五日重订讫，题记于北平之苦茶庵，岂明。

书中颇有“违碍”字句，在前清或是禁书，但书目上不见。又记。

《醉古堂剑扫》十二卷，明陆绍珩编，日本嘉永六年（1853）星文堂等刻本。陆绍珩生平不详。该书是编者从《史记》《汉书》《世说新语》等书中摘录“嘉言格论、丽词醒语”编辑而成，全书共分醒、情、峭、灵、素、景、韵、奇、绮、豪、法、倩等十二部。前有日本嘉永五年池内奉时叙，陆琏、汝调鼎、何其孝、倪煌、任大冶、倪点、徐履吉叙以及陆珩自叙，参阅姓氏、凡例、采用书目等，后有朱鸿跋，屠嘉庆、顾廷拭题语，嘉永六年赖醇后叙等。该书除日本嘉永六年刻本外，还有明天启刻本、日本明治四十一年（1908）大阪嵩山堂刻本。

《周作人日记》1932年5月2日载："上午寄其中堂金10.50。"[1]同月23日又记："上午遣人往取其中堂寄书四部。"[2]此《醉古堂剑扫》当即其中之一。

[1]《周作人日记》（下册），第234页。

[2]《周作人日记》（下册），第243页。

此書在日本亦通行与菜根譚同為人所愛誦但在中國則似久逸素未聞有人說及也民國二十一年五月從名古屋市其中堂書店買得此本二十五日重訂訖題記於北平之苦茶庵　豈明

知堂

書中頗有違礙字句在前清或是禁書但書目上不見　又記

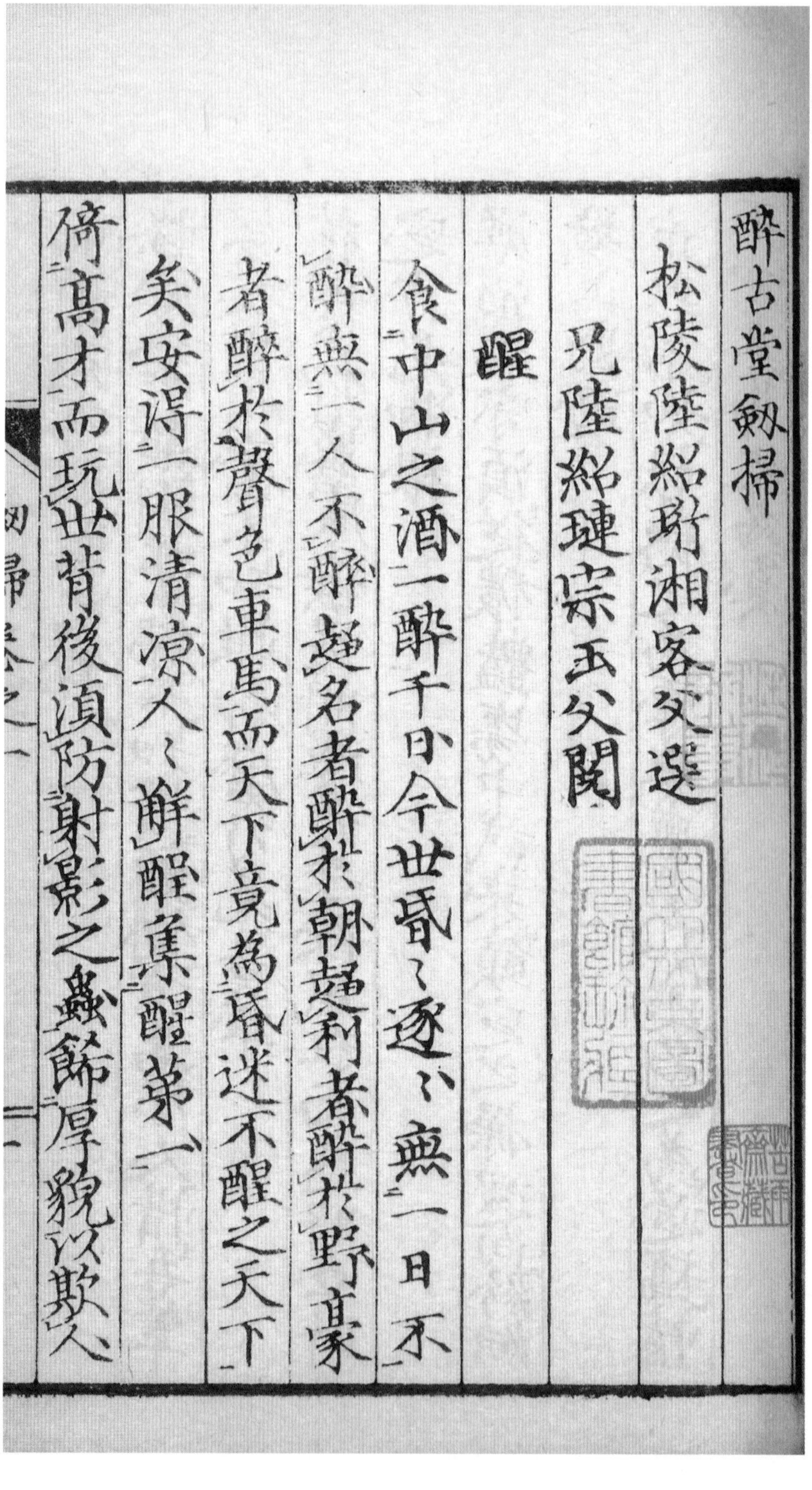
醉古堂劍掃

松陵陸紹珩湘客父選

兄陸紹璉宗玉父閱

醒

食中山之酒一醉千日今世昏昏逐逐無一日不醉無一人不醉趨名者醉於朝趨利者醉於野豪者醉於聲色車馬而天下竟為昏迷不醒之天下矣安得一服清涼人人解醒集醒第一

倚高才而玩世背後須防射影之蟲飾厚貌以欺人

劍掃 卷之一 一

山房积玉

此即《醉古堂剑扫》翻刻本，一字不易，只将书名改换而已。廿六年五月得于北平，三十一日改订讫记，知堂。

《山房积玉》十二卷，清李嘉声编，清刻本。书名叶题聚魁堂藏板。书前仅有雍正七年（1729）汾水李嘉声叙，其中谈到："余日与贤士大夫游会文之暇，各集粹美之言以为座右铭，遂成一编，名曰山房积玉。"其实此书是据《醉古堂剑扫》而作伪。

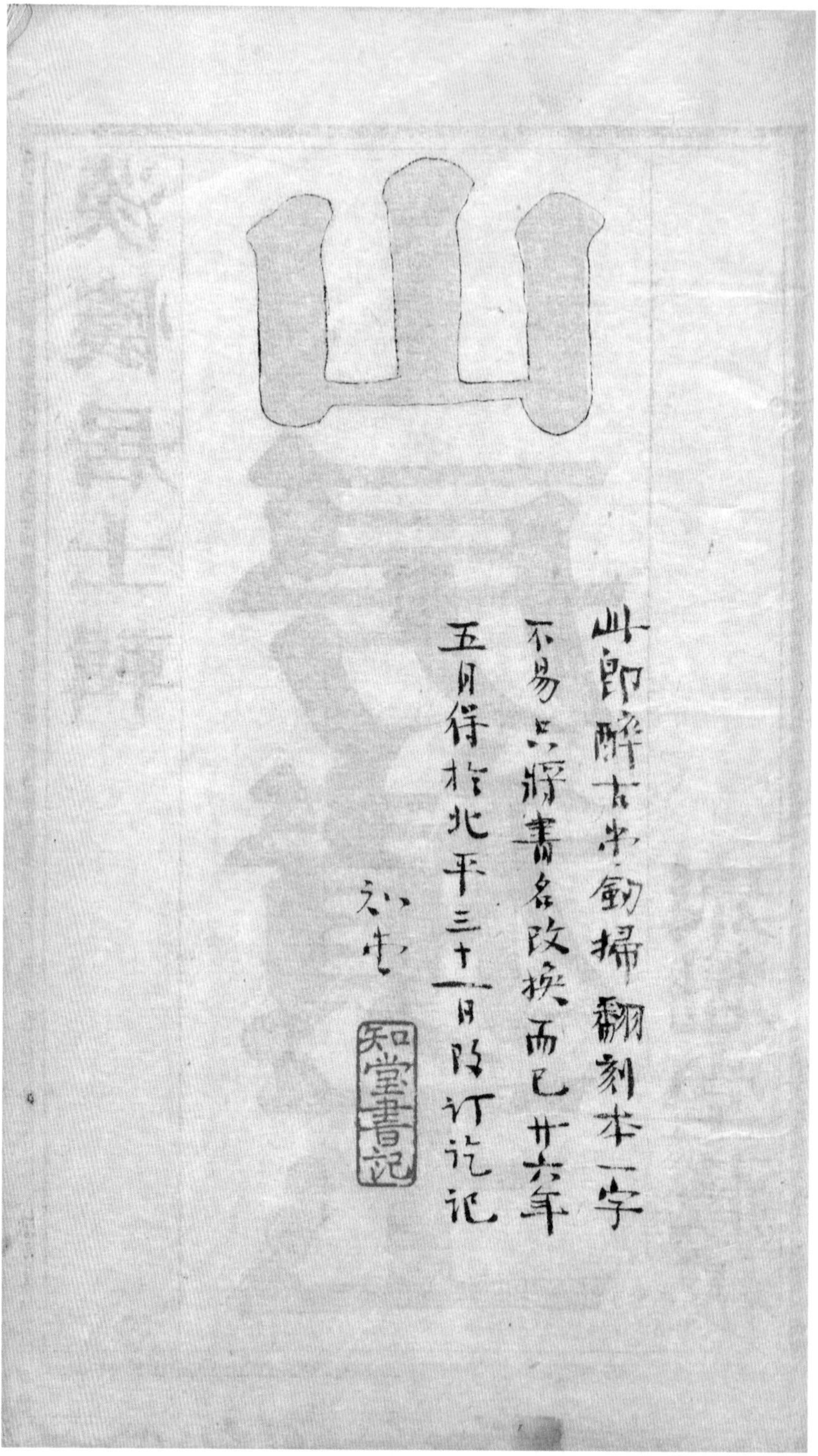
此即醉古堂劍掃翻刻本一字
不易只將書名改換而已廿六年
五月得於北平三十一年一月改訂記
知堂
知堂書記

醒

食中山之酒一醉千日憐其昏昏逐逐無一日不醉趨名者醉於朝趨利者醉於野豪者醉於聲色車馬安得一服清涼散人人解醒集醒第一

倚高才而玩世背後須防射影之蟲飾厚貌以欺人面前恐有照膽之鏡

怪小人之顛倒豪傑不知慣顛倒方爲小人惜吾輩之受

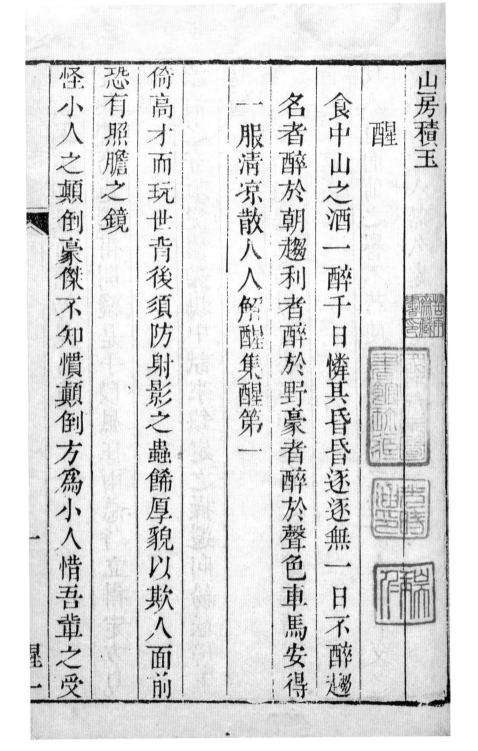

芸窗琐记

廿八年三月十九日启无所赠书之一，二十日改订讫记之。知堂。

《芸窗琐记》，清富察敦崇辑，清末民初刻本。富察敦崇（1855—1926），原名宗杰，字俊臣，后改名敦崇，字礼臣，满洲镶黄旗人。报捐笔帖式，后曾任兵部郎中、奉天巡防营务处提调等职。著有《燕京岁时记》《芸窗琐记》《画虎室文钞》等。

周作人对《芸窗琐记》颇为赞赏，他在《旗人著述》中说“不知怎的觉得读旗下人的文章常比汉族文人高明，而平常大官的说话也比卑陋的读书人大方，这恐怕是同一的道理”，[1]在随后所列举的旗人著述中，即有富察敦崇的《芸窗琐记》。

此次沈启无所赠富察敦崇著述四种，除《芸窗琐记》外，还有《南行诗草》《紫藤馆诗草》《都门纪变三十首绝句》三书，书中都有类似题记。《南行诗草》（清宣统三年刻本）的题记为：“沈启无君所赠，敦礼臣著作四种之一。廿八年三月十九日，知堂记。”《紫藤馆诗草》（民国铅印本）的题记是：“廿八年三月十九日启无所赠，二十日知堂记。”《都门纪变三十首绝句》（清末刻本）的题记是：“廿八年三月十九日启无所赠书之一，二十日改订讫记之。知堂。”

[1]《知堂书话》，第930页。

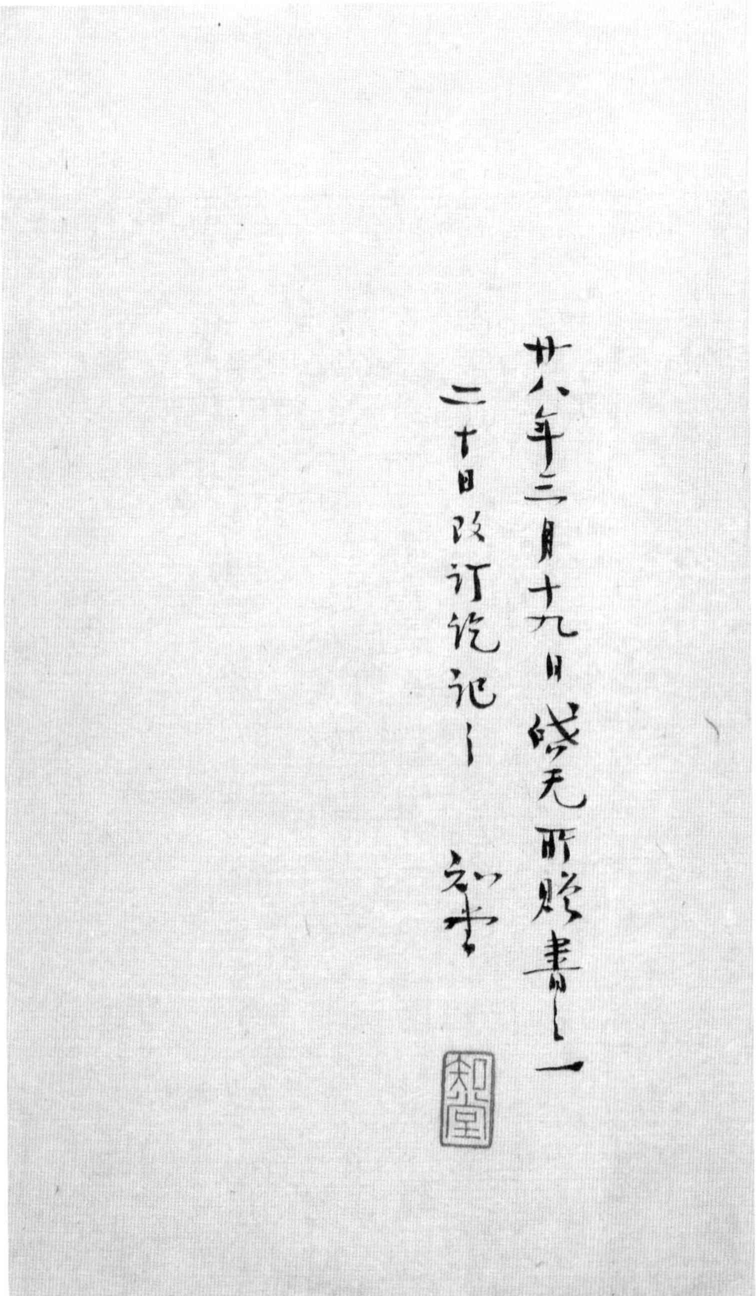
廿八年三月十九日[illegible]无所赠书之一
二十日改订讫记之 知堂
知堂

芸窗瑣記

名人詩詞　　富察敦崇

舊于來春帆孝廉處得袁子才王夢樓所題橫披一幅迹其大槪似是行樂圖于卷跋尾而其畫已闕殘矣袁題七絕四章王題江南春古樂府一章款曰嘯厓世講命題葢即隨園詩話中所謂成六公子是也其詩其詞兩集中不知存否故姑錄之于後胡姬十五貌妍華生長橫塘學浣沙偶過江來吹玉笛一枝紅壓滿城花當筵公子忽相逢密意丹心誓始終絕似碧梧千尺樹鳳皇棲後不搖風驚波擾動若耶溪多少黃鶯枝上啼賴有護花鈴子在館

芸窗瑣記　一

通俗编

此书系吾乡周半樵先生藏本。先生著有《越咏》二卷，刻于咸丰甲寅，盖去今已八十有三年矣。此本刻印均佳，不知何以流转至此。从海王村群玉斋书铺买得之，亦可珍也。民国廿五年十一月八日，知堂记于北平之苦雨斋。

《通俗编》三十八卷，清翟灏撰，清乾隆十六年（1751）无不宜斋刻本。翟灏（？—1788），字大川，后改字晴江，浙江仁和（今杭州）人，乾隆十八年进士，曾官衢州、金华教授。著有《四书考异》《尔雅补郭》《湖山便览》《辩利院志》《通俗编》《无不宜斋未定稿》等。书前有乾隆十六年周天度序。《通俗编》系著者从众书中辑录有关汉语的通俗词语、方言等，按类编排，共分为三十八类，一类一卷。

书中钤“山阴周氏半樵藏书”“调某私印”等印，是该书曾经周调梅收藏。周调梅（1781—1854），字半樵，浙江山阴（今绍兴）人，著有《越咏》。

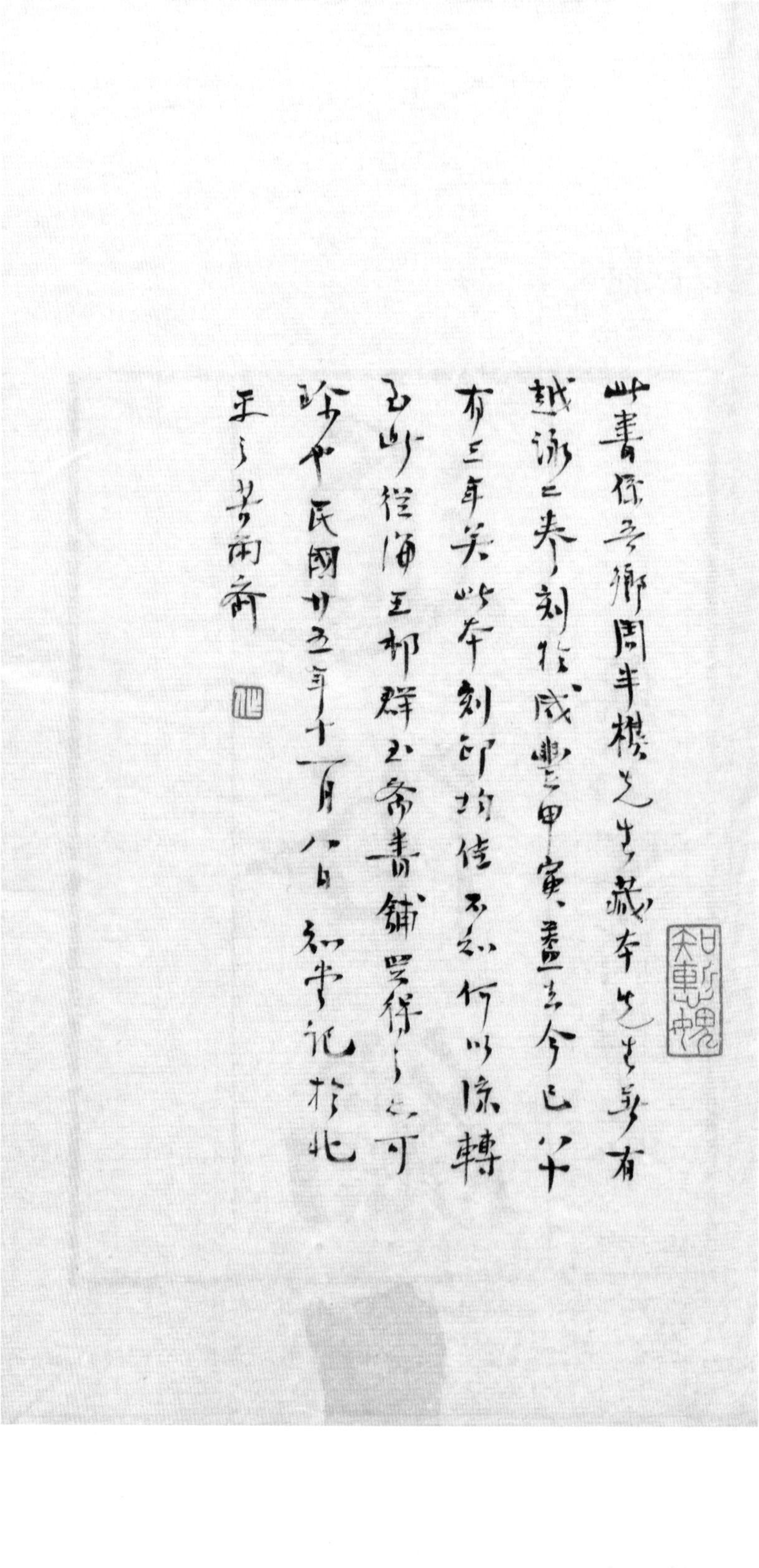

此書係吾鄉周半樓先生藏本先生另有越諺之著刻於咸豐甲寅蓋去今已八十有三年矣此本刻印均佳不知何以流轉至此從海王邨群玉齋書鋪買得之可珍也民國廿五年十一月八日知堂記於北平之苦雨齋

通俗編卷之一

仁和翟灝

天文

談天　史記孟子荀卿傳騶衍觀陰陽消息而作十萬餘言載其禨祥度制推而遠之至天地未生窈冥而不可考而原也騶奭亦頗採騶衍之術以紀文故齊人頌曰談天衍雕龍奭　按俗于閒暇羣居高談闊辨槩云談天原本於此

天然　後漢書賈逵傳通天然之明建大聖之本二字始見

天長地久　見老子上篇又張衡思元詩天長地久歲不留俟河之清祇懷憂高彪清誡詩天長而地久人生則

海上花天酒地传

民国甲戌八月十八日在东京文求堂买得，价金五圆也。知堂。

癸未十月廿日改订，又记。

《海上花天酒地传》，梁溪潇湘馆侍者（邹弢）编，清光绪十四年（1888）刻本。书前有王毓仙等人题词，包括《春江灯市录》二卷、《春江花史》二卷。邹弢（1850—1931），字翰飞，号酒丐、瘦鹤词人、潇湘馆侍者、司香旧尉，江苏无锡人，曾任《苏报》主编。

“民国甲戌”指 1934 年。据《周作人日记》1934 年 8 月 18 日载：“又经文求堂，买《海上花天酒地录》一部四册，金五元。”[1]

[1]《周作人日记》（下册），第 664 页。

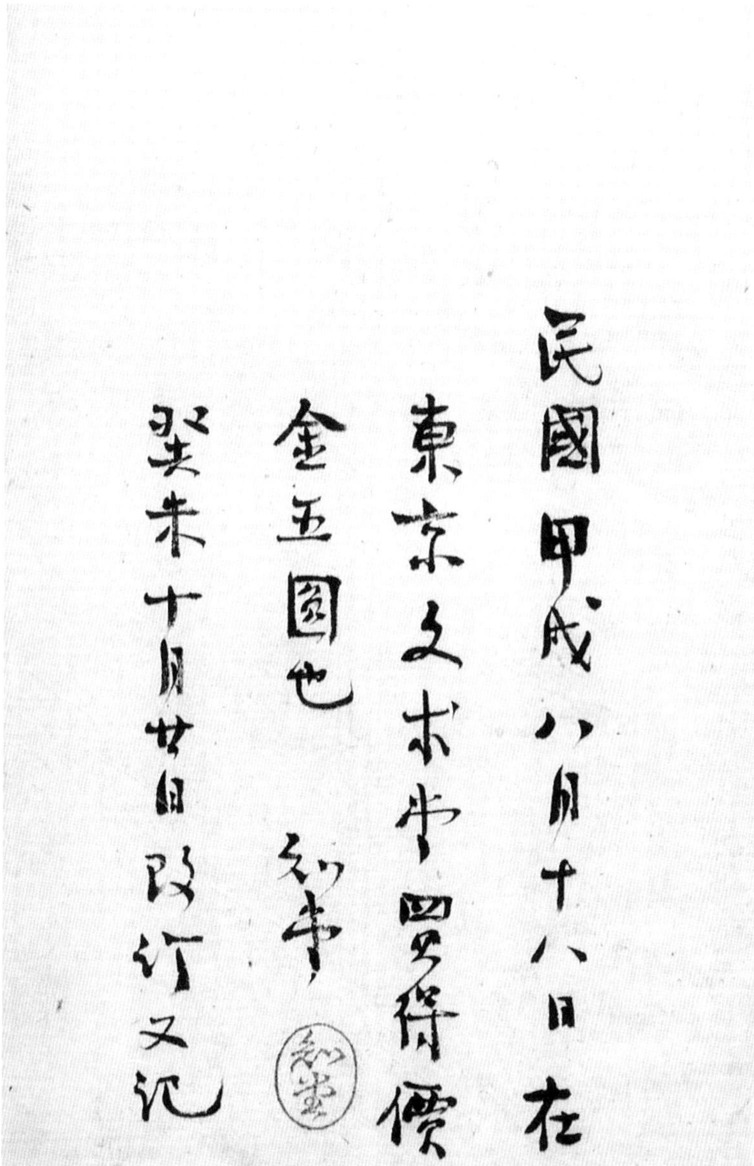
民國甲戌八月十八日在
東京文求堂得價
金五圓也 知堂
知堂
癸未十月廿日改訂又記

光緒十年春
仲二石軒藏
板翻刻必究

春江燈市錄卷一

梁溪瀟湘館侍者戲編

上海古隸華亭海濱廣斥土地荒涼自道光二十二年弛海禁後西人闖入中華通商無忌遂於滬城之北翦闢榛蕪平夷塚墓拋棺棄骨慘不可言其始創建洋房僅寥寥數楼洋行英界但有怡和李百里廣隆寶順美界但有旗昌法界但有利民諸家其後規模漸廓同治初年英吉利法蘭西先於浦灘及新

汉杂事秘辛

民国廿一年十一月，得《津逮秘书》残本。此二书适同册，因改订存之。商薛亭有题词，见《诗草》。世间常以此与《控鹤监》并举，以为古艳三书，其实随园所作更近小说矣。十一月六日午，知堂记。

《汉杂事秘辛》一卷，汉佚名撰，明末毛晋汲古阁刻津逮秘书本。本书与《焚椒录》合订，前有杨慎题辞，末有包衡、姚士粦、沈士龙跋。

商嘉言（1775—1827），字拜廷，号薛亭，浙江会稽（今绍兴）人，著有《薛亭诗草》。知堂收藏有一部清道光二十一年（1841）刻本《薛亭诗草》。控鹤监，唐武则天时所设管理男宠的机构。《控鹤监秘记》传为清人袁枚所撰。

民国卅一年十一月得津逮秘书残本此二书適同冊因改訂存之商薛亭有题词见诗艸世间常以此与控鹤监並举以为古艳二书其实随园所作更近小说矣

十一月六日午知堂記

會稽周氏

漢雜事秘辛一卷

明胡震亨毛晉同訂

建和元年四月丁亥保林吳姁以丙戌詔書下中常侍超曰朕聞河洲窈窕明辟思服擇賢作儷隆代所先故大將軍乘氏忠侯商所遺少女有貞靜之德流聞禁掖其與姁並詣商第周視動止審悉幽隱其毋諱匿朕將採焉姁即與超以詔書趨詣商第第內讙譟食時商女女瑩從中閤細步到寢姁與超如詔書周視動止俱合

吹影编

垣赤道人初不知其姓名，跋中但云“谑堂”而已。顷阅朱笠江《寄闲斋杂志》第一卷程攸熙批语，始知其为《吹影编》作者，程即字谑堂也。廿七年十月十日，知堂记。

《吹影编》四卷，清程攸熙编，清嘉庆刻本。前有嘉庆八年（1803）陈大进序、乾隆五十八年（1793）垣赤道人“缘起”以及程镜等人题词。程攸熙（1752—1810），初名廷俞，字宝辉，一字謇堂。南翔镇（今属上海市嘉定区）人。著有《四书尊闻编》《吹影编》等。《（光绪）嘉定县志》卷十九载其传记。

先生收藏有一部嘉庆二年刻本《寄闲斋杂志》，卷一前有程攸熙批语“予尝著《吹影编》，属笠江为之序”，末署“谑堂程攸熙”。

垣赤道人初不知其姓名跋中但云護雪而已頃閱朱箋江寄閒齋雜志第一卷程攸熙批語始知其為吹影編作者程即字護雪也卅七年十月十日知堂記

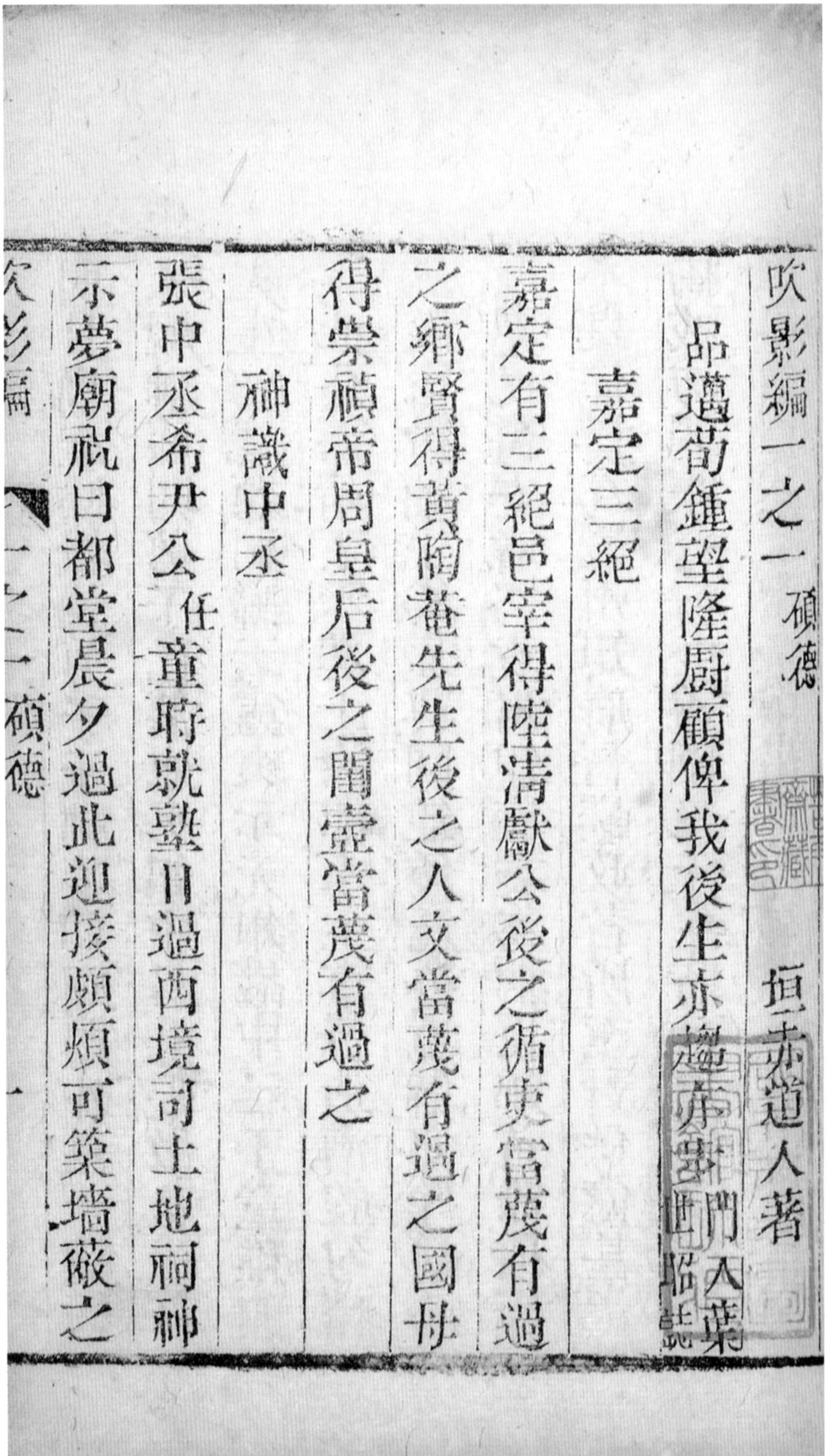

吹影編一之一　碩德

品邁荀鍾望隆廚顧俾我後生亦趨亦步　恒赤道人著　門人葉世昭識

嘉定三絕

嘉定有三絕邑宰得陸清獻公後之循吏當蔑有過之鄉賢得黃陶菴先生後之人文當蔑有過之國母得崇禎帝周皇后後之閫壼當蔑有過之

神識中丞

張中丞希尹公任童時就塾日過西境司土地祠神亦夢廟祝曰都堂晨夕過此迎接頗煩可築墻蔽之

吹影編　一之一　碩德　一

春泉闻见录

此书四卷，凡一百十条，虽亦多记鬼怪、谈因果，而文笔质朴，情意诚实，读之不至令人生厌，亦此类笔记中之佳作也。三十一年四月十五日，知堂记。

《春泉闻见录》四卷，清刘寿眉撰，清嘉庆五年（1800）刻本。刘寿眉，字春泉，顺天宝坻（今属天津）人，生平不详。书前有李鼎元序、嘉庆五年刘寿眉自序，末有刘耆德跋。李鼎元在序中认为此书“乃述其生平所历之境与所闻之言，既不同乎干宝《搜神》，又迥别于黄州《谈鬼》，盖笔之以传信也”。书中记录作者平生所见闻的奇异之事，一事一则，全书分为四卷，共收录一百一十则，其中卷一为第一至三十二则，卷二为第三十三至六十六则，卷三为第六十七至八十九则，卷四为第九十至一百一十则。

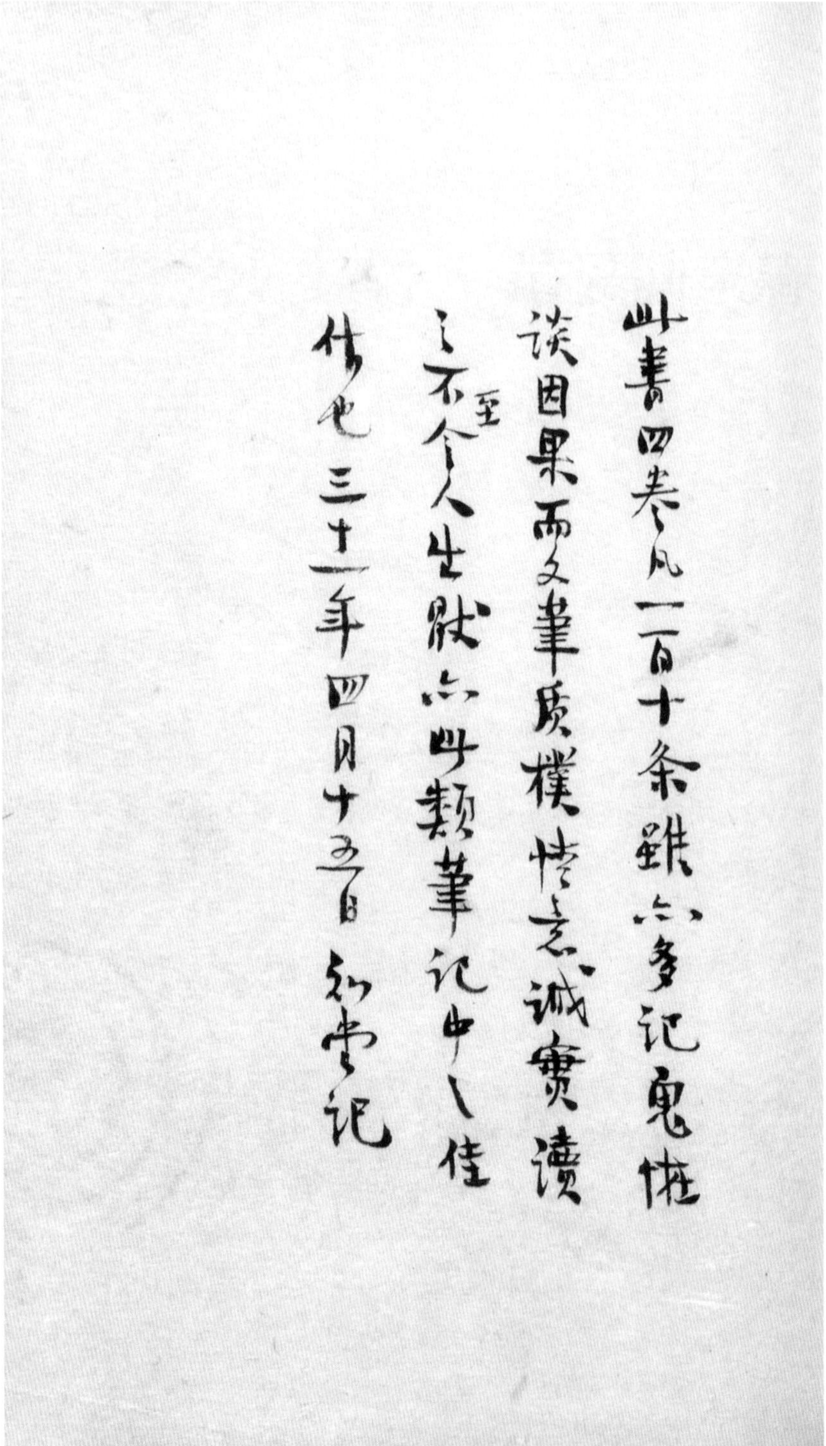
此書四卷凡一百十条雖亦多記鬼怪談因果而文筆質樸情意誠實讀之不至令人生厭亦此類筆記中之佳作也 三十一年四月十五日 知堂記

春泉聞見錄卷一

渠陽劉壽眉春泉氏撰

一則

余童稚時夏月向晩隨　母納涼後院見黑影如人高約三尺自中堂冉冉而來至院之後門而沒隨告　母母曰黑影人形門未啟而杳鬼也言未已隣有哭聲　母曰噫汝從姊殆矣緣姊出痘甚危哭聲似嫡少頃從兄來假道由後門市櫬方知所見魂魄也

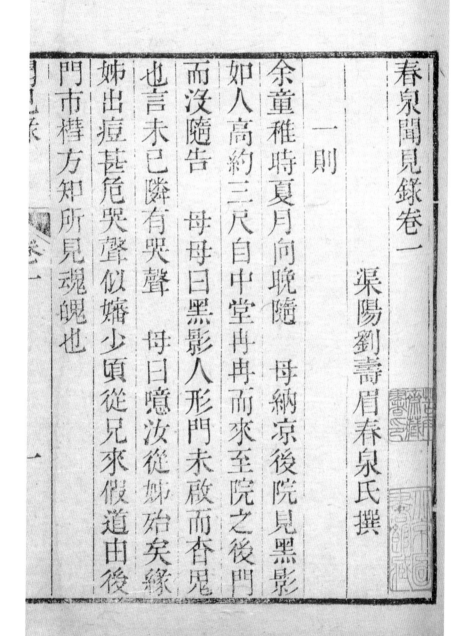

山居闲谈

民国廿一年九月从松筠阁买得，十月十九日改订毕并记。

《山居闲谈》五卷，清萧智汉纂辑，清萧秉信集注，清嘉庆刻本。萧智汉，字云泽，号五江，湖南湘乡（今属湘潭）人，生活于乾隆、道光时期。著有《历代名贤列女氏姓谱》《月日纪古》《山居闲谈》等。秉信，萧智汉子。书前有查淳、石养愚序、嘉庆七年（1802）萧智汉自序以及凡例。

《周作人日记》1932年10月17日载："上午修理《山居闲谈》。"18日："下午修理《山居闲谈》。"19日："上午订《山居闲话》了。"[1]

[1]《周作人日记》（下册），第320页。

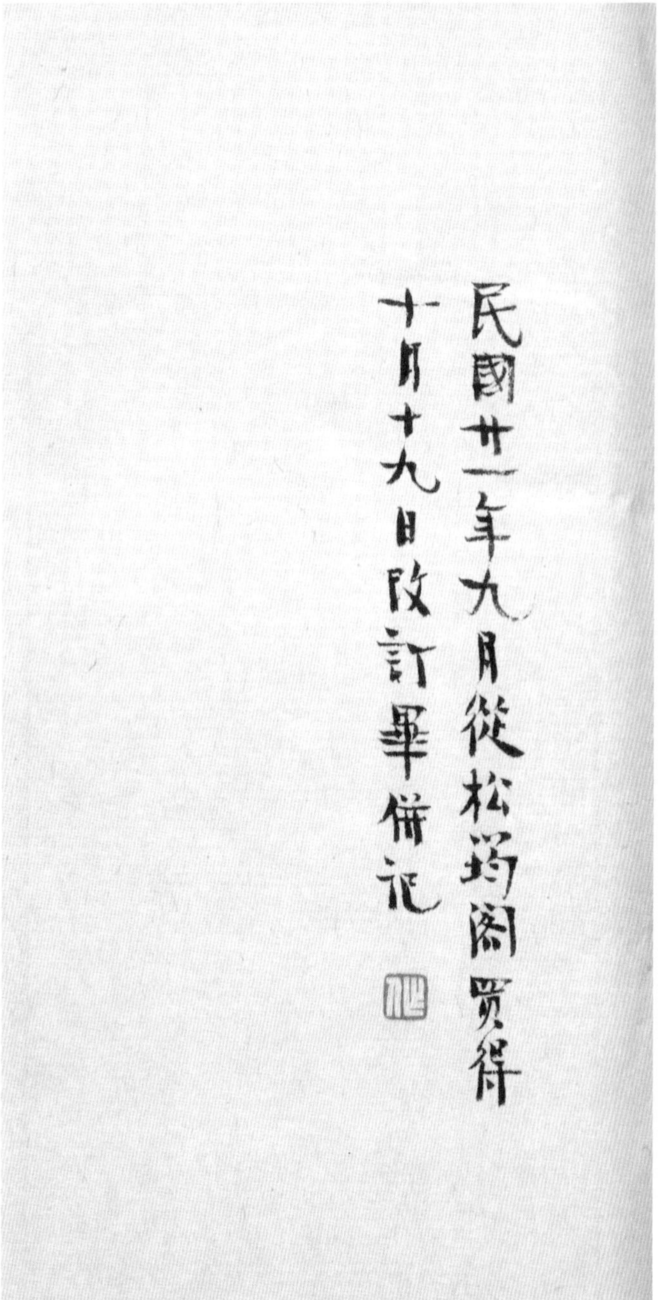
民國廿一年九月從松筠閣買得
十月十九日改訂畢併記

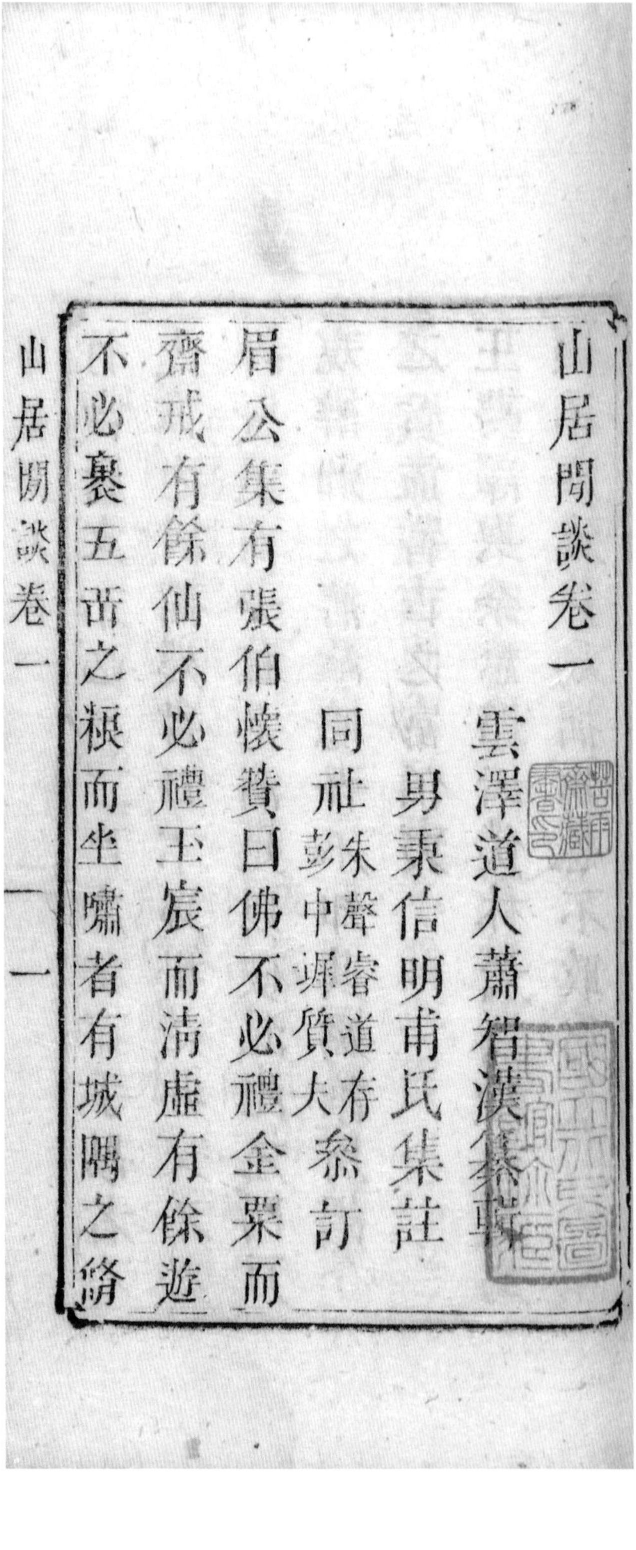
山居閒談卷一
雲澤道人蕭智漢纂輯
男秉信明甫氏集註
同社朱聲睿道存彭中遲質夫叅訂
眉公集有張伯懷贊曰佛不必禮金粟而
齋戒有餘仙不必禮玉宸而淸虛有餘遊
不必褰五岳之裾而坐嘯者有城隅之脩
山居閒談卷一　一

南浦秋波录

《南浦秋波录》为张亨甫所作。谢枚如集中有题诗。

《南浦秋波录》，清华胥大夫撰，清抄本。

周作人在《关于〈南浦秋波录〉》中说："得《南浦秋波录》抄本四册，分为纪由、宅里记、习俗记、岁时记、琐事记、纪人各篇，文笔既佳，亦颇有见解，在此类书中不可多得。题曰华胥大夫著，谢枚如在《赌棋山庄诗集》中有《〈南浦秋波录〉题后》六首，自注云，是录张亨甫所著，盖述台江冶游之事。"[1]张际亮（1799—1843），字亨甫，号华胥大夫，福建建宁人，著名诗人。

[1]《知堂书话》，第811页。

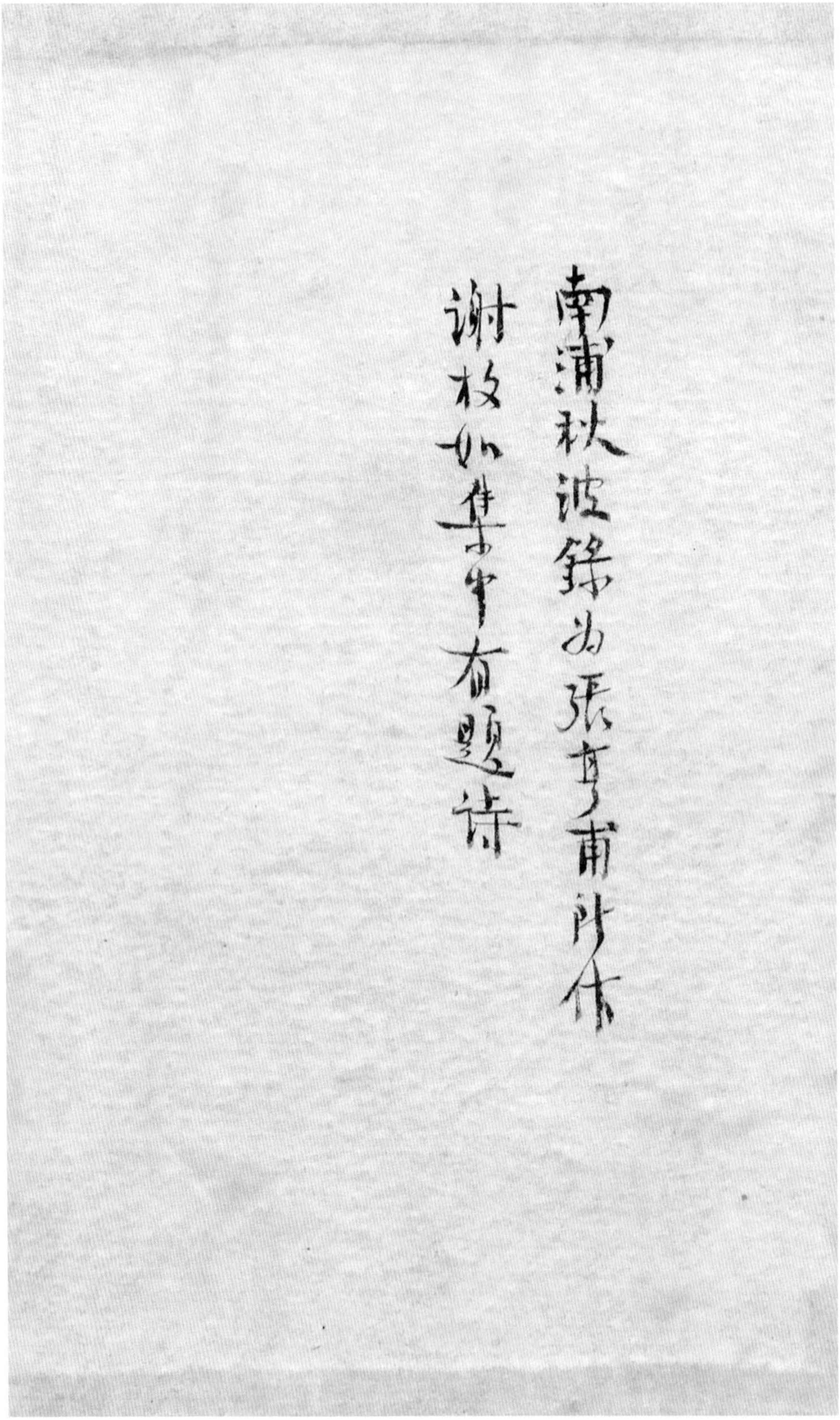
南浦秋波錄為張亨甫所作
謝枚如集中有題詩

南浦秋波錄

華胥大夫著

紀由

昔管仲治齊置女閭三百此伎之始盛也至於唐宋皆有教坊謂之官伎而明皇道君遂以天子之尊下狎此輩宜其速禍也明太祖亦於金陵建十六樓以處官伎来賓重譯清江石城鶴鳴醉仙樂民集賢謳歌鼓腹輕烟澹粉梅妍柳翠南市北市凡十六樓其後兩京教坊官收其稅謂之脂粉錢其隸郡縣者則為樂戶士大

东山谈苑

徐晟父树丕号活埋庵道人，著有《识小录》四卷，卒于康熙癸亥一六八三，晟时年六十六，然则当生于万历戊午一六一八。澹心则生于丙辰一六一六，长于晟两岁也。

近年，南京影印澹心《玉琴斋词》行世。散原老人跋云，旧藏《东山谈苑》抄本，以活字印行。然则此本盖即陈氏所印者也。民国廿二年七月七日，知堂记。

《东山谈苑》八卷，清余怀纂，清光绪三年（1877）酉腴仙馆铅印本。书前有徐晟叙，末署“长洲同学弟徐晟题”。余怀（1616—1695），字无怀，一字澹心，福建莆田人，所著有《东山谈苑》《板桥杂记》《五湖游稿》等。该书卷一开篇有余怀识语，叙述编撰此书的缘起：“余氏曰，往余年少不羁，喜为豪华之事，爱读奇僻之书，究竟豪华、奇僻为害颇深，乱离之间，闭户深思，遇古人嘉言懿行，随笔辄记，积有岁月，裒然成编……余读二十一史及稗官野乘，著有《古今精义抉录》一书，大约强击古人，境无遁照，而此编则专言古人之长，理归忠厚，世之览者可以知其志焉。”

题记中所言“近年，南京影印澹心《玉琴斋词》行世”是指民国十七年（1928）国学图书馆影印出版《玉琴斋词》之事。该书末有陈三立（号散原老人）跋，其中谈到：“《东山谈苑》者，为余家旧藏抄本，笔致娴雅，疑亦澹心所手录。早岁侍先公居长沙，曾用坊肆铅制字印行，今垂五十年矣。”

徐晟父樹丕號活埋菴道人著有識小錄四卷卒於康熙癸亥（一六八三）晟時年六十六然則當生於萬曆戊午（一六一八）澹心則生於丙辰（一六一六）長於晟兩歲也近年南京影印澹心玉琴齋詞行世散原老人跋之舊藏東山談苑抄本以活字印行然則此本蓋即陳氏所印者也　民國廿二年七月七日　知堂記

東山談苑卷一

下邳余懷編纂

余氏曰往余年少不羈喜爲豪華之事愛讀奇僻之書究竟豪華奇僻爲害頗深亂離之後閉戶深思遇古人嘉言懿行隨筆輒記積有歲月褎然成編暇豫展覽固勝於吹竹彈絲博奕飲酒也余讀二十一史及稗官野乘著有古今粹義抉錄一書大約彈擊古人鏡無遁照而此編則專言古人之長理歸忠厚世之覽者可以知其志焉

任盡言先生事母至孝母老多疾病未嘗離左右魏公張浚作都督欲辟之幕力辭曰元受方養親便得一神丹可以長年必持以獻老親不以獻公也況能捨母而與公軍事耶魏公太息許之後官御史

趙咨躬率子孫耕農養母盜嘗夜往刦之咨恐母驚懼乃先至門迎盜曰老母八十疾病須養居貧朝夕無儲乞少留衣糧妻子物餘一無所

海上群芳谱

民国二十年十二月十一日从上海中国书店买得，值银三角也。案山。

《海上群芳谱》四卷，清忏情侍者撰，清光绪铅印本。忏情侍者生平不详。

民国二十年（1931）十月十一日，周作人撰有《案山人》一文，后收入《看云集》中。周先生在文中指出“案山人”系日语词，意为吓鸦，与“稻草人”相近。本条题记末署“案山”，或与此相关。

民國二十年十二月十一日從上海
中國書店買得值銀三角也
条山

海上群芳譜卷一

莫釐峯顧曲詞人評花
小藍田懺情侍者寫豔

清品

蓮花　周文卿

亭亭如玉映朝霞出水淤泥不染瑕我爲東皇破成例梅花不咏咏蓮花

文卿本姓王名璋字星葆年十七蘇州良家女其父向爲蕧業巨豔圖中張書金乃其姊也遷滬後改姓周居久安里温文靖雅姿態端莊與乃姊薰蕕迥判事親極孝嘗刲股以療母病眈翰墨嫻吟咏錦心繡口聰慧絶倫詞曲管絃無不精妙海上善南詞而能各臻其妙者當推卿爲巨擘焉善病工愁持身如玉所居室顏曰小藍田吟館

海上群芳譜　卷一　一

墨余书异

书中内容还是这些物事，而文章颇佳，干净可喜，故读之亦遂觉欣然，可以消遣也。三十三年十二月十一日，十堂。

《墨余书异》八卷，清蒋知白撰，清嘉庆刻本。蒋知白（1775—？），字莲友，号君质，蒋士铨第五子，江西铅山人，嘉庆六年（1801）拔贡，以州判分发山西，补山西解州州判，历署山西绛州州判，宁乡、稷山、闻喜等县知县，另著有《红雪楼诗钞》等。书前有嘉庆二十五年勒殷山序，云“蒋君之书书异也，实书实事也”，内容“则有可为痛哭而深恶者不一，可为谈笑而诙谐者不一，可为则效而惩戒者不一”。

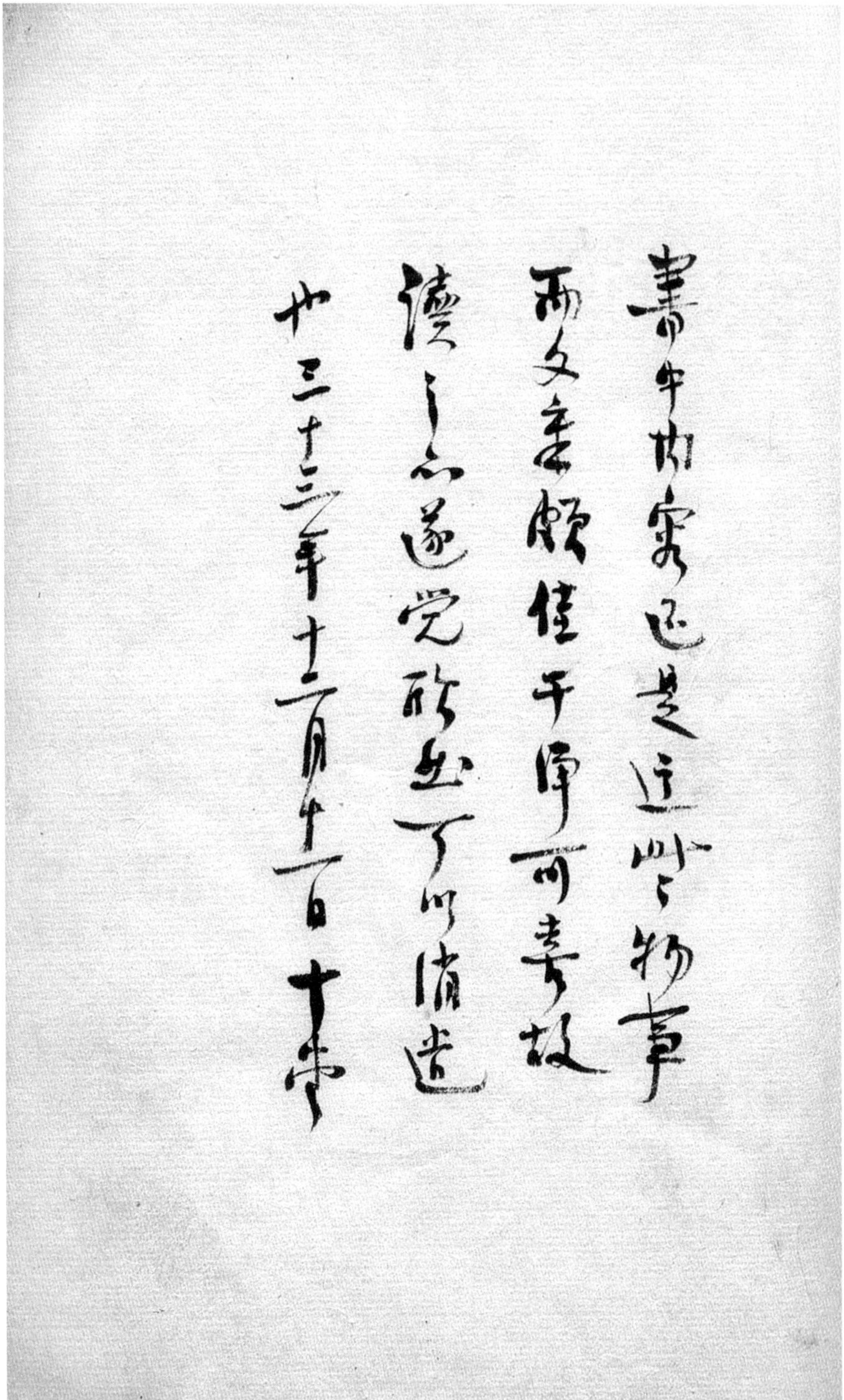

書中內容還是這些物事，而文章頗佳平淨可喜，故讀之亦遂覺所出了些情趣也。卅三年十二月廿一日 十堂

墨餘書異卷一

鉛山蔣知節君實

狐遷

圓通菴素多不靖樓上常聞人語忽而飲忽而博儈絕不為意一夕聞有人從外至叩扉而入曰可以從矣答曰已擇九月十七日盡室而行曰新居不如此地多矣答

谈异

据《复堂日记》所说，此书乃是陈六舟彝所撰。廿八年六月三日灯下，知堂记于北平。

《谈异》八卷，清陈彝撰，清光绪十九年（1893）刻本。此书著者卷端署“伊园”，前有光绪十五年（己丑）伊园主人叙。

《复堂日记》为谭献所撰。谭献（1832—1901），字仲修，号复堂，浙江仁和（今杭州）人，近代著名词人、学者。《复堂日记》光绪二十年四月初六日载：“阅《伊园谈异》八卷，陈六舟京尹纂。意存惩劝，笔兼隐显，近时说部之名隽者。相见时未以见诒，岂以小言为讳邪？”[1]六舟，陈彝字。陈彝（？—1896），江苏仪征人，同治元年（1862）进士，曾官宗人府府丞、浙江学政、顺天府尹、安徽巡抚、礼部侍郎、湖广道御史等，著有《抱瓮庐诗文存》等。

[1]谭献著，范旭仑、牟晓朋整理：《复堂日记》，河北教育出版社2000年版，第376页。

光緒十九年
孟冬月刊成

敘

戊子歲皖垣刊戚粱氏勸戒近錄九編索觀者衆日不暇給因憶舊有是編不如出之遂倉卒以活字版印行知好兒孫輩從而附益郢書燕說亦不暇爲之點定大方之家鑒之恕之而已己丑八月伊園主人識

據復堂日記所說此書乃是陳六舟彝所撰

廿八年六月三日灯下知堂記於北平

談異卷一

伊園漫錄

合香樓

杜句云口脂面藥隨恩澤今引見腆椀兒胭脂之屬殆其遺也京師最有名者爲桂林軒花漢沖城內則合香樓何銕生云其先肆主某者見其火伴之妻而悅之念良家不可以力致因誘之博曰君如勝我以此肆贈君若我勝則願以綠珠爲請火伴謀於其妻妻以爲可乃謂東人曰信乎曰信曰然則盟諸乃置酒集同行人矢諸天日然後就局一擲成盧舉座歡叫居停之業竟歸火伴矣故今之合

三异笔谈

此书笔墨简洁，记事亦多实在，虽志怪异而无逆妇变猪等事，亦难得也。惜只此四卷，遍求二三集乃终不可得。廿七年十月五日改订讫书此，知堂。

《三异笔谈》四卷，清许元仲撰，清道光刻本。许元仲（1755—？），字小欧，松江府娄县（今属上海）人，监生，游宦多地，曾官兰溪、金华等地知县。《三异笔谈》是许元仲所撰文言小说，仅有一集四卷，共八十一则，主要记述著者游历各地所知的遗闻旧事。该书除道光初刻本外，还有光绪《申报馆丛书》本、民国《笔记小说大观》本等版本。

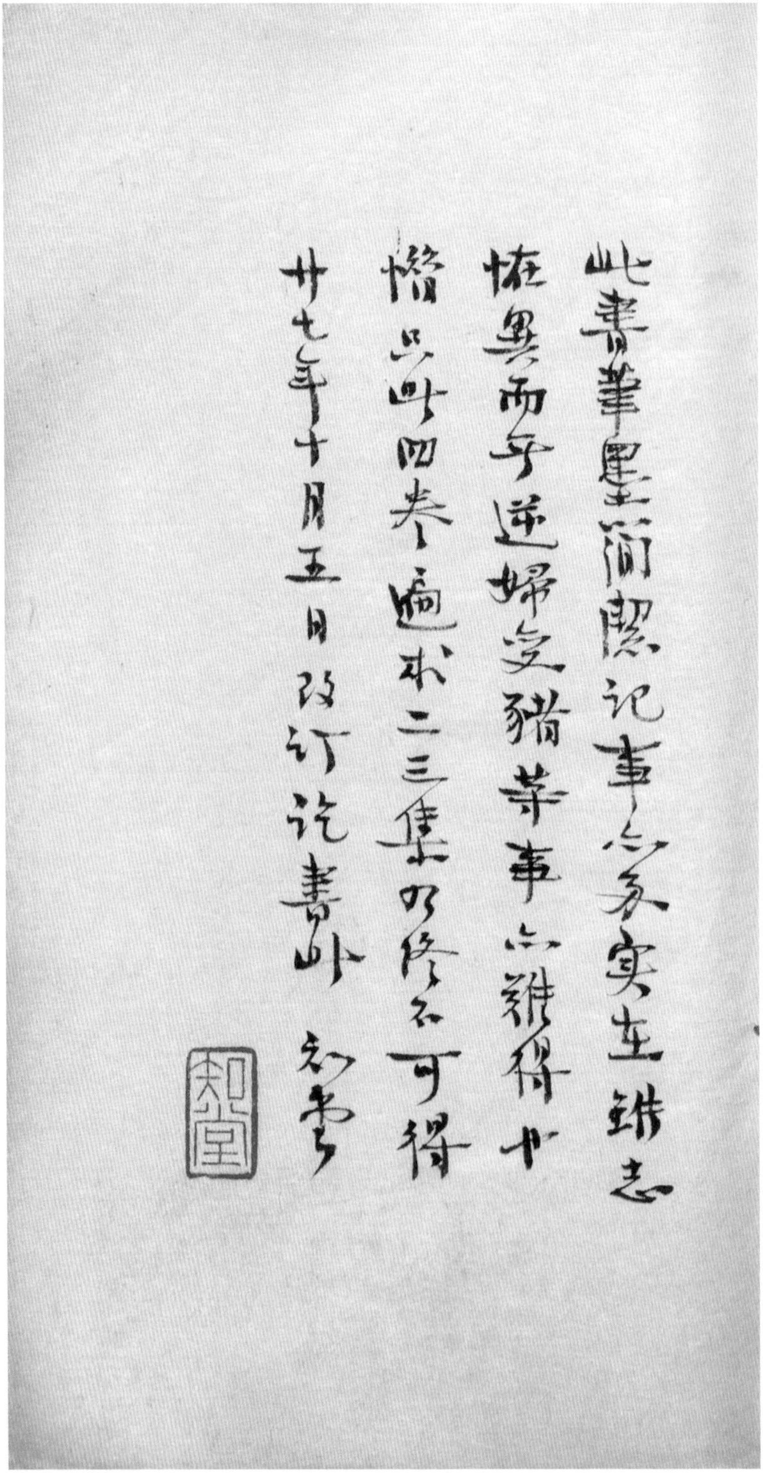

此書筆墨簡潔記事亦多实在雖志恠異而平近婦女猶莘事亦難得也惜只此四卷遍求二三集終不可得廿七年十月五日改訂訖書此　知堂

知堂

道光丁亥余罷官羈棲武林柳泉太守郡齋來閒話苦氣弱不能劇談乃以筆代舌自夏徂秋積成卷帙熙朝掌故則詢之柳泉往代軼聞則証之子壽正淮雨別風之舛以及弄麞伏獵之訛則閑募世講之惠我九勤焉輒題數語名之曰三異筆談一集歸里後如有續纂當再募貲刊之七十三翁許元仲識

聊斋续编

此书系青城子自著，而称曰《聊斋续编》，殊不可晓。唯文尚佳，清疏可诵，又非尽志异，有述意见、记名物者，亦颇有可取，因留存之。以视乡人之《梦厂杂著》，似胜一筹也。廿四年四月四日晨，知堂记。

《聊斋续编》八卷，清柳青浦撰，清道光十年（1830）钱塘洪氏秋声馆刻本。柳青浦生平不详。

《梦厂杂著》为清人俞蛟撰。俞蛟，生卒年不详，约为嘉道间人，字青源，号梦厂，浙江山阴（今绍兴）人，工书善画，著有《梦厂杂著》。知堂收藏有两部道光八年刻本《梦厂杂著》。

此書係青城子自著而称曰聊斋續
编殊不可晓惟文尚佳清疏可诵
又非尽志異有述意見記名物者
亦頗有可取今留存之以視鄉人
之夢广雜著似勝一籌也
廿四年四月四日晨 知堂記

知堂

聊斋续编

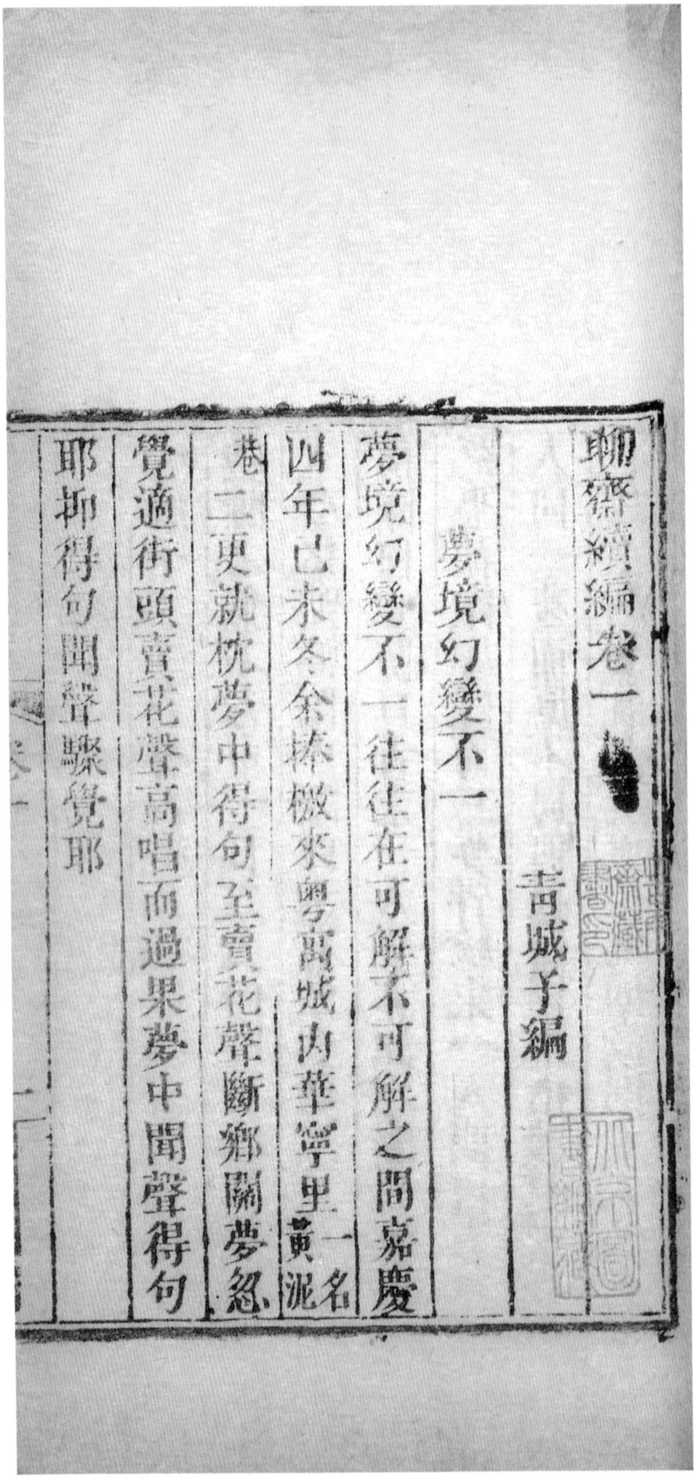
聊齋續編卷一

青城子編

夢境幻變不一

夢境幻變不一往往在可解不可解之間嘉慶四年己未冬余捧檄來粵寓城內華寧里一名黄泥巷二更就枕夢中得句至賣花聲斷鄉關夢忽覺適街頭賣花聲高唱而過果夢中聞聲得句耶抑得句聞聲驟覺耶

梼机萃编

民国乙酉十月五日第二次阅了。十堂。

《梼机萃编》二十四回，清钱锡宝撰，民国铅印本。书前有民国五年（1916）忏绮词人序、闻妙香室主人题词。《梼机萃编》，一名《宦海钟》，是晚清著名谴责小说。钱锡宝（1865—？），字叔楚，号和舫，浙江仁和（今杭州）人，晚清宣统时曾任驻藏大臣右参赞，民国时期曾任蒙藏部副总裁。

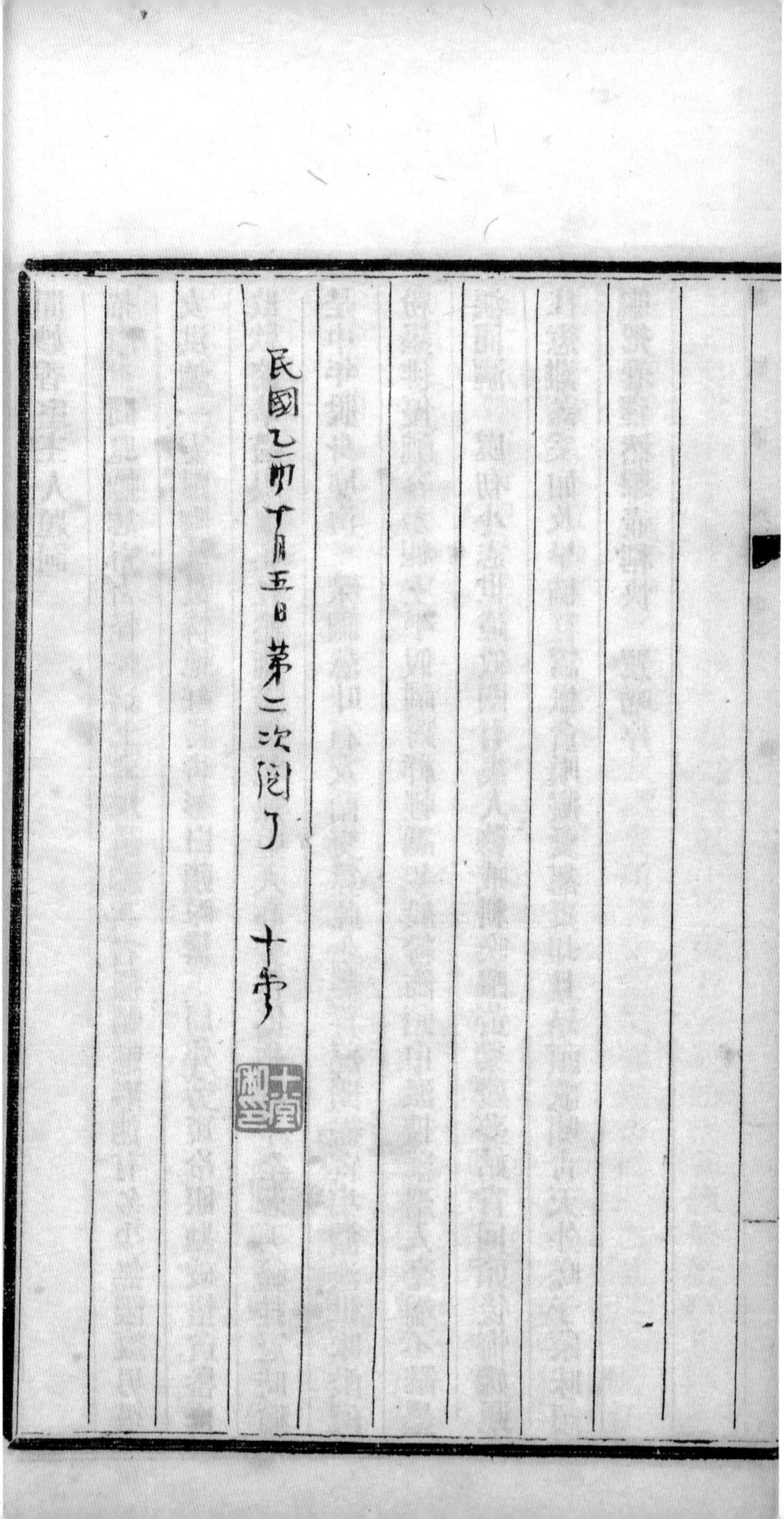
民國乙卯十月五日第二次閱了
十堂

檮杌萃編

目錄

天演论

辛丑年至南京，始见此书，读之终未卒业。今秋整理故纸，忽又得之，前后已三十八年矣。乃今读之，仍未终卷。天演之理，似本不甚难知，而装在此周秦诸子文体中，遂大费解。保藏此册，聊以纪念过去事迹耳。廿八年十月八日改订讫，记于北平苦雨斋东窗下，知堂。

《天演论》二卷，英赫胥黎撰，清严复译，清光绪二十七年（1901）富春书局石印本。严复（1854—1921），字幾道，福建侯官（今福州）人。福州船政学堂毕业，曾留学英国，任福州船政学堂教习、天津水师学堂总教习、总办；入民国后曾任北京大学校长，参与发起孔教会。译有《天演论》《原富》《名学》《群学肄言》等。

“辛丑年”即清光绪二十七年。这一年八月，周作人来到南京，考入江南水师学堂。《周作人日记》光绪二十七年十二月二十四日记载：“晚大哥忽至，携来赫胥黎《天演论》一本，译笔甚好。”第二天及之后的正月二十二日、二月初四日、十一月初九日，日记中都有阅读《天演论》的记录。钱理群《周作人传》认为此书对周作人的影响深远，誉为“一把‘火’烧起来”了，“于是，周作人的日记里，出现了全新的语言、全新的思想”。[1]

[1] 钱理群著：《周作人传》，华文出版社2013年版，第71—73页。

辛丑年至南京始见此书，读之终未卒业。今秋整理故纸，忽又得之，前后已三十八年矣。乃今读之，仍未终卷。天演之理何本不甚难知，而装在此周秦诸子文体中，遂大费解。保藏此册，聊以纪念过去事迹耳。廿八年十月八日改订讫，记于北平苦雨斋东窗下。

知堂

知堂

天演論上

英國赫胥黎造論

侯官嚴復達恉

導言一 察變

赫胥黎獨處一室之中在英倫之南背山而面野檻外諸境歷歷如在机下乃懸想二千年前當羅馬大將愷徹未到時此間有何景物計惟有天造草昧人功未施其藉徵人境者不過幾處荒墳散見坡陀起伏間而灌木叢林蒙茸山麓未經刪治如今日者則無疑也怒生之草交加之藤勢如爭長相雄各據一抔壤土夏與畏

天演論上 一

陶渊明集

民国二十年二月十八日下午在厂甸书摊上买得。

《陶渊明集》十卷，晋陶潜撰，清光绪二年（1876）刻本。此题记写于函套上，另函签上有周作人墨笔题记："莫刻陶集二册，己卯夏，知堂。"

周作人喜欢陶渊明之诗，并收藏有不少陶集版本，他曾撰《陶集小记》一文予以专门介绍（此文后收入《苦口甘口》中）。他在文中说"寒斋所有的陶集不过才二十种，其中木刻铅字石印都有，殊不足登大雅之堂"，在所列诸版本中，"子、《陶渊明集》十卷，二册，光绪二年徐椒芳仿缩刻宋本，前有莫友芝题字，世俗所谓莫刻本也"当即是上述题记本。

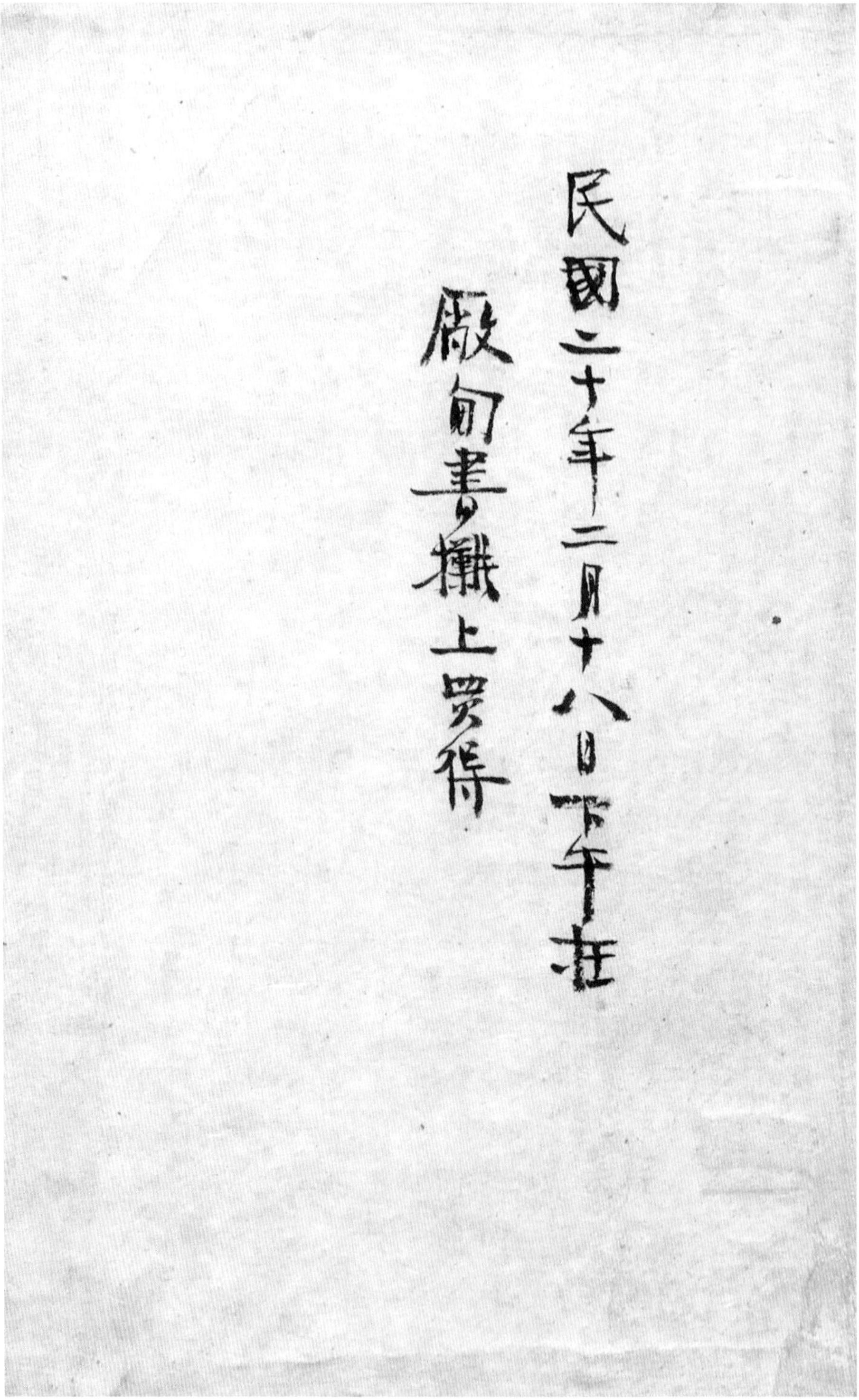

民國二十年十二月十八日下午在
廠甸書攤上買得

陶淵明集

陽子烈所編十卷本

咸豐辛酉嘉平

皖城行營收旌德

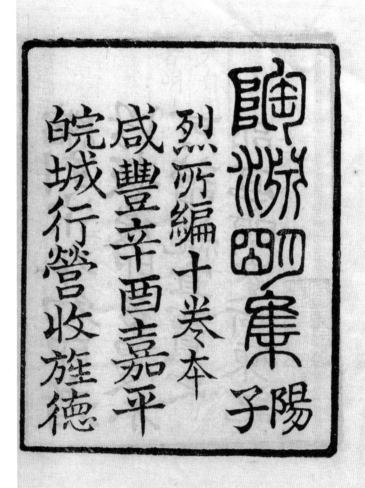

縮刻宋本初印者
此板後印多漫不
可讀繩宜寶之
郘亭眲叟呵凍記

陶淵明集序

梁昭明太子統撰

夫自衒自媒者士女之醜行不忮不求
者明達之用心是以聖人韜光賢人遁
世其故何也含德之至莫踰於道親已
之切無重於身故道存而身安道亡而
身害處百齡之內居一世之中倏忽比

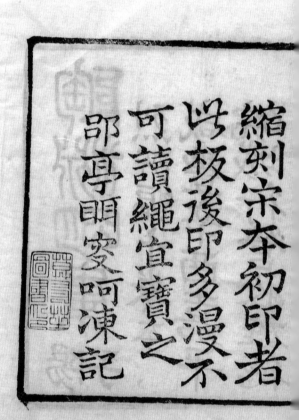

寒山诗集

三十一年十月二十一日从东京山本书店得此，值金十八圆也。知堂记。

《寒山诗集》，唐释寒山撰，日本昭和三年（1928）东京审美书院影印本。此则题记写于函套之上。本书影印底本系“宫内省”所藏宋刻本。

三十一年十月二十一日従東京山本書店
得此值金十八圓也　知堂记

□人何鄉何姓氏隋才[illegible]
[illegible]龍杖癢無所施東守[illegible]
[illegible]萬里天厭荒淫殺雞君大
地山河移姓李滿眼清賢登廟
堂普生分合山林苑竭来寒山
三十年不堪回首紅塵市遨戲

重刊校正笠泽丛书

此系清末翻刻本。元不足贵，唯因其为梁节庵旧藏、捐赠图书馆，今又于兵燹之余、从广东散出来北京者，故购得之，以为纪念云尔。三十一年十二月十四日，知堂记。

《重刊校正笠泽丛书》四卷，唐陆龟蒙撰，清刻本。内钤“番禺梁氏葵霜阁捐藏广东图书馆”印，是该书曾经梁鼎芬、广东图书馆收藏。

梁鼎芬（1859—1919），字星海，号节庵，广东番禺（今属广州）人，光绪六年（1880）进士，官至湖北布政使，谥文忠。梁氏酷爱藏书，虽然一生奔走四方，或沉浮官场，或教书育人，但是他仍然不忘藏书之事，每到一地，往往设立不同的藏书处，葵霜阁即为其中之一。梁氏卒后，其子将在粤之书悉数捐给广东省立图书馆。抗战时期，广东图书馆之书因日寇侵华而荡然无存。[1]先生所藏《重刊校正笠泽丛书》一书，当即是在此时散出而流落北京的。

[1] 郑伟章著：《文献家通考》，中华书局1999年版，第1251页。

此係清末翻刻本元不足貴惟其為梁節庵
舊藏捐贈圖書館今又非法發賣除從廣東散出
來北京者姑購得之以為紀念云尔
三十一年十二月十四日　知堂記

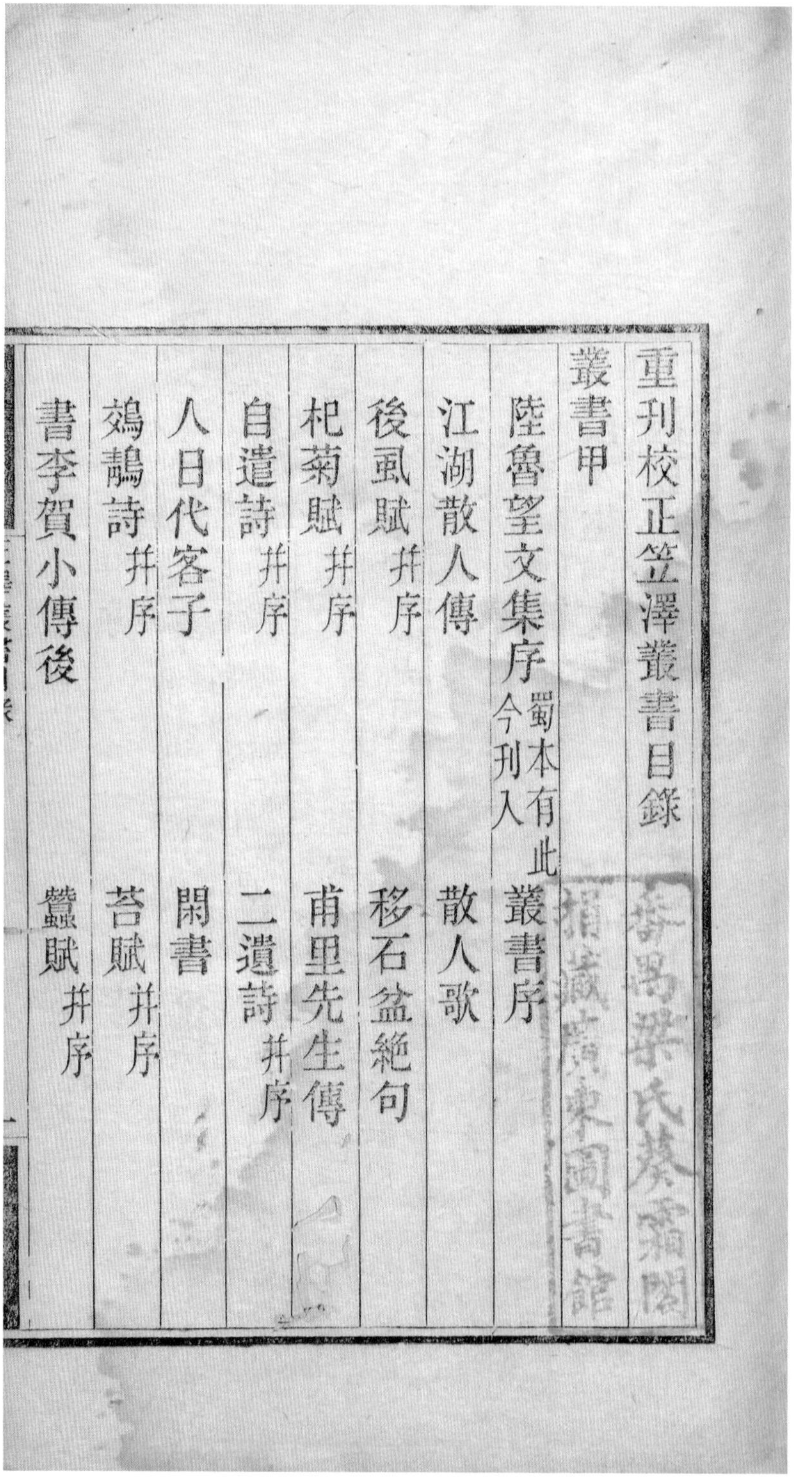

重刊校正笠澤叢書目錄

叢書甲

陸魯望文集序 蜀本有此今刊入　叢書序

江湖散人傳　散人歌

後虱賦并序　移石盆絕句

杞菊賦并序　甫里先生傳

自遣詩并序　二遺詩并序

人日代客子　閑書

鵁鶄詩并序　苔賦并序

書李賀小傳後　蠹賦并序

东坡先生翰墨尺牍

民国十九年十二月托董鲁庵君在保定以银五圆半买得。作人记。

《东坡先生翰墨尺牍》八卷，宋苏轼撰，清浦江周氏纷欣阁刻本。

知堂认为："尺牍唯苏黄二公最佳，自然大雅。"[1]其中的"苏"指苏轼，"黄"指黄庭坚。"董鲁庵"即董鲁安。董鲁安（1896—1953），原名董璠，字鲁安，又名于力，满族，祖籍河北宛平，生于北京，蒙古族，1925年北京师范大学研究生毕业，先后任国立北京女子师范大学教授、北京师范大学国文系副教授、河北省立天津女子师范学院国文系教授、北京私立燕京大学国文系教授等。

[1]《知堂书话》，第520页。

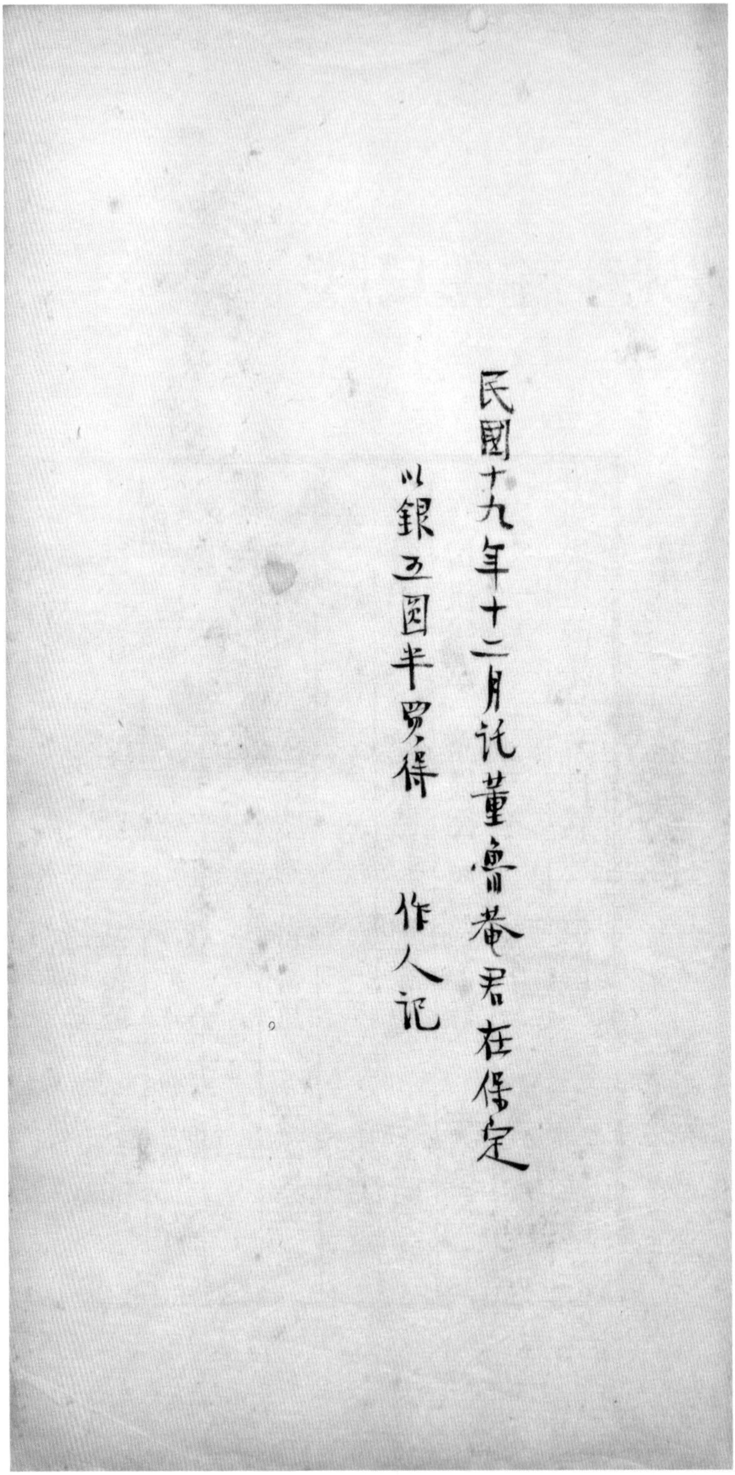

民國十九年十二月託董魯庵君在保定
以銀五圓半買得
作人記

東坡先生翰墨尺牘卷之一

浦江周心如幼海校栞

與司馬温公

某頓首春末景仁丈自洛還伏辱教賜副以超然雄篇喜忭累刻尋以出京無暇比到官隨分紛冗久稽裁謝悚怍無已某強顔苟祿忝竊中所愧於左右者多矣未涯瞻奉惟冀爲國自重不宣

某啟超然之作不惟不肖託附以爲寵遂使東方陋州以爲不朽之美事然所以獎予則過矣久不見公新文忽領獨樂園記誦味不已輒不自揆作一詩聊發笑爾彭城佳

王梅溪先生会稽三赋

书中“胤”“弘”“丘”皆不避讳，所云“庚子”当是康熙五十九年，即西历一六六〇也。知堂记。

《王梅溪先生会稽三赋》四卷，宋王十朋撰，明南逢吉注，清周炳曾增注，清康熙五十九年（1720）刻本。此题记写于周炳曾序后，周氏在序中提到“庚子秋，余将出”。

厥鄉土如向所云云者然久離其鄉而不返何哉此所以撫卷三嘆也他日載書以行介山必笑余曰子歸裝曷頓富持千山萬壑以贈人可乎山陰周炳曾

序

書中胤弘丘皆不避諱所云庚子當是康熙五十九年即西曆一六六〇年也　知堂記

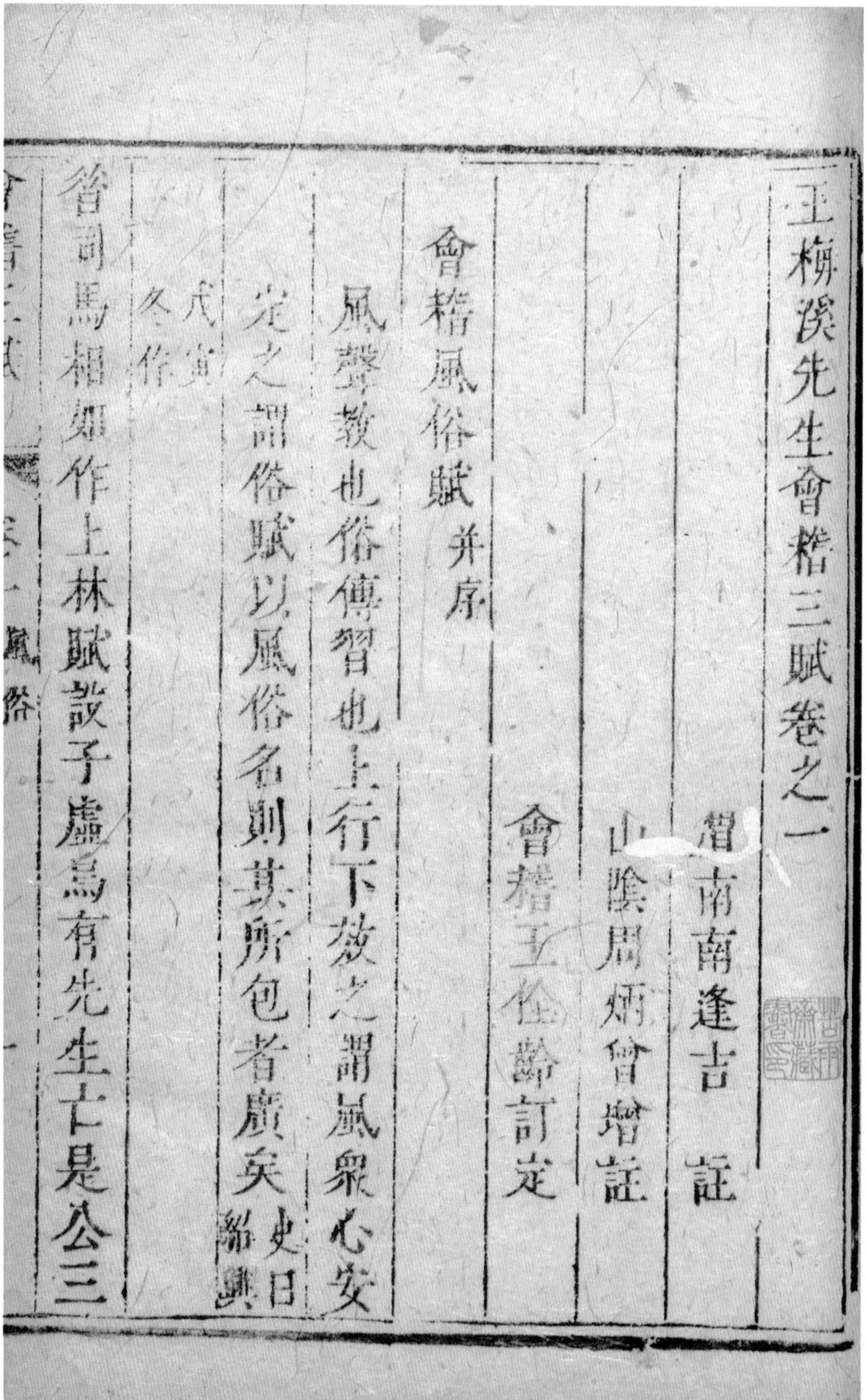
王梅溪先生會稽三賦卷之一
渭南南逢吉註
山陰周炳曾增註
會稽王佺齡訂定
會稽風俗賦并序
風聲教也俗傳習也上行下效之謂風衆心安
定之謂俗賦以風俗名則其所包者廣矣史曰紹興
戊寅冬作
昔司馬相如作上林賦設子虛烏有先生亡是公三
會稽三賦　卷一　風俗　一

一枝堂稿

民国甲申四月廿七日，菊池租君来访，出此见赠，云得之东京神田书店，后有沈复灿跋，署道光乙酉，距今正百二十年矣。知堂记于北京。

《一枝堂稿》二卷，明徐渭撰，清道光二十九年（1849）沈复灿抄本。此书系徐渭诗文集，有明万历清响斋刻《三先生逸书》本。沈复灿（1779—1850），浙江山阴（今绍兴）人，著名藏书家。

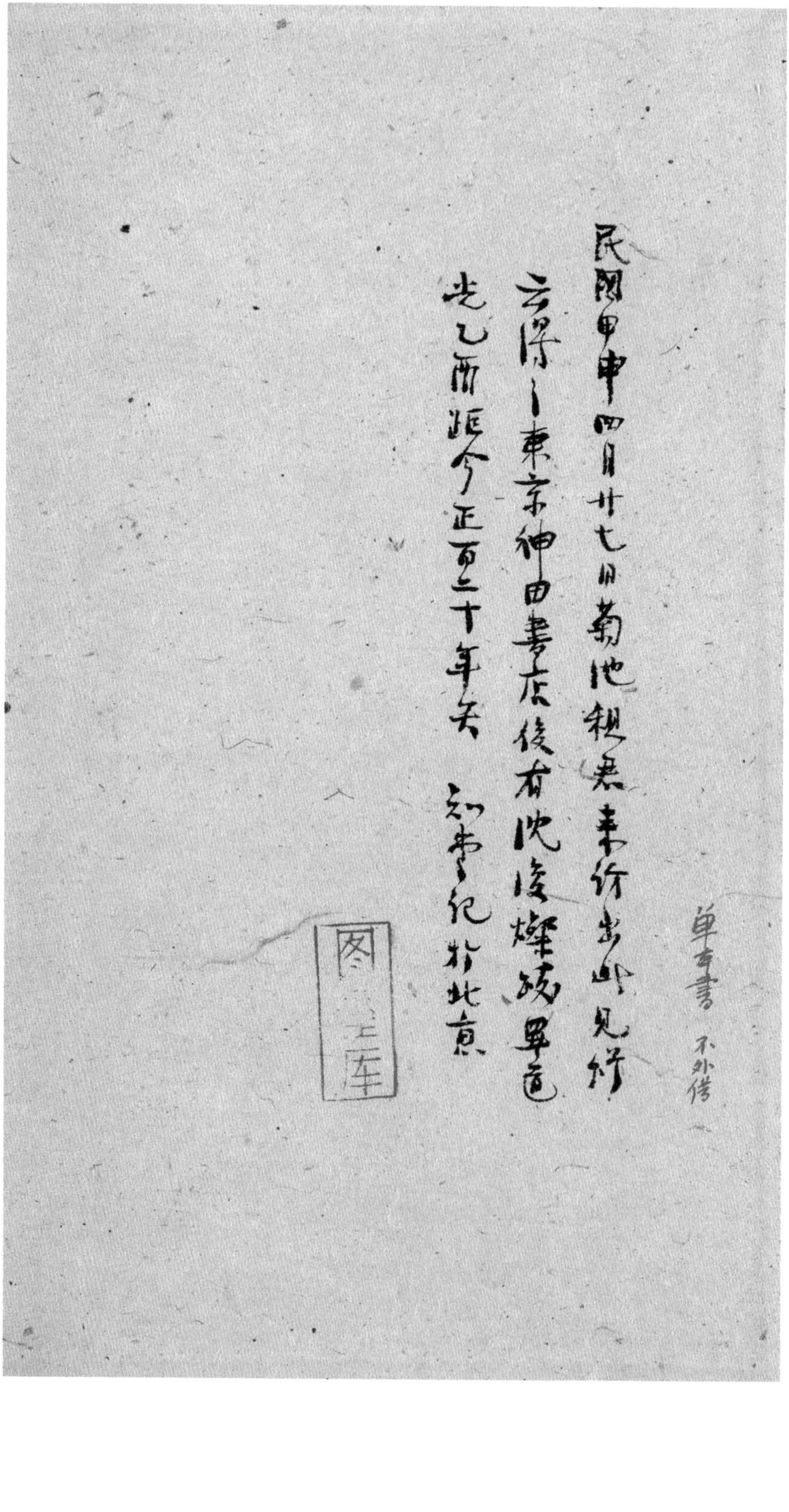

单本書 不外傳

民國甲申四月廿七日菊池租君來訪出此見貽

云得之東京神田書店後有沈俊燁跋署道

光乙酉距今正百二十年矣　知堂記於北京

一枝堂稿上卷

明會稽徐　渭文長　著

詩

送友人會試

盡道君恩潤都緣知己難好將經世策再謁禮闈
官南至鴈初少北行天轉寒明年杏花苑春色滿
金鞍

過沁州感嘆

拜环堂文集

此书曩从上海得来，只第四、五两卷，全是尺牍，差可喜耳。路叔盖是石匮之犹子，惜其详不可得而考矣。廿八年八月十四日改订讫记此，知堂。

《拜环堂文集》六卷，明陶崇道撰，明末刻本。陶崇道（1580—1650），字路叔，号虎溪，浙江会稽（今绍兴）人。万历三十八年（1610）进士，曾官即墨、掖县知县、南京给事中、福建右布政使等。《拜环堂文集》分为六卷：卷一诗，卷二至三文，卷四至五尺牍，卷六杂著。其中，卷四收录八十七人一百二十三通尺牍，卷五收录七十二人八十六通尺牍。知堂题记中所言“石匮”是陶望龄的字。陶望龄（1562—1609），浙江会稽（今绍兴）人，万历十七年进士，曾官翰林院编修、国子监祭酒等职。

1935年8月4日，周作人曾著《明末的兵与虏》一文，发表在1935年10月刊《宇宙风》2期上，对《拜环堂文集》进行了重点介绍，开篇即说：“偶然得到《拜环堂文集》残本一册，会稽陶崇道著，存卷四卷五两卷，都是尺牍，大约是崇祯末刻本。我买这本破书固然是由于乡曲之见，一半也因为他是尺牍，心想比别的文章当较可观，而且篇数自然也多，虽然这种意思未免有点近于买萝卜白菜。”[1]在引用书中诸多尺牍予以点评之后，周作人认为“这两卷书百三十六页中有不少好文章好材料，很值得把他抄出来”。[2]

8 月 16 日，周作人又撰《谈禁书》一文，发表于 1935 年 9 月刊《独立评论》第 166 期上，从禁书的角度对此书多有介绍，如他说：“我近日看到明末的一册文集，十足有可禁的程度，然而不是禁书。这书叫作《拜环堂文集》，会稽陶崇道著，即陶石篑、石梁的侄子，我所有的只是残本第五六两卷。内容都是尺牍。”[3]

[1]《知堂书话》，第 592 页。

[2]《知堂书话》，第 597 页。

[3]《知堂书话》，第 76 页。

此書曩從上海得來只第四五兩卷全是
尺牘差可喜耳路非蓋是石匱之猶子
惜其詳不可得而考矣卅八年八月十四日
改訂訖記此
知堂
知堂

拜環堂文集卷四

會稽陶崇道路叔甫著

尺牘

別孫愷陽老師

久別台顏昨冬入都老師以假歸不獲奉候顏色此衷如結夏間獲完考事暫了前件前薪尚積　俞旨杳然珠桂之鄉那堪久處同事悉散去其亦不能久畱目下且南轅矣畱都素稱清

佚笺姑存

残本尺牍一册，自七十五至百二十，凡四十五叶。板心题曰“王湘客书牍”，卷末则云“薄游书牍”，明临沂王若之所撰也。书中说明末官兵寇虏各种情形，多可供参考。其说及虏处字多铲毁，盖清初刻而又稍后印者欤。纸墨均佳，廿五年三月十八日从蜚英阁书店得此并记。知堂。

此书价值可以与陶崇道《拜环堂集》内尺牍相比，今日读之，尤增叹慨，如《答史道邻书》是其一也。又记。

《佚笺姑存》，明王若之撰，清顺治二年（1645）刻本。王若之（1593—1646），字芗叔，号湘客，山东益都（今青州）人，历官户部员外郎、河南右参议。明亡后殉国而终，著有《佚笺姑存》等。著述在清时列入禁毁书，故而存世较少。本书存《王湘客书牍》《涉志》《诗卷》等。上述题记写在《王湘客书牍》的护叶上。

先生对尺牍的价值赞赏有加，认为“中国尺牍向来好的很多，文章与风趣多能兼具，但最佳者还应能显出主人的性格”[1]，因而十分注意收藏尺牍文献。先生收藏的尺牍文献，明人的有沈炼的《塞鸿尺牍》、王若之的《王湘客尺牍》、陶崇道的《拜环堂尺牍》等，清人的有商盘的《质园尺牍》、许思湄的《秋水轩尺牍》、龚萼的《未斋尺牍》、范濂的《世守拙斋尺牍》等。民国二十五年（1936）三月十九日，先生撰有书话《王湘客书牍》，谈及上述题记第一段的主要内容。[2]先生在书话《拜环堂尺牍》中谈到：“偶然得到《拜环堂文集》残本一册，会稽陶崇真著，存卷四卷五两卷，都是尺牍，大约是崇祯末刻本。”[3]此《拜环堂尺牍》当即是指题记中所言“陶崇道《拜环堂集》内尺牍”。

[1]周作人:《日记与尺牍》，载《雨天的书》，北京十月文艺出版社2011年版，第12页。

[2]《知堂书话》，第654页。

[3]《知堂书话》，第592页。

残本尺牘一冊自七十五至百二十凡四十五葉板心題曰王湘客書牘卷末則云薄游書牘明臨沂王若之所撰也書中說明末官兵冦虜各種情形多可供参考其說及虜寇字多鏟毀蓋清初刻而又稍後印者欤紙墨均佳廿五年三月十八日從蜚英閣書店得此併記

知堂

知堂書記

此書價值可以与陶崇道拜環堂集內尺牘相比今日讀之尤增歎慨如答史道鄰書是其一也 又記

貧[illegible]皆攻
養冦在守
不事損下
卽見經術

答京貴

不肖負痾入山深矣嫠緯不恤而漆室過憂談天下事乎明問諄諄不忍有負虛心之雅　君親並念亦何敢作局外之觀竊惟冦蹂躪五六省　跳梁十餘年喪失虔劉征求饑饉天下亦甚病矣以芻蕘之愚急則治標策　無攻法策冠無守法策財無損下之法無攻法須守無守法須攻無損下之法須　上節三者相須爲用而不相悖也大約守法不過綢戶牖

袯园集

前见《雕丘杂录》，觉得颇有意思，因欲得其诗文集读之。查《四库提要》一八一“别集存目”八有《袯园集》九卷，云“梁清远撰。清远有《雕丘杂录》已著录。是集清远所自编，凡诗四卷、文四卷、词一卷。其诗直抒性情，颇能蝉脱习俗之外。而人所应无尽无，人所应有尚未能尽有也”。语殊诙谐，岂纪大烟斗之手笔耶？邃雅斋有一部，甚居奇，今从荣华堂以五元得此，尚可读。书本有大小，墨色亦淡，为易书面并折正改订之。廿六年六月十一日，知堂记于北平。

《袯园集》四卷，清梁清远撰，清康熙刻本。梁清远（1608—1684），字迩之，号葵石，直隶真定（今河北省正定县）人，顺治三年（1646）进士，官至刑部尚书，著有《雕丘杂录》《袯园集》等。

前見雕丘雜錄覺得頗有意思，極欲得其詩文集讀之，查四庫提要卷一八一别集存目，只有祓園集九卷，云梁清遠撰，清遠有雕丘雜錄已著錄，是集清遠所自編，凡詩四卷，文四卷，詞一卷，其詩直抒性情，頗能揮灑，習伏之外，而人詩亦無今年人詩亦已尚未能盡有也，語殊詼諧，豈化大切斗之手筆耶。邃雅齋有一部，去年之今從崇華本以五元之價，此尚可傳，書本有大小，墨色亦淡，為易書面併摺匠改訂之。廿六年六月十一日 知堂記於北平

知堂書記

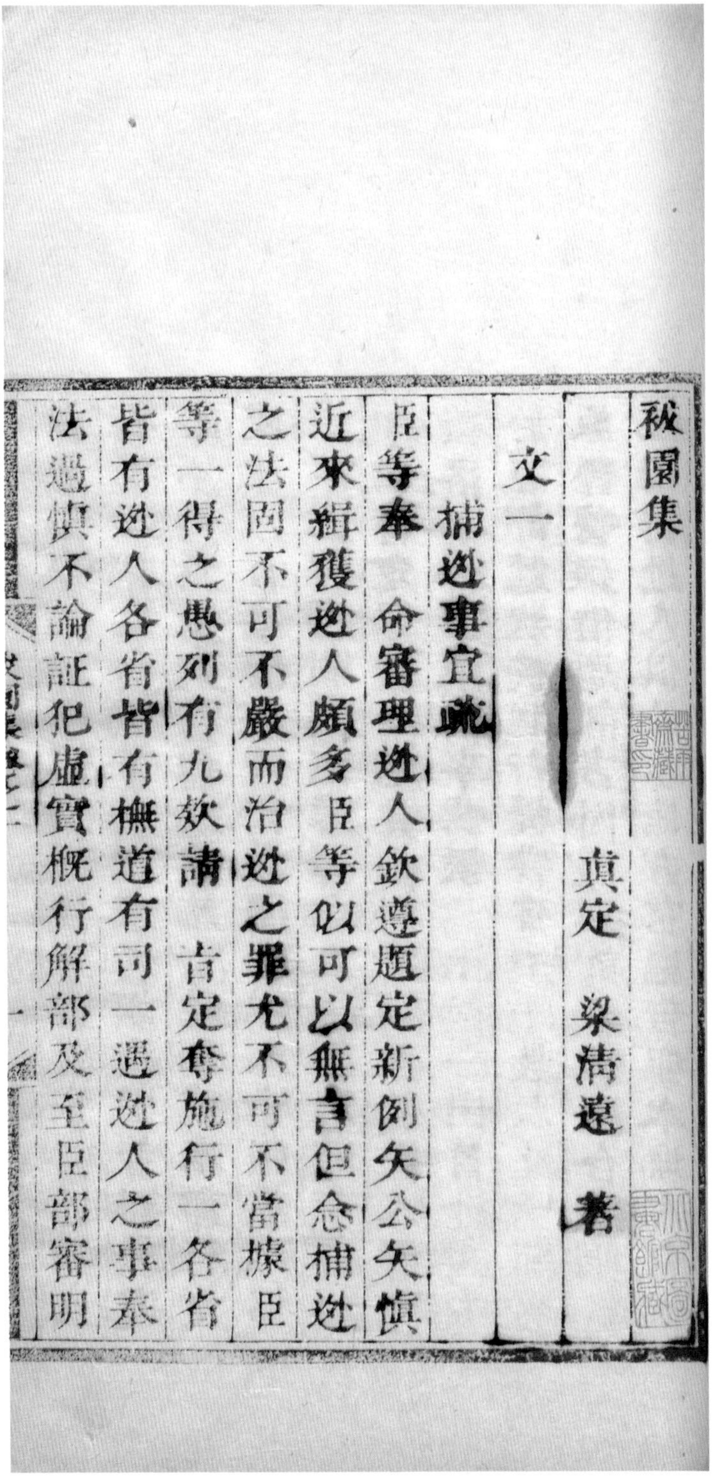

祓園集

真定　梁清遠　著

文一

捕逃事宜疏

臣等奉命審理逃人欽遵題定新例矢公矢慎近來緝獲逃人頗多臣等似可以無言但念捕逃之法固不可不嚴而治逃之罪尤不可不當據臣等一得之愚列有九欵請旨定奪施行一各省皆有逃人各省皆有撫道有司一遇逃人之事奉法遵慎不論証犯虛實概行解部及至臣部審明

南山堂自订诗

日前从松风阁得此册，目录斯（撕）毁，知其不全。查《历代诗话》，刘跋亦只云有《自订诗》，不说卷数。及拆末尾书面，则其里有题字云“南山堂自订诗，下册，六至十卷佚阙”，又一行云“旦生公遗著，裔孙永敬识”。惜系用洋纸，不能留存。今此册却又止有四卷，或下卷应为五至十卷与？民国廿六年四月廿二日改订讫记此，知堂。

《南山堂自订诗》，清吴景旭撰，清康熙刻本。存卷一至四。吴景旭（1611—1697），字又旦，一字旦生，号仁山，浙江归安（今浙江湖州吴兴区）人。明末诸生，入清后不仕，工诗文，著有《历代诗话》八十卷、《南山堂自订诗》十卷。

周作人撰有书话《南堂诗抄》一文，其中谈到《南山堂自订诗》，上述题记的主要内容有所涉及。周作人说“平常诗集除了搜集同乡著作之外就不买”，购得清初吴景旭的诗集，纯属偶然，是因为他所撰的《历代诗话》“是我所喜欢的一种书，这回看见他的诗也想拿来一读”。[1]题记中的“刘跋”指刘承幹跋，《历代诗话》刻入嘉业堂的《吴兴先哲遗书》中。另，题记中“下册六至十卷佚阙”的“六”，《南堂诗抄》中作“七”。先生又收藏有两部《南山堂自订诗》，一为康熙刻本，一为民国间吴兴刘氏嘉业堂刻本。

[1]《知堂书话》，第784页。

日前從杉風閣得此册目録斯毁知其不全查歷代詩話

劉跋亦只云有自訂詩不記卷數及拆末尾書面則其

裏有題字云南山堂自訂詩 下册六至十卷佚闕又一行

云且先公遺著蒙商邱永敘識憎傳用原紙不敢留存

今此册卻又止有四卷或下卷應為五至十卷与民國

廿六年四月廿二日改訂記此 知堂

周氏知堂

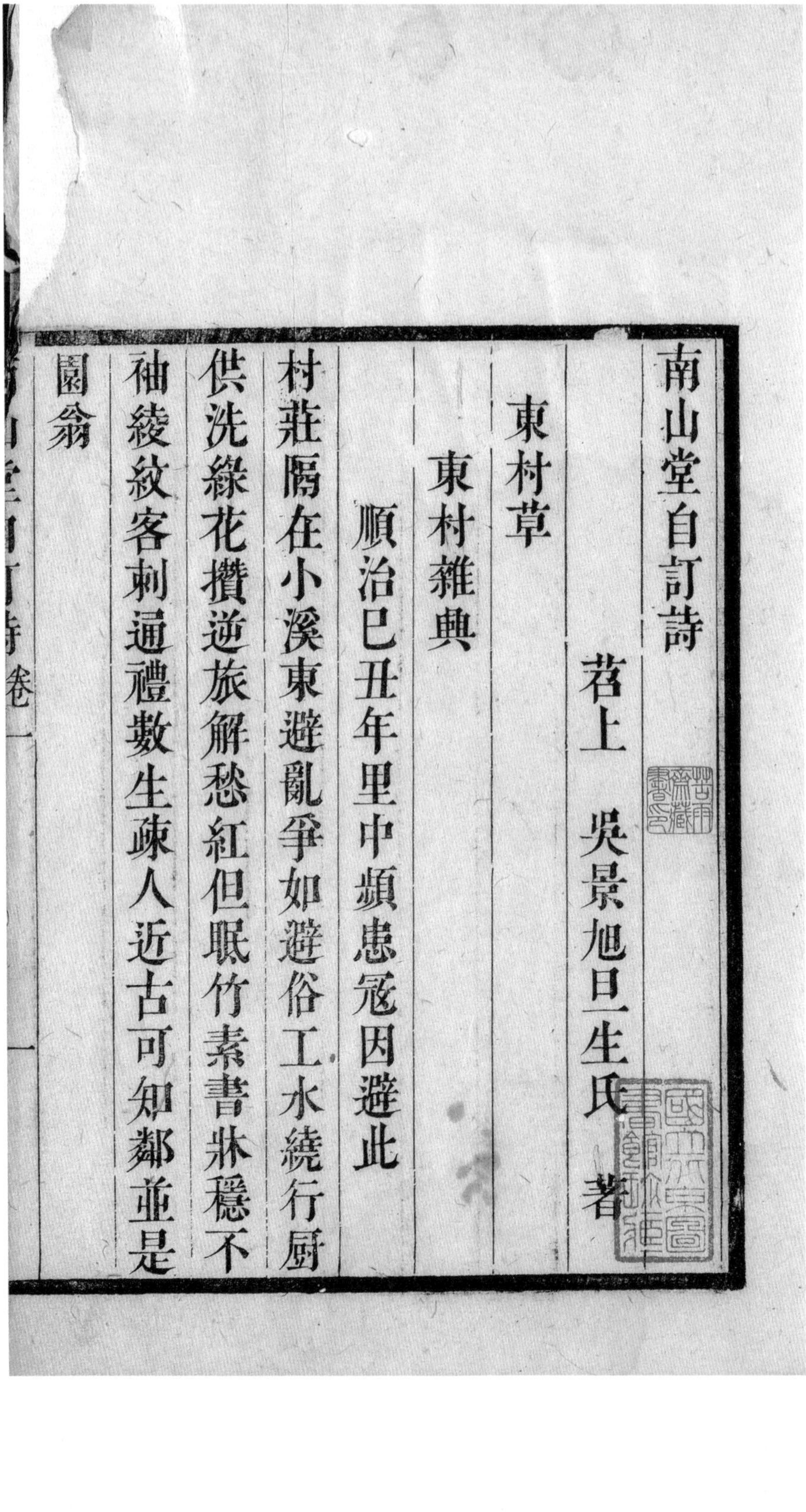

南山堂自訂詩

苕上　吳景旭旦生氏著

東村草

東村雜興

順治己丑年里中頗患寇因避此

村莊隔在小溪東避亂爭如避俗工水繞行厨
供洗綠花攢逆旅解愁紅但眠竹素書牀穩不
袖綾紋客刺通禮數生疎人近古可知鄰並是
園翁

菀青集

此萧山陈山堂集，有汤绍南印，三十年冬日得于北京。知堂记。

《菀青集》不分卷，清陈至言撰，清康熙刻本。陈至言（1656—？），字山堂，一字青厓，浙江萧山人。康熙三十六年（1697）进士，曾官翰林院编修。工诗文，撰有《菀青集》。《四库全书总目》著录，列存目中，评价说："早年与同郡张远齐名，毛奇龄称其能守古人三义、八法之意而不变。今观所作，以藻缛为主，音繁节壮，颇似西河集中语，宜奇龄之喜其类己也。"

汤绍南即汤淦。民国《萧山县志稿》卷十八载其传，汤淦字绍南，号湘畦，乾隆三十九年（1774）乡试副榜，授杭州训导，俸满引疾归，嘉庆十七年（1812）卒，年九十五。周作人在书话之作《洗斋病学草》中谈及购买乡邦文献时说："贵的书我只买过两三部，一是陶元藻的《泊鸥山房集》，一是鲁曾煜的《秋塍文钞》，——鲁启人是汤绍南的老师。"[1]看来周作人此题记中特意提到汤绍南印，或许与其为鲁曾煜（字启人）的老师有关。

[1]《知堂书话》，第562页。

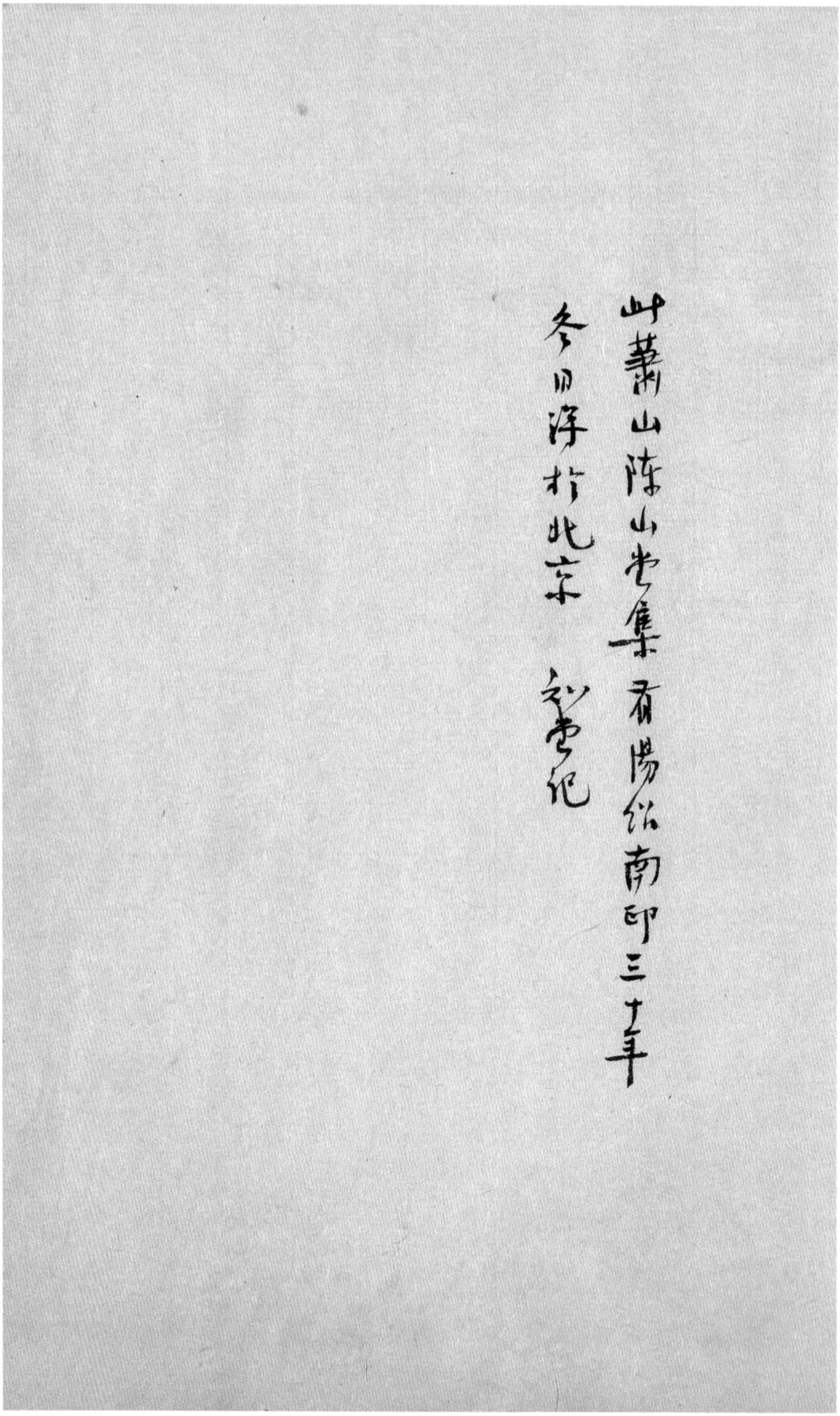
此蕭山陳山堂集有湯紹南印三十年
冬日得於北京　知堂記

苑青集

蕭山陳至言山堂　青厓稿

五言律詩一

南樓

南樓望不極，野色上高欄。水到春前漲，山宜雨後看。碧餘村寺斷，青入草橋寒。獨樹雙溪外，何人把釣竿。

春日飲集湖西書屋

結伴過城西，春氷蹴馬蹄。石欄圍茜草，瓦閣壓烏椑。近水魚堪釣，沿村酒共携。如泥眞不惜，一唱白銅鞮。

柳岸诗钞

此册所存只有古体诗，想是残本，至少尚有一卷。民国癸未三月廿六日，知堂。

《柳岸诗钞》，清胡师鸿撰，清抄稿本。卷端题“山阴胡师鸿亮斋氏”，钤有“胡师鸿印”“亮斋”印，书中多有校改，当为稿本。胡师鸿，生平不详，乾隆时人。

此冊所存只有古體詩
想是殘本至少尚有一卷
民國癸未三月廿六日
知中

柳岸詩鈔　　　　山陰胡師鴻亮齋氏

古體詩

焦山古鼎詩同王雷門賦

巨鼇扶三山蟻盤象大塊神鼎壓蒙茸不知始何代雒
邑未重遷踞此空江滙儼似三分峙全吳扼吭背虽鳥
斷摩娑綠文窮藻績天冶青芙蓉含虛滴沆瀣豕腹雲
夢吞孤光結瑇瑁風雨霍霍鳴空中揚翠黛不隨金人
移豈與銅駝廢鬱葱輝海門篆香天地配特立朝皇極
磐安廣帝載神物冷禪窟古雲護靉靆

五十 [illegible]書白交戚

石鐘山作

香草笺

三十年十二月三十日得于北京，距出版时已三十一年矣。知堂。

《香草笺》，清黄任撰，清宣统二年（1910）铅印本。黄任（1683—1768），字于莘，号莘田，因喜好藏砚，又自号十砚老人，福建永泰人。康熙四十一年（1702）举人，曾官广东四会知县。工诗，著有《秋江诗集》。

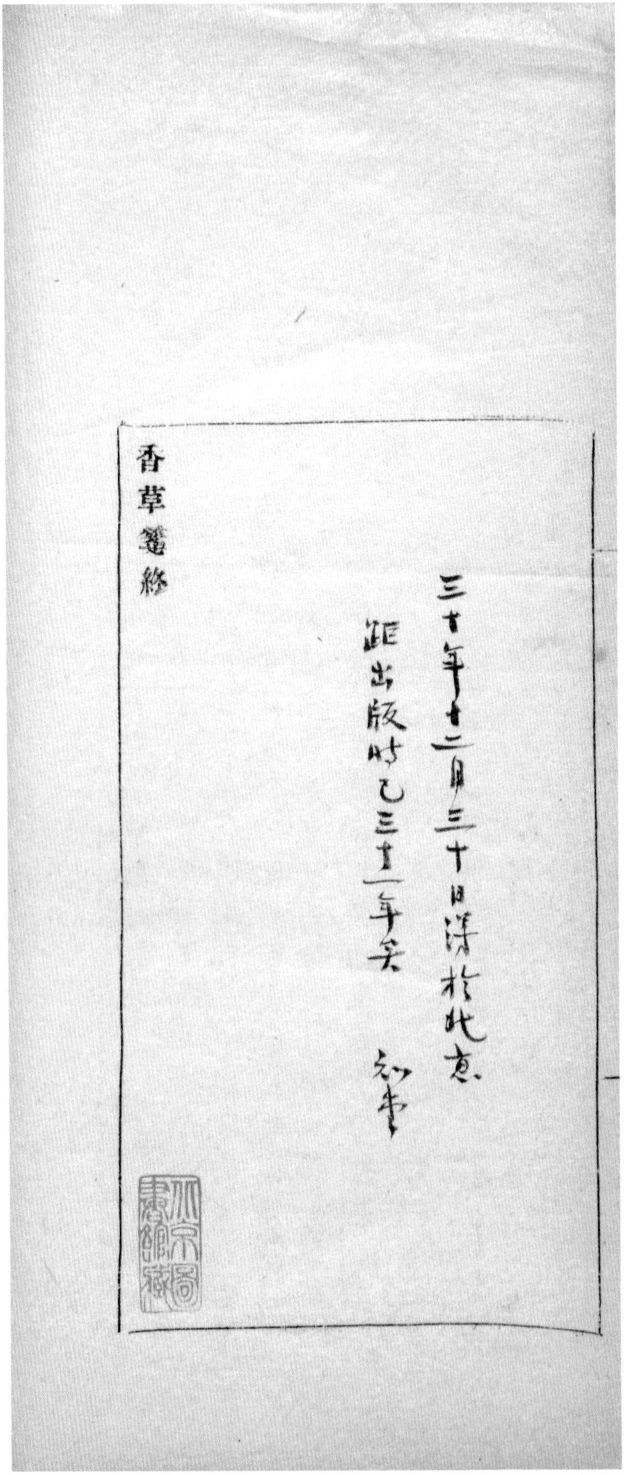
三十年十二月三十日讀於北京
距出版時已三十一年矣
知堂
香草箋終

香草箋

永福黃　任莘田作　江都　吳仲夢蘭　童閏補蘿　校刊

古意

縫得合歡囊密密裙頭繫儂繡鴛鴦絲郎寫芙蓉字
將儂桃花面描上湘竹扇淚點不曾乾與君親眼見
儂脫紅羅襦郎從窗外入道儂懷袖香春風透消息
出簾忙致辭郎饑莫便去牽郎汚郎衣爲郎製寒具
儂纏五色絲續命待郎面郎是菖蒲花但開難得見
郎來不出迎隔簾空復情強呼小鬟至故使君聽聲

睫巢后集

前得《睫巢集》二册，有叶焕彬藏印，乾隆六年刻本。刻者洪东阆，即陔华子。书颇精致，与人讲殊相似。此《后集》则五年后杜补堂所刻，板式同而工不逮前，又是后印，用白纸，故不能与前者配合也。廿八年六月五日，知堂记于北平。

《睫巢后集》不分卷，清李锴撰，清乾隆九年（1744）刻本。李锴（1686—1746），字铁君，号眉山，汉军正黄旗人，父湖广总督辉祖，妻大学士索额图女，家世显赫，无意仕途，隐居盘山，著有《原易》《春秋通义》《尚史》及《睫巢集》。《清史稿》有传。《睫巢后集》前有秦蕙田序，时间署“乾隆甲子秋日”，其后为李锴自序；末有杜甲（字补堂）跋，时间署“乾隆岁次乙丑秋”。秦蕙田在序中言读李锴《睫巢集》后，评其诗“浸淫乎汉魏初盛唐诸家，而归本于少陵”。杜甲跋言：“洪东阆刊其初集，然多少年之作，吾家少陵云‘老去渐于诗律细’，余复刊其近诗为后集云。”

前得睫巢集二冊有葉煥彬藏印乾隆六年刻本
刻者洪東澗即陔華子書頗精與人譜殊相
似此後集則五年後杜補堂所刻板式同而工不
逮前又是後印用白紙故不能與前書配合也
廿七年六月五日　知堂記於北平

知堂

睫巢後集

鷹青山人李　鍇鐵君

樂府

江南

江水是弱水久已沉羽毛江水自江水我豈無輕舠中流雙鴛鴦唼波影淩亂鴛鴦且莫起我有好鍼線繡在合歡被與汝長相見

雞鳴

喔喔鷄初鳴豺虎皆遁藏平明害氣除是物無賊傷下户皆繅繰埜田都插秧父老守里閭罜飽酒與漿昨日

姜畦诗集

姜畦即无恙之祖，见《镜西阁诗选》中。此本得于杭州，盖乾隆时刻也。民国廿五年一月三十日，知堂记。

《姜畦诗集》六卷，清邵廷镐撰，清乾隆刻本。邵廷镐，生卒年不详，字邻丰，号姜畦，浙江山阴（今绍兴）人，工于绘事。无恙为邵帆字，著有《镜西阁诗选》《梦余诗钞》。

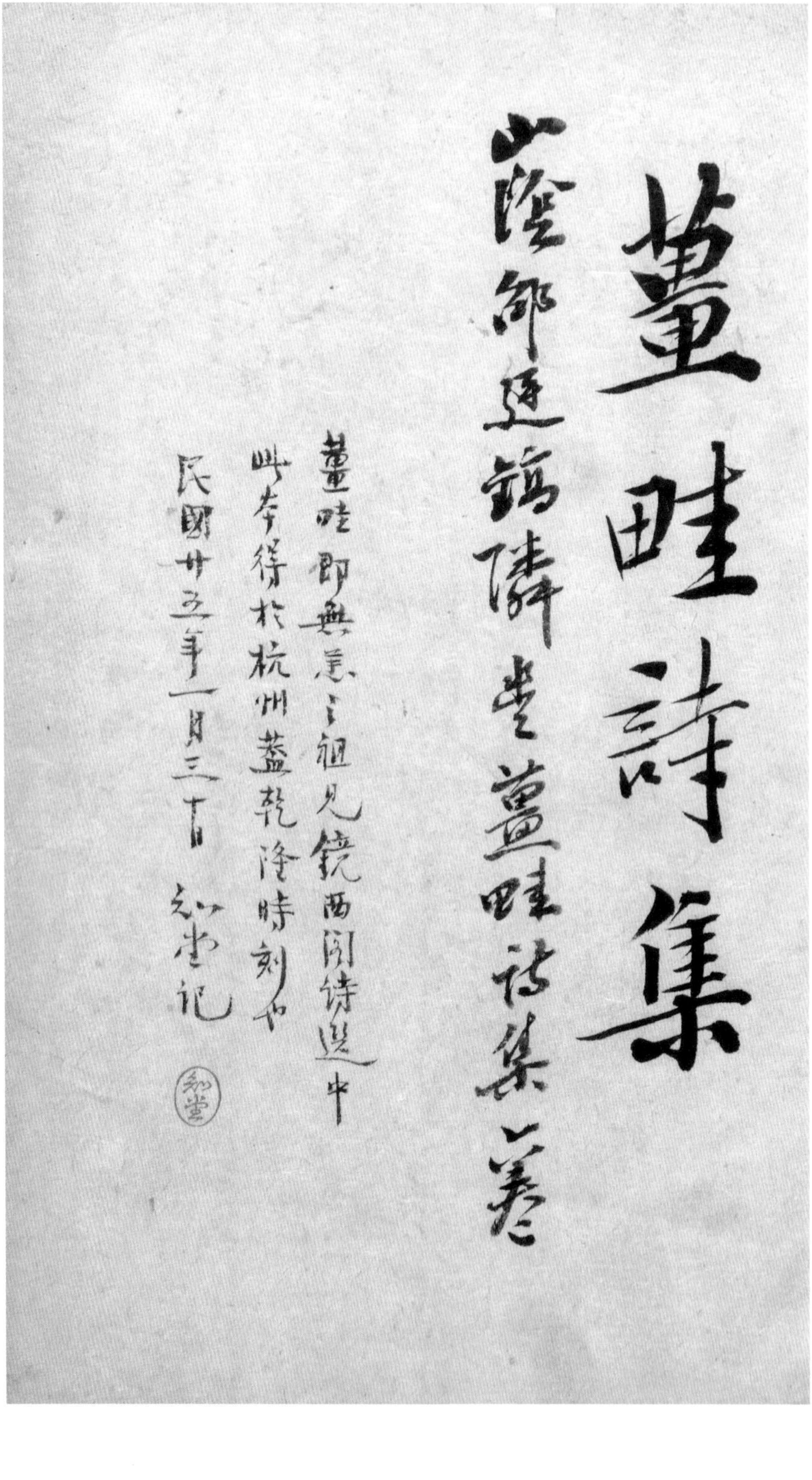

董哇詩集

山陰鄒廷鎬隣堂董哇詩集二卷

董哇即無息之祖，見鏡西閣詩選中。此本得於杭州，蓋乾隆時刻也。民國廿五年一月三十日　知堂記

知堂

薑畦詩集卷一

山陰　邵廷鎬　隣豐

山鳥篇

南山有奇鳥遂養積歲年羽翮漸豐盛文彩亦斐然第愧遜鸞鳳未敢翱青天更羞與燕雀籬畔爭飛騫朝飲松頂露暝棲巖上烟足不蹈叢莽吭不吞腥羶所操一何介高潔猶列仙動息獲自適免致網羅牽

憶　家叔客粤中

二树山人写梅诗

二树山人诗，旧有《越中三子》本《抱影庐诗》一卷、《二树山人诗略》五卷，又《秋虫吟》一卷抄本。此《写梅歌》三十年前曾在族人琴逸先生处一见，惜不能得。今年一月，忽见杭州经香楼书目中有此，亟嘱寄阅。则并续篇在内，尤为可喜。家中旧藏山人印一，文曰“如之何如之何”，边款云“丙戌九秋作，二树钰”。盖隐藏二如字，即二树之原文，意取如玉如金，与钰相应也。今见续编中四十九叠韵云“童二如鬑鬑賨”，注“予幼字也”，可证上说不误。今特钤于卷末，并记数言以志欣幸。民国廿三年一月十一日，知堂于北平苦茶庵。

《二树山人写梅诗》一卷续编一卷，清童钰撰，清苏如溱评点，清乾隆刻本。童钰（1721—1782），字二树，浙江山阴（今绍兴）人，乾隆时期著名画家，尤善写梅，曾参与纂修《河南府志》。

1936年4月22日，周作人在《关于童二树》一文（收录在《瓜豆集》中）里对童钰的生平、著述有详细的考证，文中也提到了这枚印章：“家中旧藏石章一方，黑色甚坚硬，三角自然形，印文长圆，长约二寸宽半寸。”

二樹山人詩舊有越中三子詩本梅花影庵詩一卷，二樹山人詩畧三卷，又秋虫吟一卷，抄本。此寫梅歌三十年前曾在族人琴逸先生處一見，惜不能得。今年一月忽見杭州經香樓書目中有此，亟函寄回，則併續編在內，尤為可喜。家中舊藏山人印一方，文曰如之何如之何，邊款云丙戌九秋作二樹鈢。蓋隱藏二如字，即二樹之原文，意取如玉如金與鈢相應也。今見續編中四十九疊韻云童二如鬑鬑鬚，註予幼字也，可證上說不誤。今特鈐於卷末，併記數言以誌欣幸。民國廿三年一月十一日　知堂於北平苦茶庵

知堂

洒然而來起勢最工

已明出蜂矣妙在仍非正位

二樹山人寫梅歌

會稽童　鈺二樹璞巖稿

新鄭蘇如溱惠波評點

沈又希范孫以長歌索寫梅花時值臘月適有凍蜂集余畫梅又希異其事爲作此歌見贈愧不敢當次原韻酬之

（起四語總括通篇大意作一冒憶昔以下方細寫）

曉鬧剝啄來長鬚有客索寫梅一株贈言滿幅讀未竟汲然汗出衣欲濡憶昔束髮弄柔翰小技箏

（句句暗含蜂字妙絕）

復闢切膚采香集艷究何益日鑽故紙禪爲蘇一

（明出蜂字下接細腰云云便不嫌笑）

生辛苦竊自笑奚翅蜂子花間居我聞細腰本微

（婉轉如意極沉鬱頓挫之）

物潛動輒隨元化俱奈何游戲錯寒燠翁翁不待

二樹寫梅歌　一

二树诗略

三十一年三月从上海得来，惜只四卷，无第五卷，或是原缺也。二十日记，知堂。

《二树诗略》四卷，清童钰撰，清刻本。

据《清代别集总目》《清人诗文集总目提要》载，现存童钰的《二树诗略》一般为五卷，河南省图书馆藏有《二树诗集》为四卷。此书存四卷，或缺卷五。

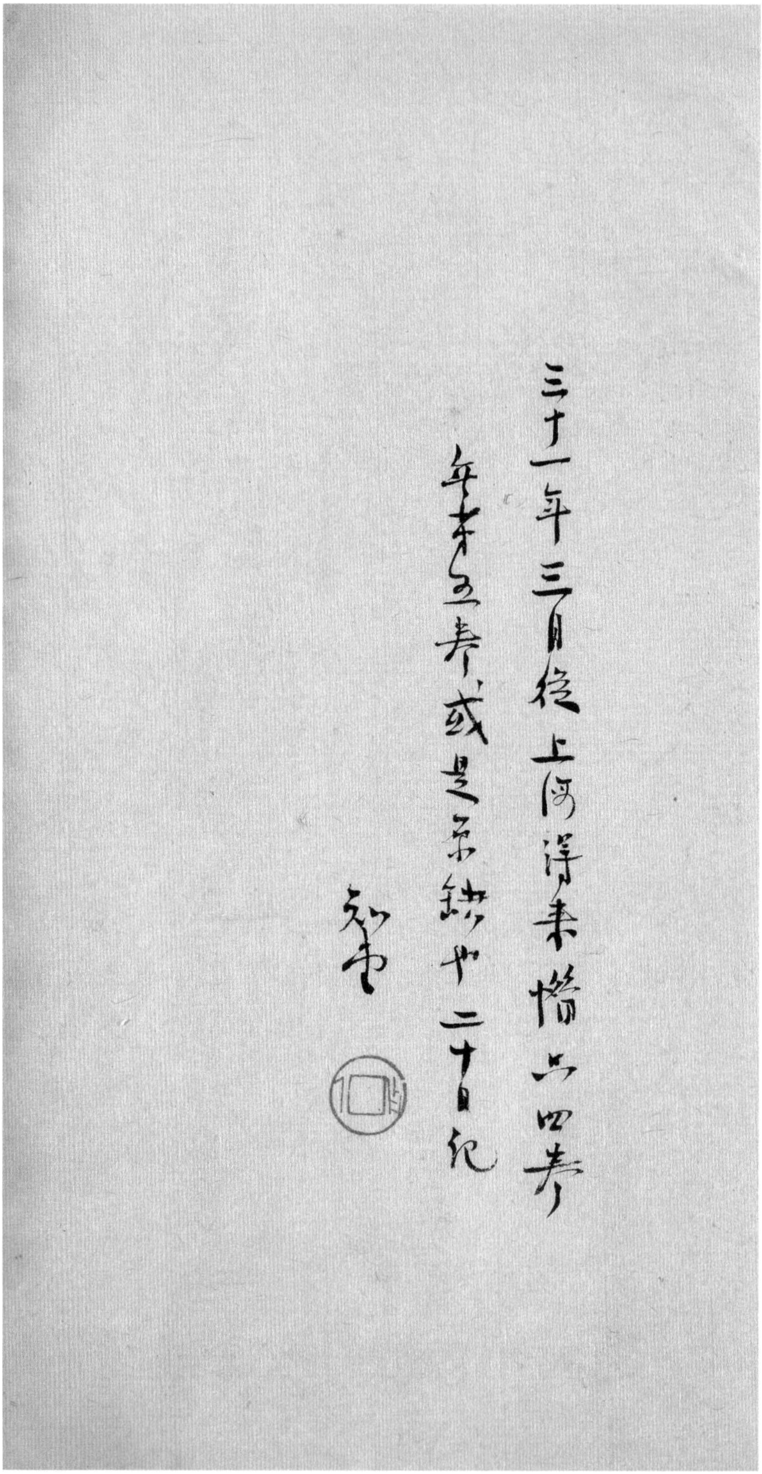
三十一年三月從上海得來惜只四卷
年考云五卷或是原缺也二十日記
知堂

二樹詩畧卷一

會稽　童　鈺璞巖僊菴稿

牂泂　盧世昌絅齋批點

眞州　團、昇鶴筱

秀水　許　燦晦堂　參評

若耶曲

儂心如溪水水流不可復。叶郎心如溪風朝南復暮北。一解

采采溪上葛。織作綌與絺。裁衣要郎着看儂千萬（許云猶有直意）

凤山集

孙大濩《秋槎诗抄》卷二《哭王半村》诗注：乾隆四十年乙未九月三日夜，半村自沈于罗纹坂。又云：半村母丧，负逋卖文，偿之不足，卒以此自毙。诗有云：岂是鸿毛轻性命，翻因鹅眼贱文章。民国二十一年五月二十五日改订讫题记。

《凤山集》二卷，清王濬撰，清乾隆刻本。《红鹅馆诗选》之一。《（乾隆）绍兴府志》卷五十九载："王濬字哲人，山阴人，弱冠工诗，困场屋不得志，需次为岁贡生"，家贫，母逝后无力营丧，"九月三日于罗坟桥下遽赴水死"，著有《红鹅馆诗钞》《凤山集》。

《周作人日记》1932年5月25日载："上午北大告假，在家改订越人诗集三册。"[1]《凤山集》当即其中之一。

---

[1]《周作人日记（下）》，第244页。

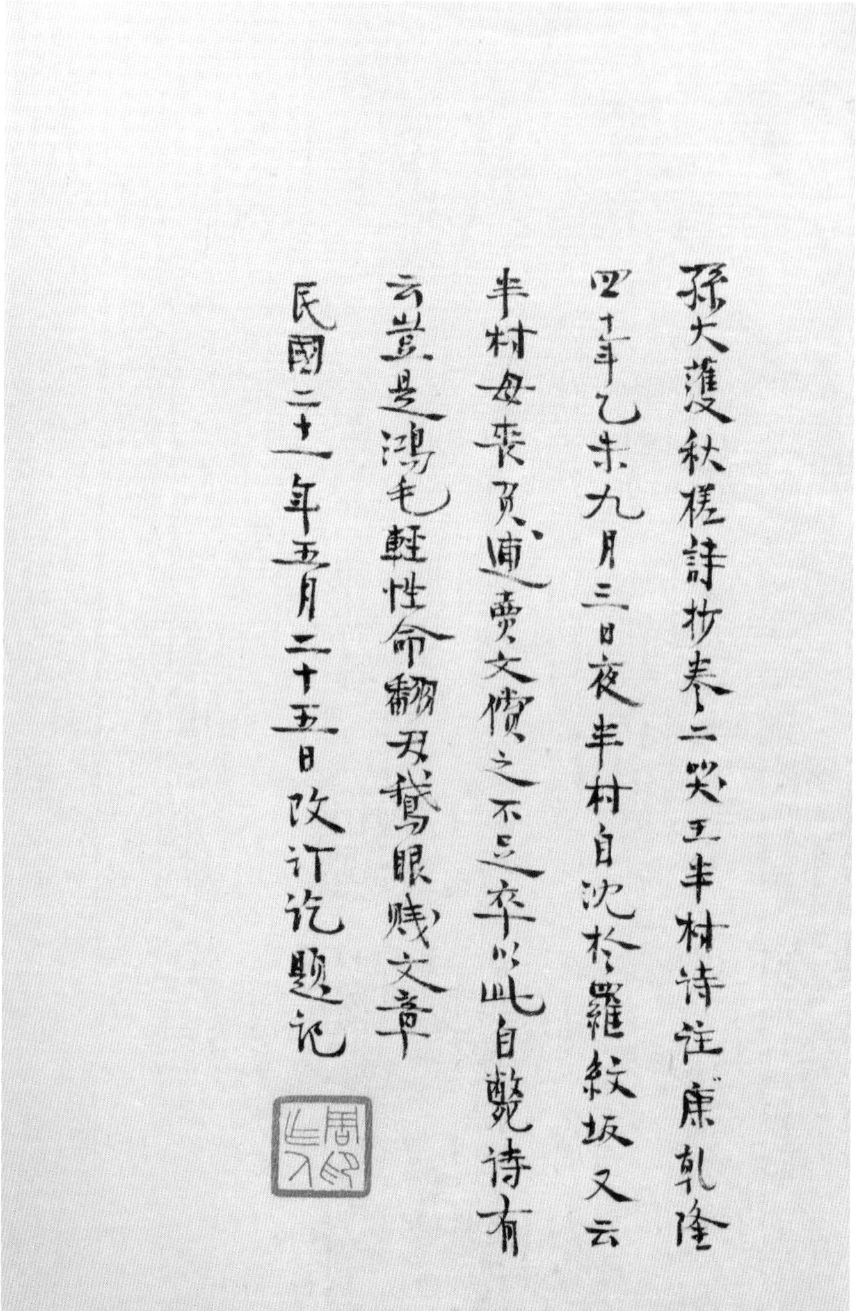
孫大濩秋槎詩抄卷二哭王半村詩注康乾隆四十年乙未九月三日夜半村自沈於羅紋坡又云半村母喪負逋遭賣文價之不足卒以此自斃詩有云豈是鴻毛輕性命翻因鵞眼賤文章

民國二十一年五月二十五日攺訂訖題記

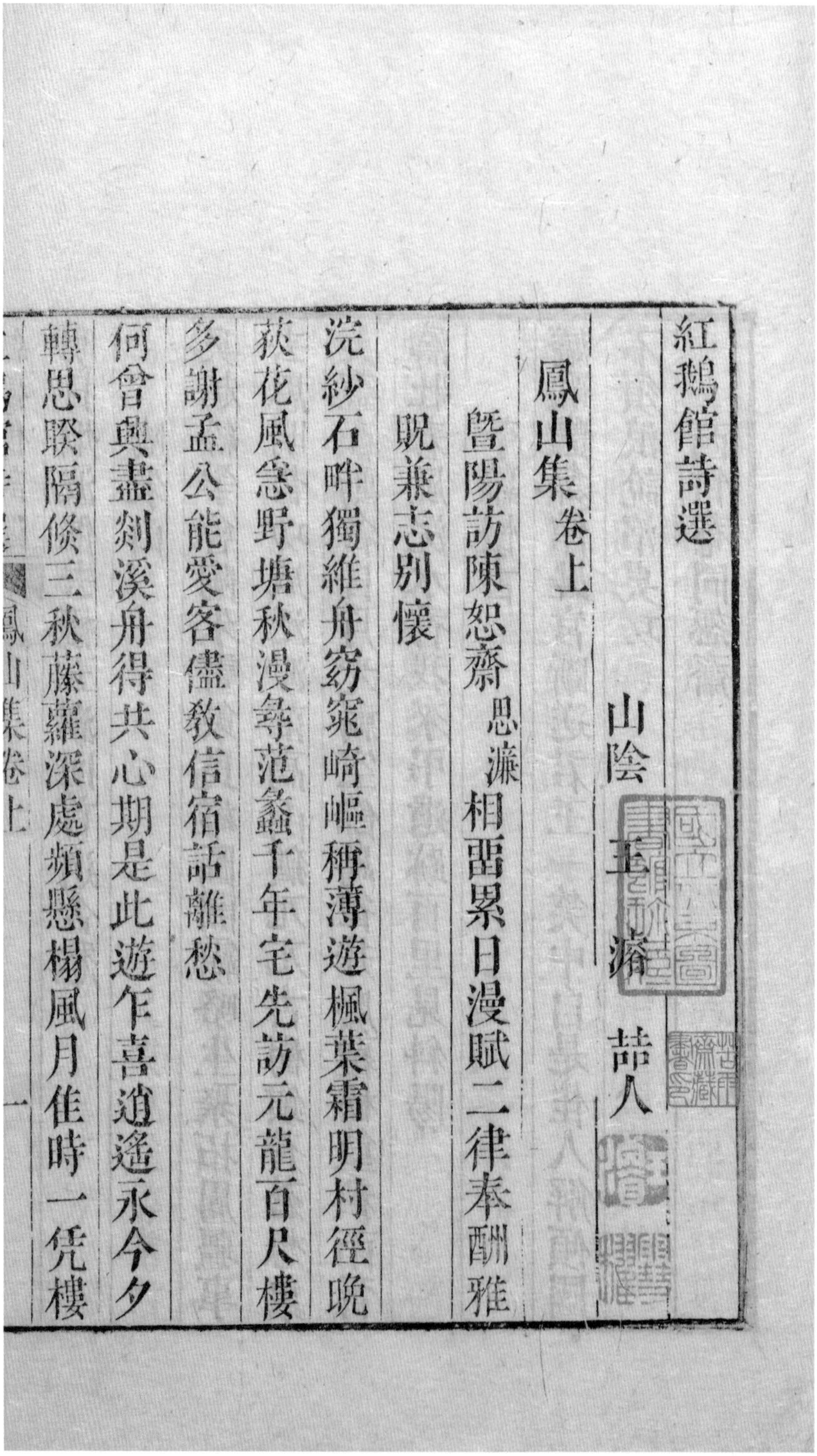

紅鵝館詩選

山陰　王濬　喆人

鳳山集卷上

暨陽訪陳恕齋思濂相畱累日漫賦二律奉酬雅貺兼志別懷

浣紗石畔獨維舟窈窕崎嶇稱薄遊楓葉霜明村徑晚
荻花風急野塘秋漫尋范蠡千年宅先訪元龍百尺樓
多謝孟公能愛客儘教信宿話離愁

何曾興盡剡溪舟得共心期是此遊乍喜逍遙永今夕
轉思睽隔倏三秋藤蘿深處頻懸榻風月佳時一凭樓

紅鵝館詩選　鳳山集卷上　一

十诵斋集

《十诵斋集》本亦可留，唯予收此集大半乃因其为周半樵先生旧藏故也。时民国三十年辛巳中秋后二日，距道光甲辰已百年余矣。知堂记于北平。

《十诵斋集》，清周天度撰，清乾隆四十八年（1783）刻本。书名叶有“癸卯冬镌”字样。前有乾隆十四年陈兆崙、二十七年张熷、三十五年汪师韩序。全书包括诗四卷、词一卷、杂文一卷。钤“山阴周氏半樵珍藏印”“丰华堂书库宝藏印”等印。

陈兆崙序后有周调梅题记：“吴退庵《杭郡诗辑》，周经邦字理斋，号龙冈，仁和贡生，著《天壶集》；子天度，字让谷，一字西隒，乾隆壬申进士，许州知州，著《十诵斋集》；度子南，癸卯举人；南子澍，辛酉拔贡。甲辰十一月廿八呵冻手记。澍今为云南迤南道。集中有《集家兰坡学士觅句轩分韵》诗，自曾通谱往还者，予有让谷手批陈寿《三国志》，持服时以蓝笔批点，每至夜午，其好学如此。”周作人题记写于周调梅题记之后。

丰华堂是杭州人杨文莹（1838—1908）、杨复（1866—？）父子的读书处。丰华堂藏书绝大部分于1929年售予清华大学。[1]此书钤有“丰华堂书库宝藏印”，说明为杨氏父子旧藏。

[1] 刘蔷：《杭州丰华堂藏书考》，载《清华大学学报（哲学社会科学版）》1998年第13卷第1期。

月廿六呵凍手記　澍今為雲南迤南道
集中有與家蘭坡學士覓句軒分韻詩自曾
通譜往還者　予有讓谷手批陳壽三國志
持服時以藍筆批點每至夜午其好學如此

十誦齋集少本亦可留唯予以此集大半乃因其為
周半樵先生舊藏故也　時民國三十年辛巳中秋
後二日　距道光甲辰已百年餘矣　知堂記於北平

知堂書記

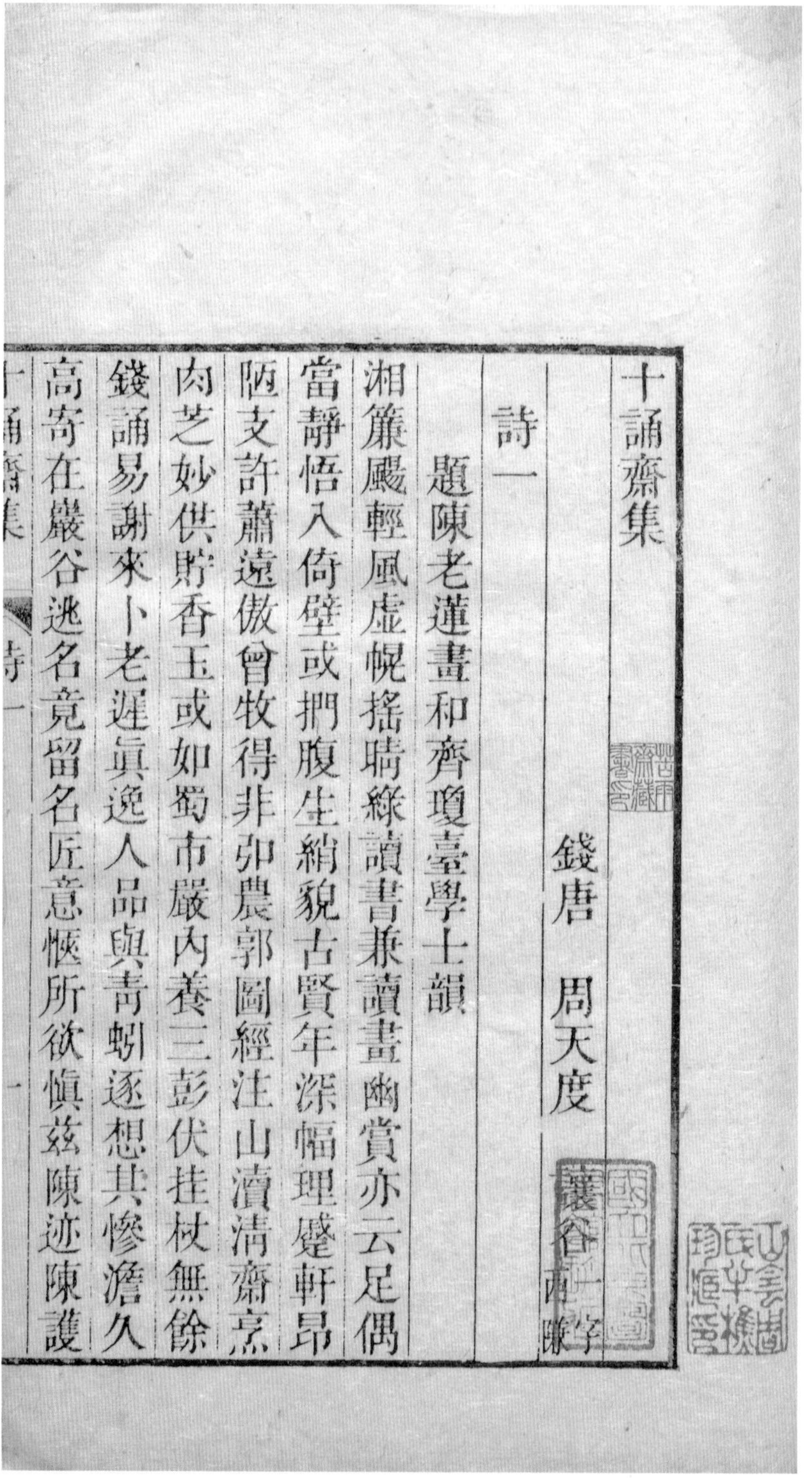
十誦齋集

詩一　　錢唐　周天度　讓谷一字西隣

題陳老蓮畫和齊瓊臺學士韻

湘簾颭輕風虛幌搖晴綠讀書兼讀畫幽賞亦云足偶
當靜悟入倚壁或捫腹生綃貌古賢年深幅理蹙軒昂
陋支許蕭遠傲曾牧得非卯農郭圖經注山瀆清齋烹
肉芝妙供貯香玉或如蜀市嚴內養三彭伏挂杖無餘
錢誦易謝來卜老涯眞逸人品與靑蚓逐想其慘澹久
高寄在巖谷逃名竟留名匠意愜所欲愼玆陳迹陳護

十誦齋集　詩一　一

什一偶存

此乌程徐氏家集，徐叶昭女史所编刊者也。古来女子作诗词者甚多，而写古文者不常见。《职思斋学文稿》三十五篇多朴实冲淡，可诵读，大不易得也。文中云“辛丑五十三岁”，计是年为乾隆四十六年一七八一，然则听松主人当生于雍正七年己酉一七二九，至作序之年乾隆五十九年甲寅则已六十六岁矣。此书得自杭州书店已三年矣，今日重阅，书此。民国二十四年一九三五一月二十一日，知堂于北平。

《什一偶存》五种，清徐叶昭编，清乾隆五十九年（1794）刻本。此书系徐叶昭所编家集，除《职思斋学文稿》为自己所撰外，其余四种《鄃城剩稿》《敬斋仅存稿》《清渠遗文》和《希之遗文》分别是叶昭父、兄、弟、兄子所撰。徐叶昭字克庄，适海宁许尧咨。

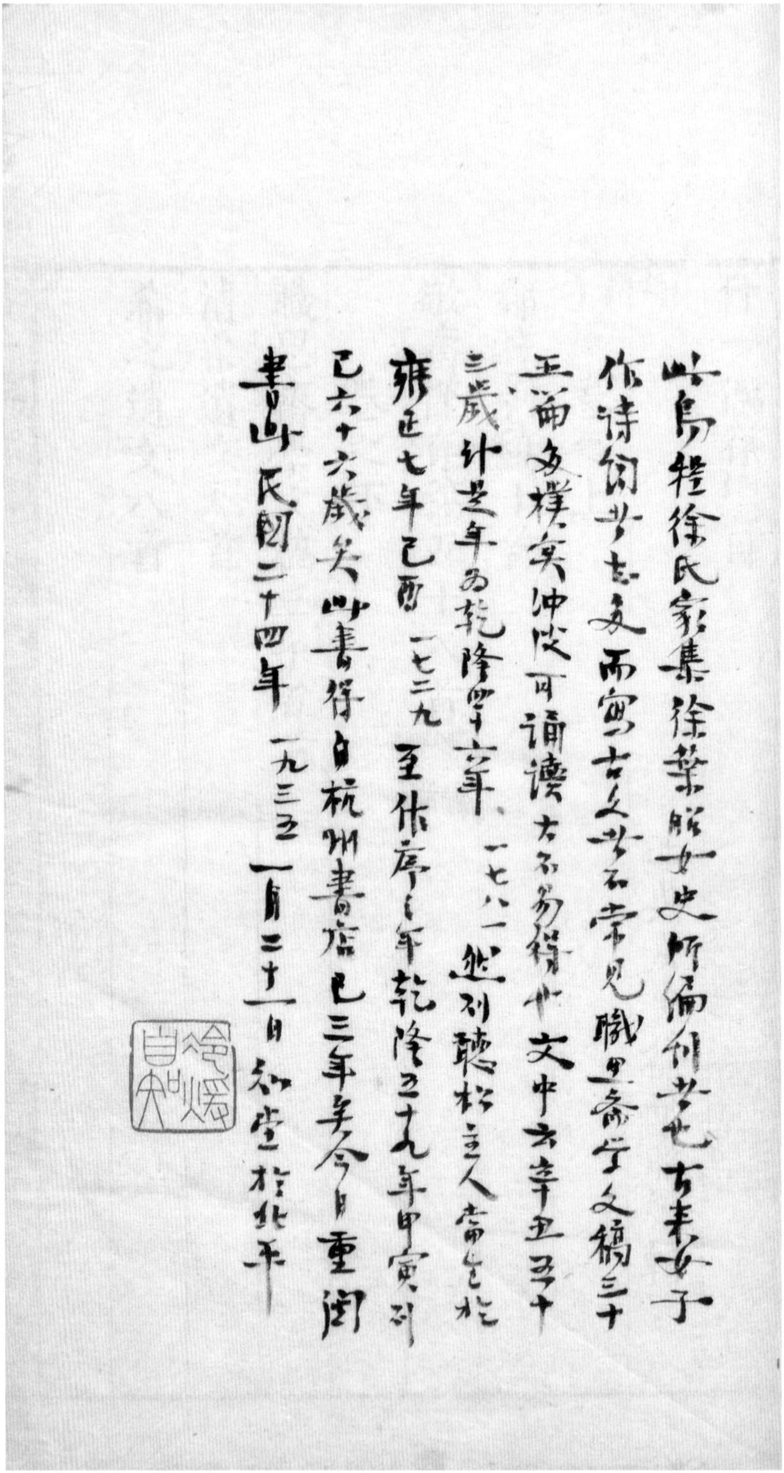
此为程徐氏家集，徐叶昭女史所编刊者也。古来女子作诗词者甚多，而写古文者不常见，职思斋学文稿三十五篇，文多朴实冲淡，可诵读，大不易得也。文中云辛丑五十三岁，计是年为乾隆四十六年（一七八一），然则听松主人当生于雍正七年己酉（一七二九），至作序之年乾隆五十九年甲寅则已六十六岁矣。此书得自杭州书店已三年矣，今日重阅书此。民国二十四年（一九三五）一月二十一日知堂于北平

先大人遺文叙

先子所為詩曰擲杯小稿所為文曰郇城集往往為人取去原稿無復存者歷年久遠踪跡良難搜索頻年得文止十首皆掌教諸暨時所作雖未足槪其生平亦可見其大凡矣亟梓而存之以質諸後之君子乾隆庚戌季春女葉貽謹志

郇城剩稿目錄　　烏程徐繩甲烝哉

書范忠貞公祠

書紫山書院建置始末

孟貞女傳

敘論蔡烈婦事

復杜太守名山可遊者記

太學樓旦成五十壽序

冰雪堂诗

《冰雪堂诗》一卷，正黄旗陈氏著。《天咫偶闻》卷五所举八旗人著述书目中未列入。《贩书偶记》中有之，注曰“乾隆甲午刊”，则亦不确。卷中记道光丙申年事，故序跋之甲午、庚子当俱是道光时也。在护国寺庙会得此册。诗不必佳，亦政以人存耳。民国廿七年二月廿七日，知堂记。

《冰雪堂诗》一卷，清归真道人撰，清道光刻本。归真道人，生卒年不详，正黄旗陈廷芳女，镶蓝旗赫舍里氏巴尼浑妻。书前有道光二十年（1840）英和、毓华序，台福等人题辞，末有道光十四年克勤郡王承硕跋。

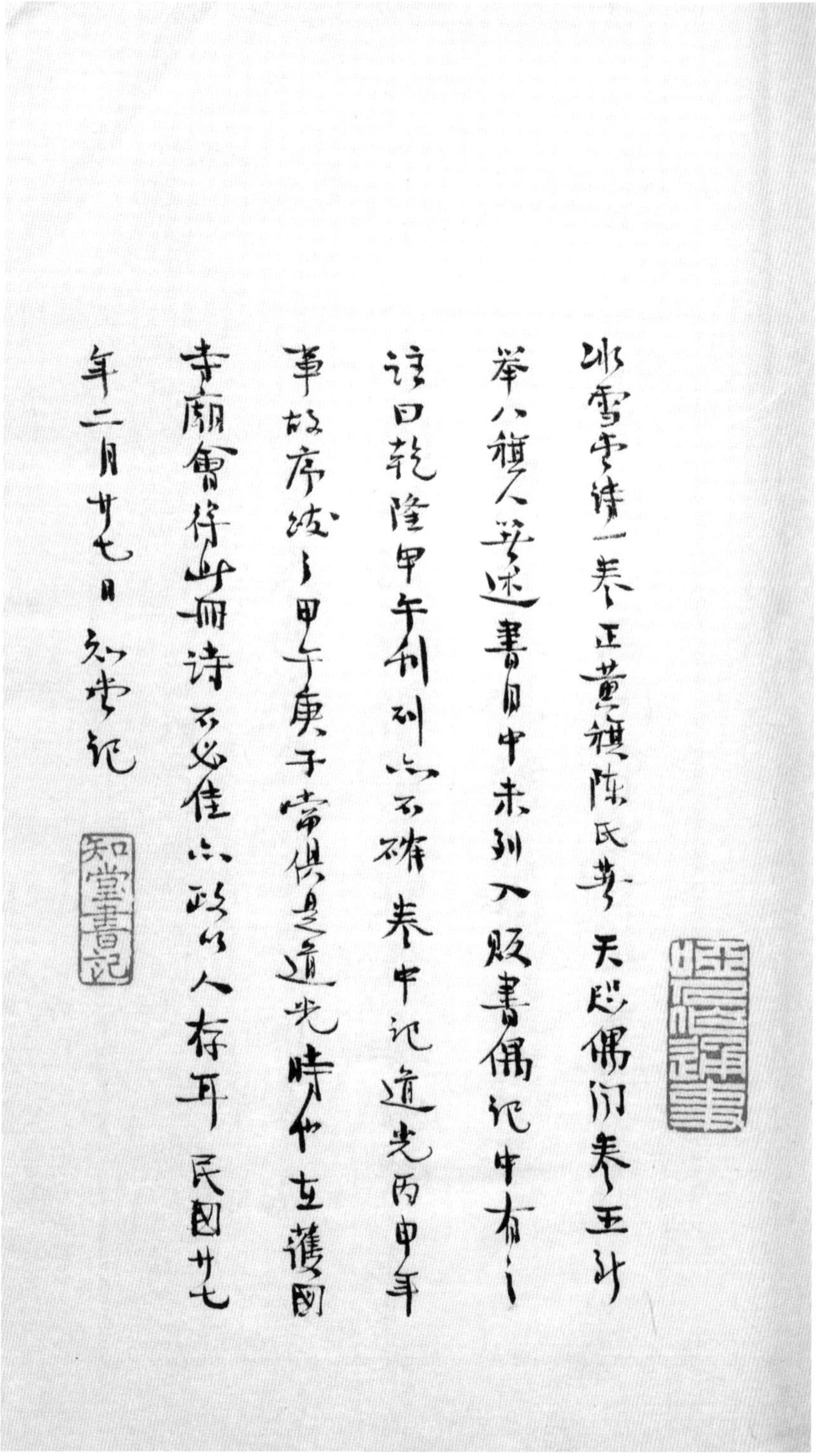

冰雪堂诗一卷正黄旗陈氏著 天咫偶闻卷五引举八旗人著述书目中未列入贩书偶记中有之注曰乾隆甲午刊刻亦不确卷中记道光丙申年事故序跋之甲午庚子当俱是道光时也去护国寺庙会得此册诗不必佳亦取以人存耳 民国廿七年二月廿七日 知堂记

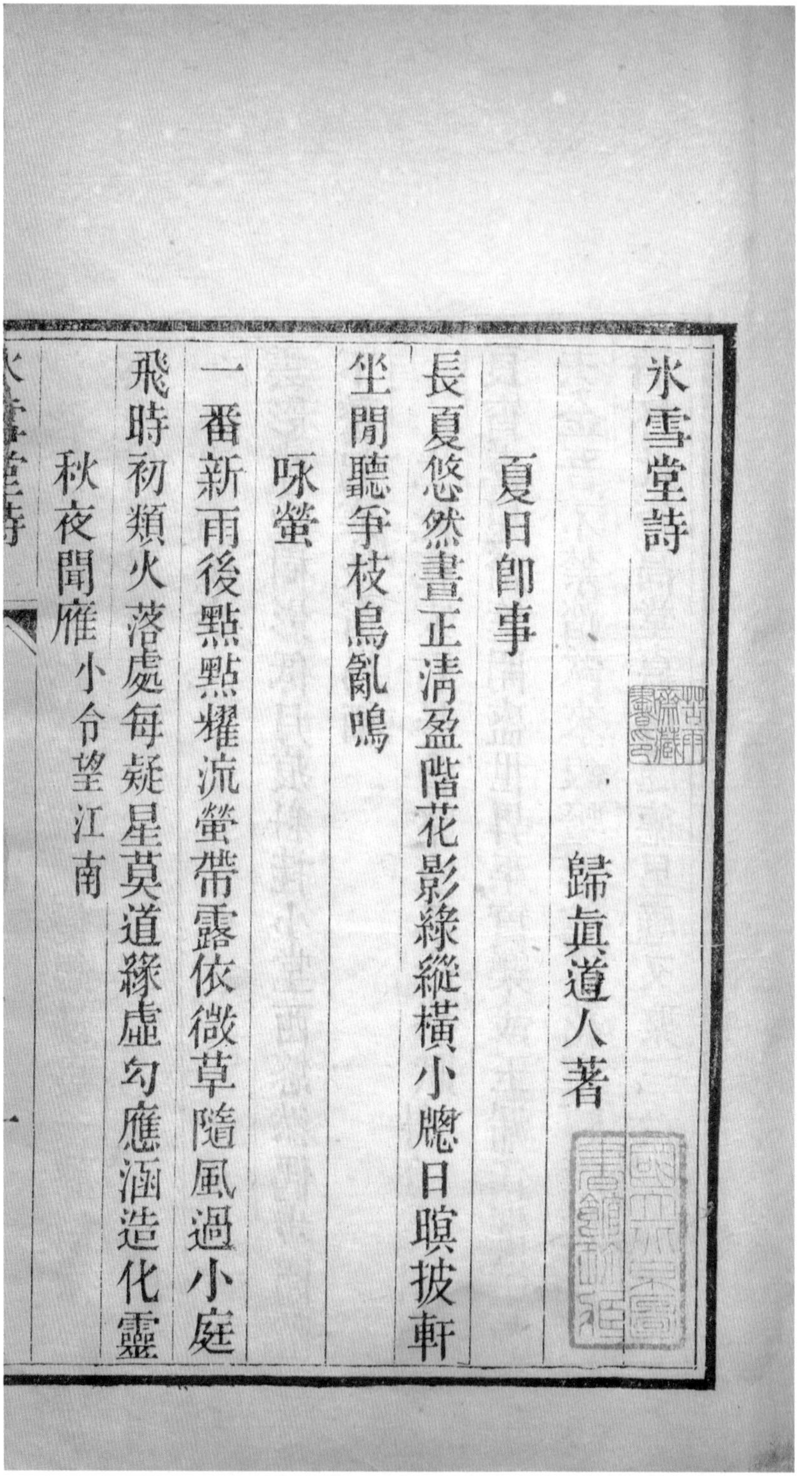
冰雪堂詩

歸眞道人著

夏日即事

長夏悠然晝正清盈階花影綠縱橫小牕日暝披軒坐閒聽爭枝鳥亂鳴

咏螢

一番新雨後點點耀流螢帶露依微草隨風過小庭飛時初類火落處每疑星莫道緣虛幻應涵造化靈

秋夜聞雁小令望江南

大谷山堂集

此诗集本无足取，今日从松风堂购得之，因其为震在廷故物耳。卷首有“海上嘉月楼”印，末一印曰“涉江”。廿八年三月廿四日灯下记于北平，知堂。

又据瓜尔佳氏《关东瓜圃丛刊》叙录中题记，则此书本系震钧所刊，其后乃板归刘氏印行也。四月四日夜，再记。

《大谷山堂集》六卷，清梦麟撰，民国七年（1918）刻本。梦麟，字文子，西鲁特氏，蒙古正白旗人，乾隆十年（1745）进士，官至工部侍郎。震钧（1857—1920），字在廷，自号涉江道人，瓜尔佳氏，后改唐晏为汉姓名，光绪八年（1882）举人，曾任江苏江都知县，著有《八旗人著述存目》《两汉三国学案》《渤海国志》《天咫偶闻》《庚子西行记事》等。

周作人撰有《大谷山堂集》的书话文章，1944年出版，收录在《书房一角》中。文章引用了题记的部分内容：“偶得蒙古梦麟《大谷山堂集》六卷，卷头曾题记曰，此诗集本无甚足取，今从松风堂购得之，因其为震在廷故物耳。卷首有'海上嘉月楼'印，末叶一印曰'涉江'。"[1]个别字与原题记不同。文章对震钧刊刻《大谷山堂集》板片的流转进行了详细的考证。题记中提到的"刘氏"指刘承幹，《大谷山堂集》板片曾归其所有。

[1]《知堂书话》，第934页。

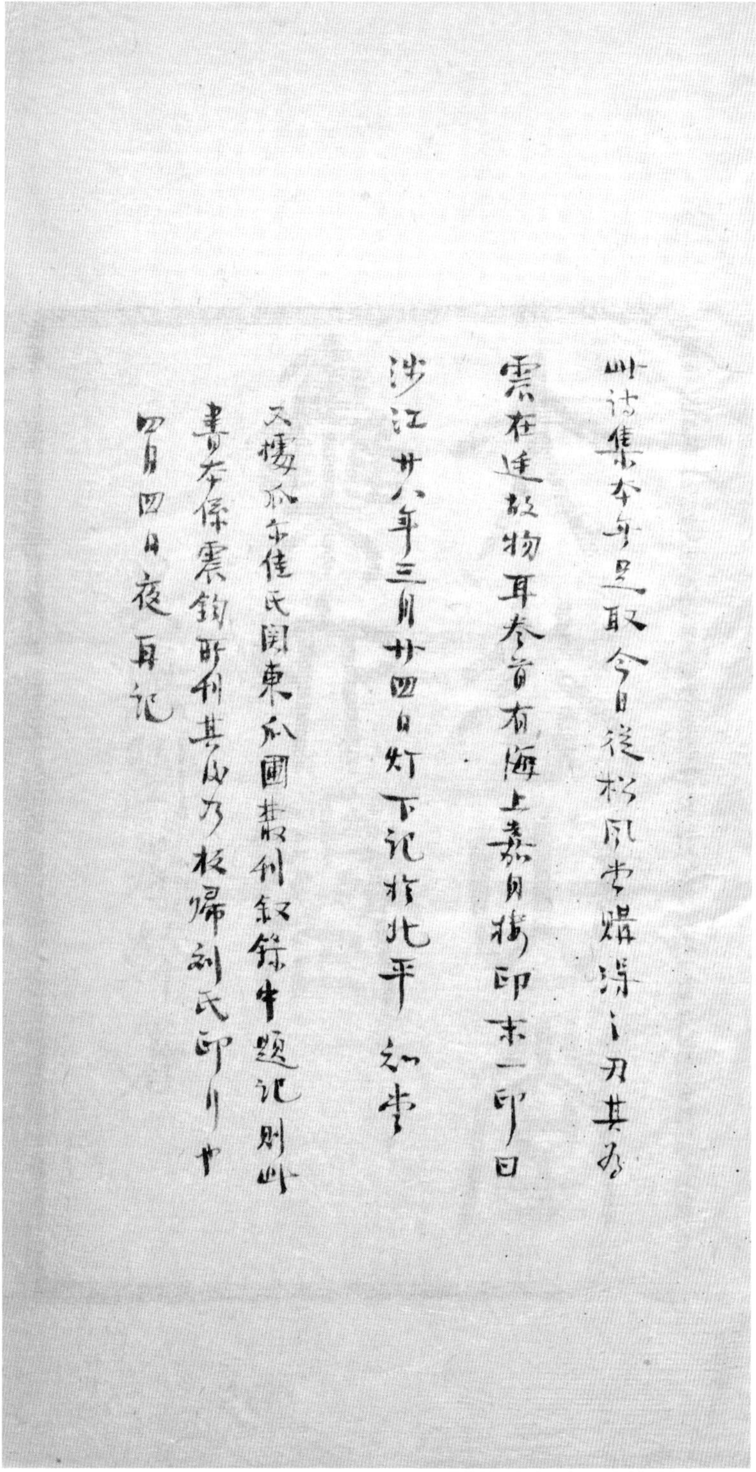
此詩集本無足取今日從松風堂購得之因其為
震在廷故物耳卷首有海上嘉月樓印末一印曰
涉江廿八年三月廿四日燈下記於北平　知堂
又據孫家佳氏閱東京圖書刊敘錄中題記則此
書本係震鈞所刊其後乃板歸劉氏印行也
四月四日夜再記

大谷山堂集卷一

謝山夢　麟文子

藴隆

藴隆

天子念畿輔望澤發粟省獄詔庶正上闕失是日

雨降大霑溉而臣賦詩也

藴隆載赫朱揚孔明叶　童童蟲蟲角躔于黄偕如

惔如震霆匆張奚九宇既澤愫予冀邦曾一夫其

荼　天心弗傷　皇曰於虖胡我人聿當

晚学集

桂氏遗书文八卷、诗四卷，分订三册，从厂甸宝铭堂以五元得来。廿八年三月六日，知堂记。

《晚学集》八卷《未谷诗集》四卷，清桂馥撰，清道光二十一年（1841）刻本。此题记写于函套上。桂馥（1736—1805），字未谷，山东曲阜人，乾隆五十五年（1790）进士，以知县终。有《说文解字义证》等。

宝铭堂，琉璃厂书肆。据孙殿起《琉璃厂小志》记载，宝铭堂系河北冀县人李建吉开设。[1]

[1]《琉璃厂小志》，第173页。

桂氏遺書文八卷詩四卷分訂三冊
從厰甸宝銘堂以五元得来 廿八年
三月六日 知堂记

晚學集卷第一

論考

惜才論

無才不煩讀書讀書莫要於治經才盡於經才不虛生恃才者不能盡其才多用其才者反爲才所累凡裘馬亭館財貨歌舞花木禽魚絲竹書畫博奕射獵酒食爭逐好此者皆才人也而其才即銷亡於此何暇讀書讀書矣未聞讀書之法亦將誤用其才韓子曰口不絕吟於六藝之文手不停披於百家之編蓋謂經須熟讀默記至於雜家披覽而已徐廣年過八十猶歲誦五經一

梦余诗钞

知堂收藏越人著作之一。民国廿五年八月在北平从厂甸德友堂得此。九月廿八日，周作人记。

《梦余诗钞》八卷，清邵帆撰，清稿本。邵帆字无恙，号梦余，浙江山阴（今绍兴）人，乾隆三十五年（1770）举人，曾任金匮知县。另著有《镜西阁诗选》《香闺梦》等。本书前有光绪二年（1876）梅宝璐序，周作人题记即写于序之后。末有咸丰三年（1853）梁钺跋以及沈兆淇《书〈梦余诗钞〉后》。梅序和梁跋对此诗稿的保存与刊刻经历叙述较详细。此书后有光绪三年刻本，为两卷。又据《清人别集总目》载，南京大学图书馆藏有《梦余诗钞》的光绪付刻底稿本。

德友堂，书坊名。据孙殿起《琉璃厂小志》载，德友堂为河北任丘人王凤仪于光绪二十七年创办，起初在文昌馆内，后迁至南新华街路东，后又迁至吉祥头条。[1]

[1]《琉璃厂小志》，第90页。

知堂收藏
越人著作
之一
民國廿五年八月在北平
從廠甸徒友堂得此
九月廿八日周作人記

知堂禮讚

會稽周氏鳳皇專齋藏

梦餘詩鈔卷一

山陰 邵颿 無恙

竹枝詞

若耶湖水似西泠，月色波光一片青。郎唱吴歌儂唱越，大家花下紅舡聽。

苦寒行

朔雲橫萬里，原野起涼飆。白日淡無色，割面風如刀。層冰結幽壑，積雪封枯條。驅車渡滹沱，水凍狐貉交。僕夫縮不前，對立孤[哀]狼嗥[口]。九州皆苦寒，況乃幽并郡。重裘如潑水，況乃敝縕袍。三涉彈晨暮，太行危且高。去鄉迫歲晚，卒徒于役勞。男兒志四方，不如守蓬茅。卓哉馬少游，長謝霍嫖姚。

历代名媛杂咏

此书为吾乡龙尾山邵君所著。据道光十年刻《镜西阁诗选》汪允庄女史题辞及光绪初《越缦堂日记》所说，均云已散佚，不易得矣。予曾从上海购来一部，旋以赠徐耀辰君。后又于北平隆福寺街三友堂书店得此，可谓甚有缘分。今日偶翻阅，辄书数语以志欢喜。时中华民国二十五年一月三十日灯下，知堂记。

《历代名媛杂咏》三卷，清邵帆撰，清嘉庆刻本。除《历代名媛杂咏》之外，知堂还收藏有邵帆所著的《梦余诗钞》稿本八卷、《镜西阁诗选》八卷。

题记中提到的“徐耀辰君”是指徐祖正。徐祖正（1895—1978），字耀辰，江苏昆山人，以收藏历代妇女著作而闻名。后其藏书多归国家图书馆。现在古籍馆馆藏中还有一部曾经徐祖正收藏的《历代名媛杂咏》，其书衣上有周作人先生的墨笔赠语：“赠耀辰兄，作人，十八年十二月七日。”

此書為吾鄉龍尾山邵君所著據道光十年刻饒西閣詩選汪允莊女史題辭及光緒初越縵堂日記所說均云已散失不易得矣予曾從上海購來一部以贈徐耀辰君後又於北平隆福寺街三友堂書店得此可謂甚有緣分今日偶翻閱輒書數行以志歡喜時中華民國二十五年一月三十日鐙下知堂記

知堂書記

歷代名媛雜詠卷一

山陰邵颿無恙

偶讀吳梅村士女圖十二絕愛其俊逸駘宕寄托淵永戲廣其意撏撦舊聞肇自三代下迄勝朝選録名媛共三百人義取乎風詩圖加於前譜貞淫並列美刺兼存雖詘於盈數良有遺姝而彙以一編已具衆妙若夫淚滋斑竹既難專美於一人韻寫

一

陶午庄赋稿

劫木荞旧藏《陶午庄赋钞》一册八十三叶。民国廿一年十一月得自上海书店。十一日改订讫记此，知堂。

案：汪世锡系龙庄孙，生于嘉庆八年癸亥，见《病榻梦痕录》。又载继培娶会稽陈艺洲女，然则劫木庵盖即陈氏与？廿三年一月二日，灯下又记。

《陶午庄赋稿》，清陶廷珍撰，清汪世锡抄本。陶廷珍，字效川，号午庄，浙江会稽（今绍兴）人，乾隆三十六年（1771）举人，官肃州州同。汪辉祖（1731—1807），号龙庄，浙江萧山人，乾隆三十一年进士，曾官湖南宁远知县、署道州知州。汪继培，辉祖子，嘉庆十年（1805）进士，曾官吏部主事。此抄本书签有墨笔题“汪世锡甥手录寄赠劫木庵藏”，书中钤有“劫木荞”“际衎”等印。

《周作人日记》1932 年 11 月 11 日载：“又中国书店寄旧书三部，

内有《陶午庄赋》抄本一册，当系嘉庆时物。”[1] 当天晚上在给沈启无的信中，周作人评价此书说：“字亦抄得甚佳，颇可喜也。”[2]

[1]《周作人日记》（下册），第 333 页。

[2] 周作人：《与沈启无君书二十五通》之第二十二通，载《周作人书信》，第 138 页。

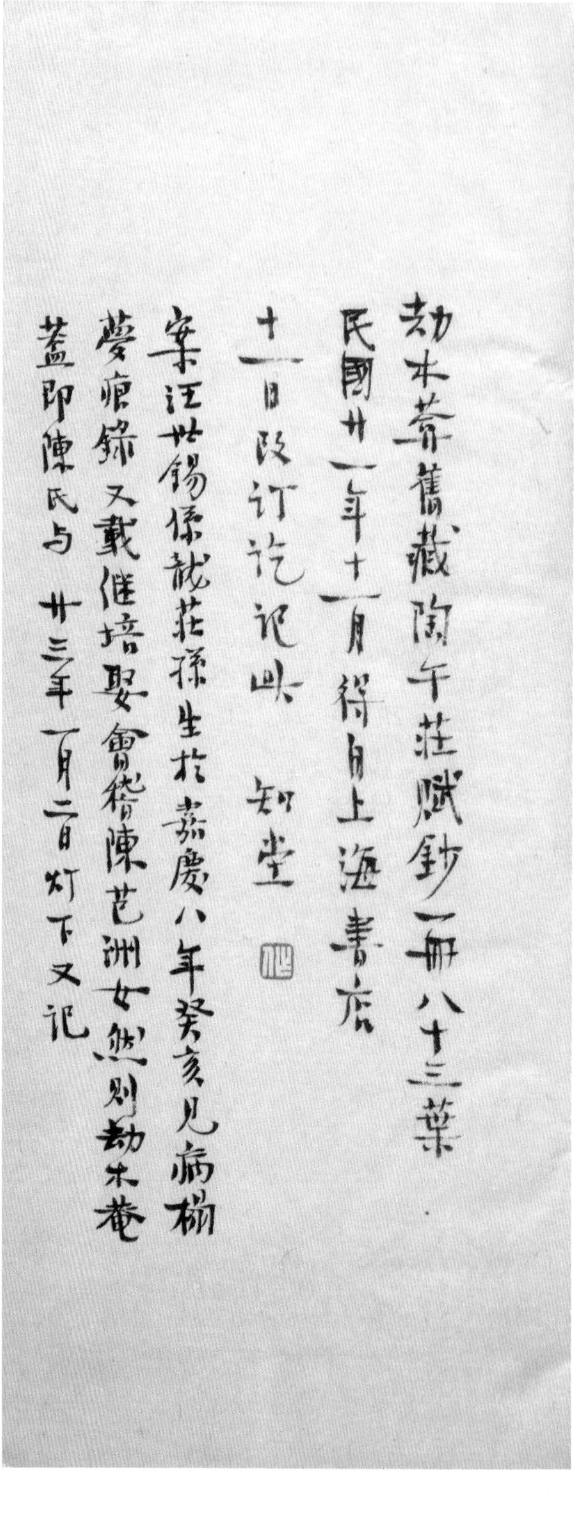
劫木菴舊藏陶午莊賦鈔一冊八十三葉
民國廿一年十一月得自上海書店
十二日改訂記此 知堂
案汪世錫係龍莊孫生於嘉慶八年癸亥見病榻
夢痕錄又載繼培娶會稽陳芑洲女然則劫木菴
蓋即陳氏与 廿三年一月二日灯下又記

陶午莊賦稿

菜花賦

爾其町畽香浮蕓薹烟抱翠環鏡面之波綠帶裙腰之草低籠桑景蠶月剛逢窖襯秧針麥秋尚早一畦寒菜俄驚春色之闌萬畝黃花誤訝秋光之老彼夫平原稠疊周道參差品檀五辛之異名標七種之奇鍻鼓寧催惟判猛雨闌干不架祇映疎籬傳芳信於田間候先楝子淡風光於隴畔色混鵞兒帶蕊桃來寧有金鈴之護連莢剪去詎煩玉女之司每教

抱月楼小律

廿五年四月四日从隆福寺街书店得此册，改订后记。知堂。

《抱月楼小律》二卷，清胡相端撰，清嘉庆刻本。书前首为嘉庆十九年（1814）许荫基序，言“内子氏胡，名相端，字智珠，外舅讳文铨，乾隆乙未进士，直隶大兴人”。胡文铨，原籍浙江山阴，乾隆四十年（1775）进士，曾官苏州知府。其次为嘉庆十九年钱文述序，归懋仪、席佩兰等人题辞。末有嘉庆二十一年林宝跋。

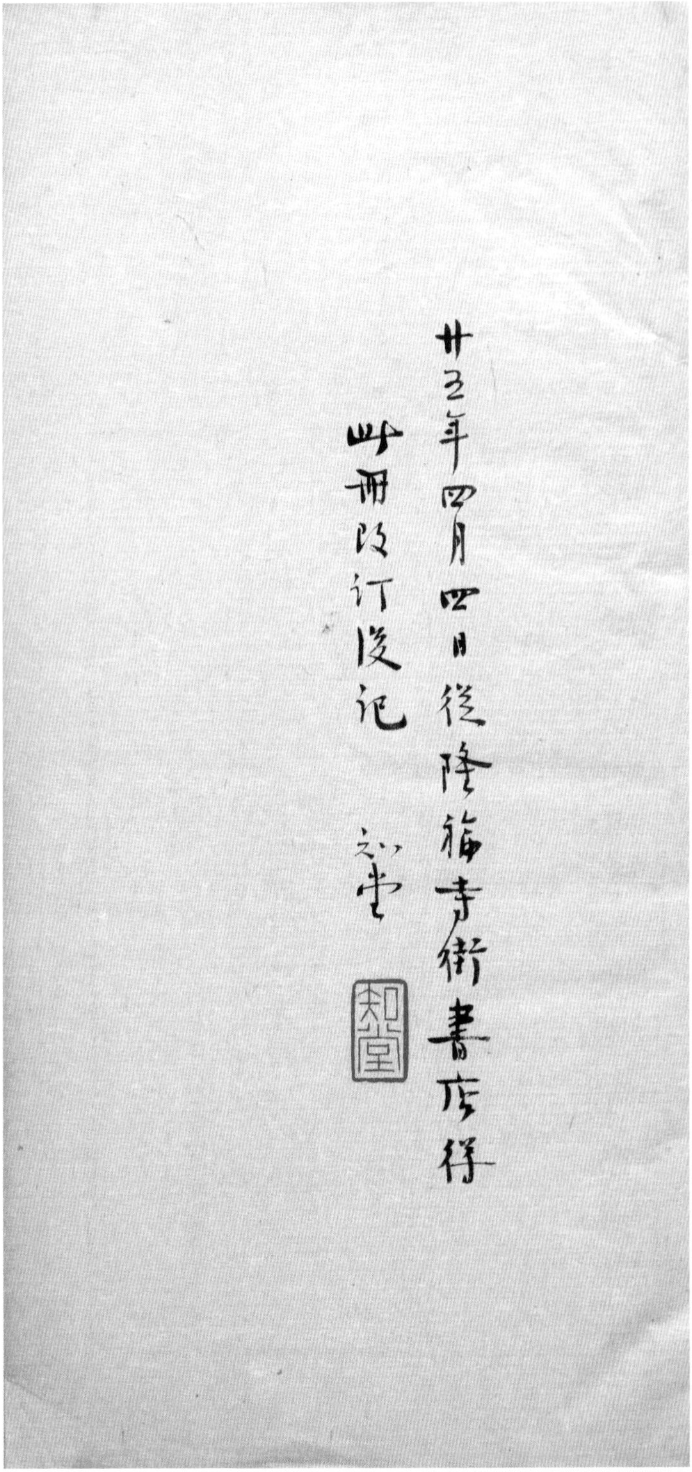
廿五年四月四日從隆福寺街書店得
此册改訂後記　知堂
知堂

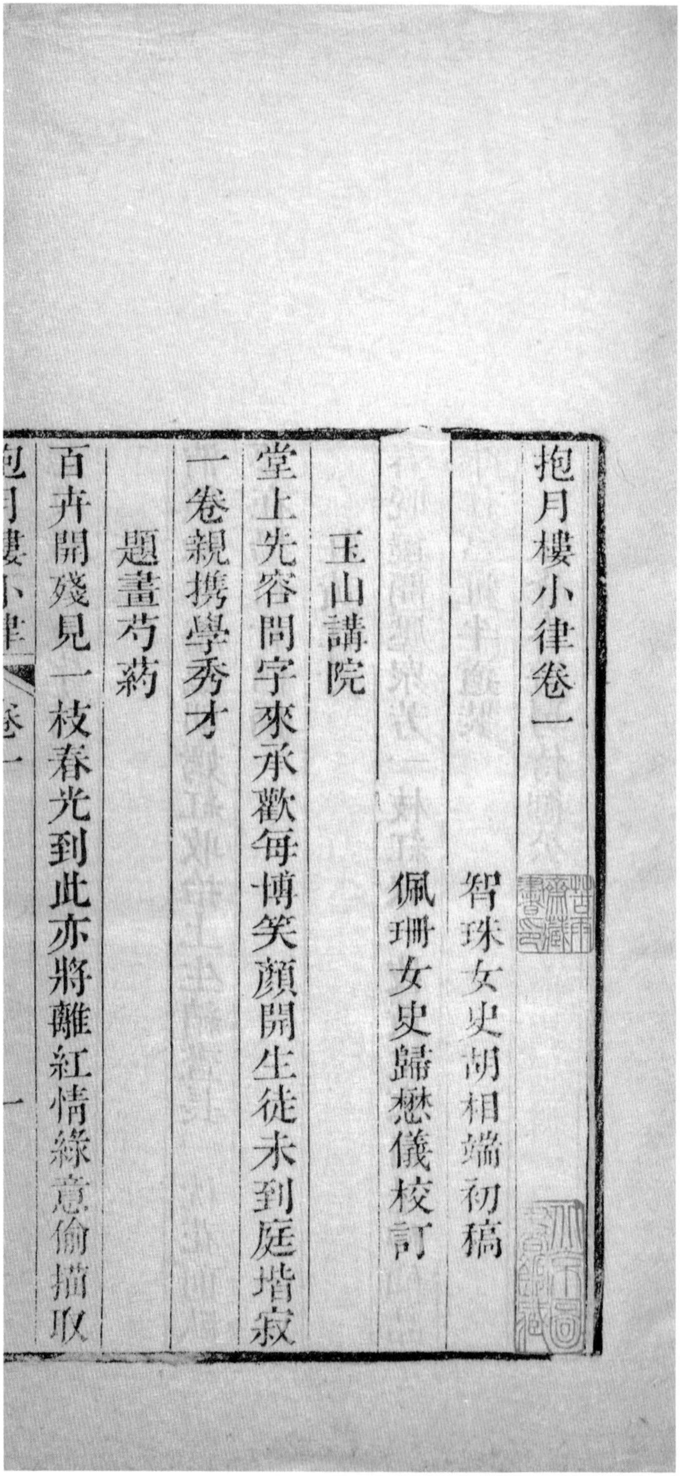

抱月樓小律卷一

智珠女史胡相端初稿

佩珊女史歸懋儀校訂

玉山講院

堂上先容問字來承歡每博笑顏開生徒未到庭堦寂

一卷親攜學秀才

題畫芍葯

百卉開殘見一枝春光到此亦將離紅情綠意偷描取

抱月樓小律 卷一 一

颐素堂诗钞

民国廿三年三月一日在北平富晋书社买得，价银九圆也。知堂记。

《颐素堂诗钞》六卷，清顾禄撰，清道光五年（1825）刻本。题记写于函套上。书前有道光五年陈文述、林衍源、程世勋、顾元恺及道光四年韦光黻序，顾日新等题词，朱绶等题跋。根据目录，此书收录顾禄古近体诗二百九十八首，其中卷一五十首、卷二五十二首、卷三三十七首、卷四三十二首、卷五五十八首、卷六六十九首。林衍源评价顾禄诗说："清新俊逸，古体近太白，近体出入中唐。"

《周作人日记》1934年3月1日载："上午八时，往北大上课；十时，往二院访川岛，收上月份薪；至富晋书社买《颐素堂诗钞》等二部十二元。"[1] 富晋书社为琉璃厂著名书肆，系河北冀县人王富晋创办。[2]

[1]《周作人日记（下）》，第579页。

[2]《琉璃厂小志》，第165页。

顾禄（1793—1843），字总之，一字铁卿，江苏吴县（今苏州）人，著有《省闱日记》《清嘉录》《颐素堂诗钞》等。

周作人在《清嘉录》的书话文章中谈及《颐素堂诗钞》，认为："道光乙酉（一八二五）年刊本，刻甚精工。诗中大抵不提岁月，故于考见作者生活方面几乎无甚用处，唯第三卷诗三十七首皆咏苏州、南京中间景物，与《省闱日纪》所叙正合，知其为道光壬午秋之作耳。"[1]《颐素堂诗钞》在日本流传较广，日人朝天鼎在日本知言馆刻《清嘉录》的序里说："近刻清人诗集舶到极多，以余所见尚有二百馀部，而传播之广且速莫顾君铁卿《颐素堂诗钞》若也。"[2]

[1]《知堂书话》，第515页。

[2]《知堂书话》，第517页。

民國廿三年三月一日在北平富晉書社

買得價銀九圓也　知堂記

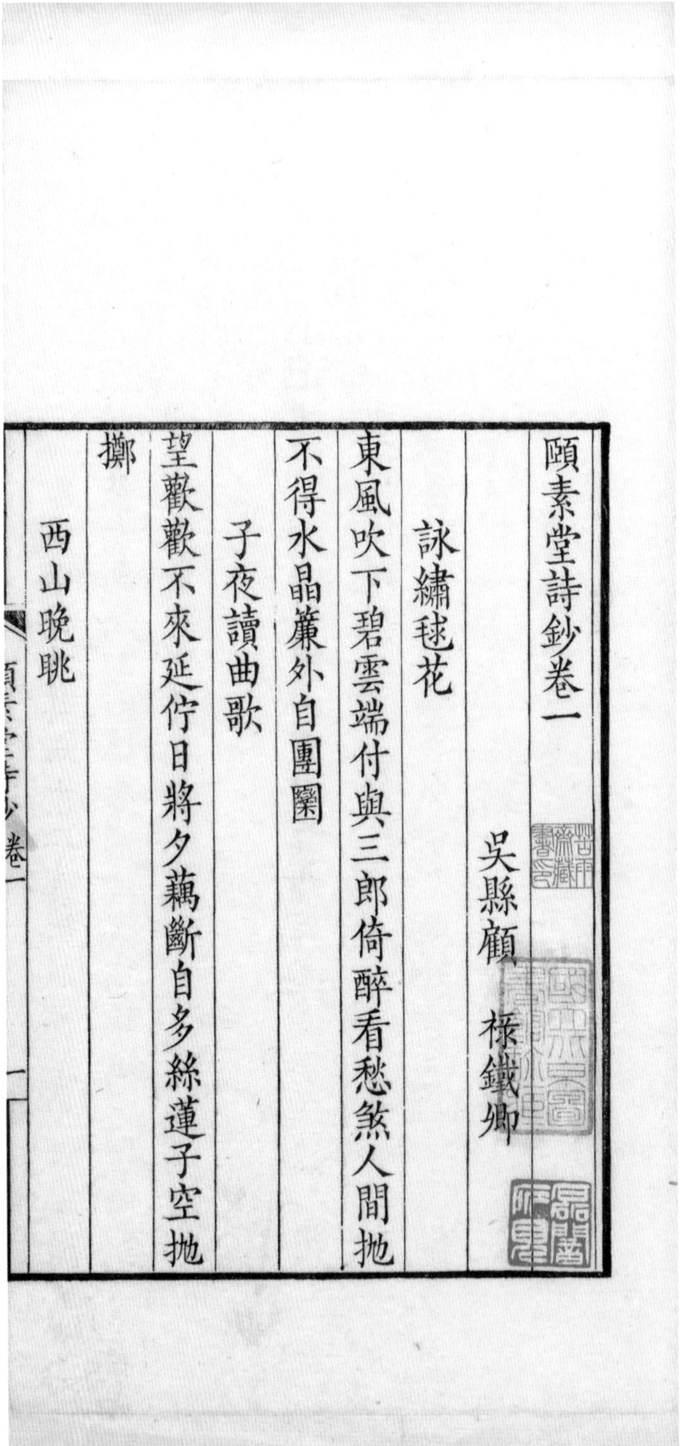

頤素堂詩鈔卷一

吳縣顧　祿鐵卿

詠繡毬花

東風吹下碧雲端付與三郎倚醉看愁煞人間拋不得水晶簾外自團圞

子夜讀曲歌

望歡歡不來延佇日將夕藕斷自多絲蓮子空拋擲

西山晚眺

东洋神户日本竹枝词

此书刊于光绪十一年，在《日本杂事诗》六年后矣。而见识与趣味均极卑下，殆相去不可以道里计。当是华商之略识之无者欤？诗中多着眼裸淫等事，良由居心不净，故所见亦是滓秽也。三十年十一月四日，知堂识。

《东洋神户日本竹枝词》，清四明浮槎客撰，清光绪十一年（1885）寿墨阁刻本。撰者生平不详。书前有光绪十一年娄东外史序，里面提及此书的编纂："独有我友四明浮槎客涉洋面，历海国，写西人之爱恶，描东土之悲欢，士如冠裳，行商贸易，间杂以妓馆、客邸、土语、时装，写成竹枝词壹百首，神情逼肖，无不曲臻。"书中所收竹枝词皆为七言诗，诗后有注释。

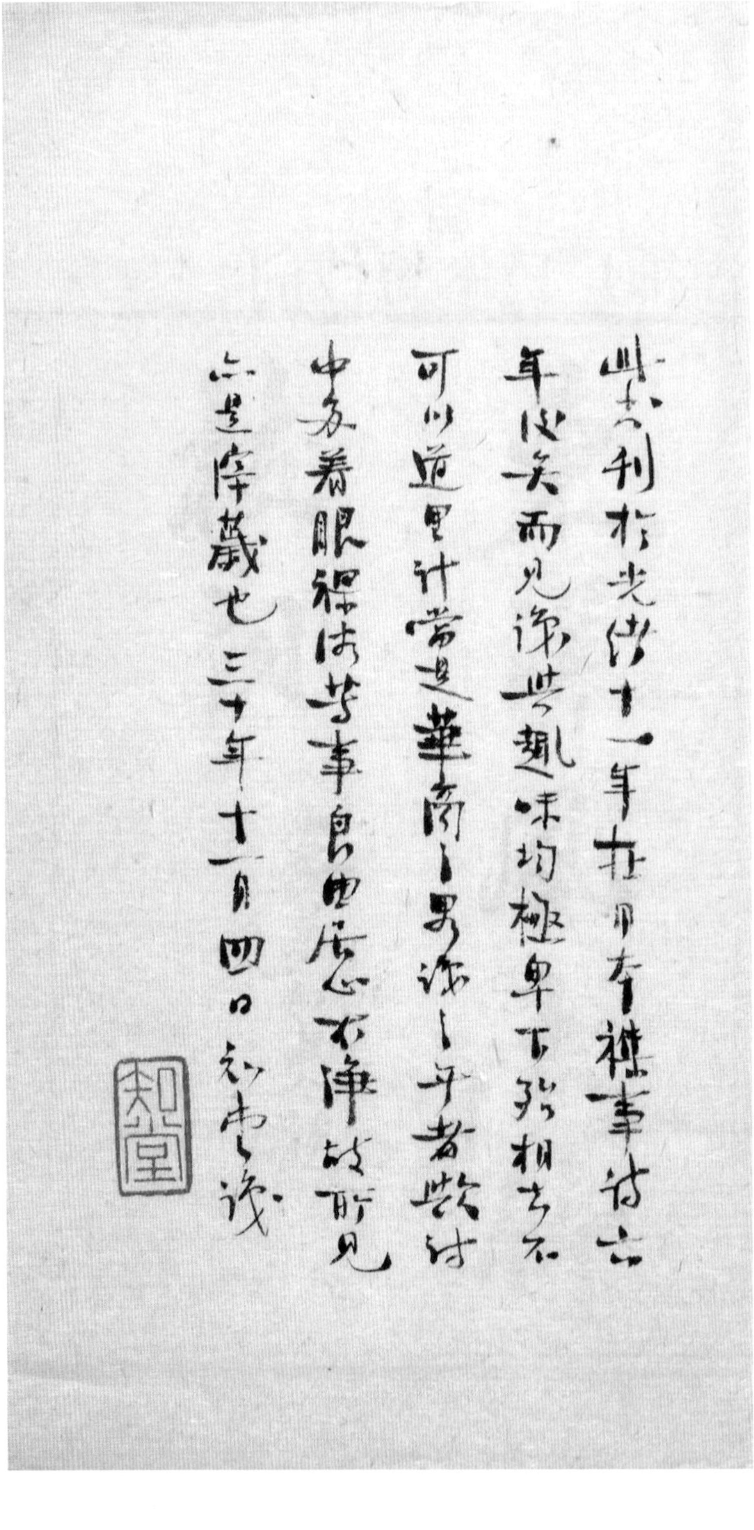

此书刊于光绪十一年，在明季杂事诗六年以后矣，而见识与趣味均极卑下，殊相去不可以道里计，当是华商之略识之乎者欤。诗中亦着眼裸体等事，良由居心不净，故所见亦是淫亵也。三十年十一月四日知堂识

東洋神户日本竹枝詞

四明浮槎客著

東洋風俗話驚人不是親来信不真海外奇談今
目覩編成俚句緩敷陳

我亦曾疑人語狂恠他說得太荒唐誰知果有驚
人俗男女居然共浴堂

綱目曾書唐代時使臣航海到京師求將聖教詩
書去大道倫常總未知

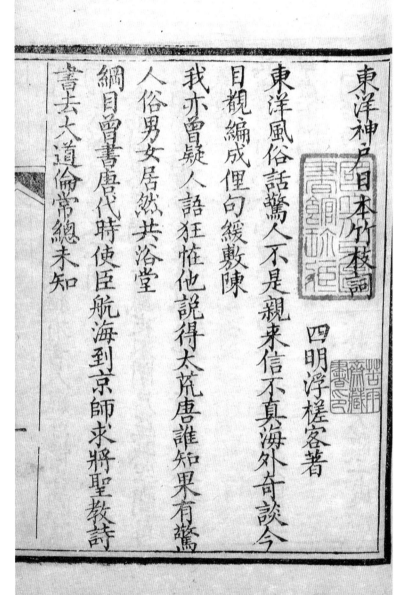

四养斋诗稿

俞理初诗自称甚不佳，亦正不必以诗重。唯诗以人重，后世自当珍惜也。《四养斋诗稿》刻板去今才九十年，而今已甚少见，盖中经太平天国之乱，久已毁灭。吾乡蔡孑民先生为俞君作年谱，求此稿终不可得，乃从皖人借读之，寒斋于不意中能得一册，大可欣幸，正宜珍重护持之也。中华民国卅一年八月三日雨中，知堂记。

《四养斋诗稿》三卷，清俞正燮撰，清咸丰二年（1852）黟县俞氏刻本。俞正燮（1775—1840），字理初，安徽黟县人，道光元年（1821）举人，著名学者，撰有《癸巳类稿》《癸巳存稿》等。

周作人对俞正燮颇为推崇，写有多篇专门谈论俞正燮的文章。他在《俞理初的著书》中谈及自己收藏的一部《四养斋诗稿》，并过录了上述题记。[1] 他在《俞理初论莠书》中说：“从前我屡次说过，在过去

[1] 周作人：《苦口甘口》，第147页。

二千年中，我所最为佩服的中国思想家共有三人，一是汉王充，二是明李贽，三是清俞正燮。”[1]又在《俞理初的诙谐》中评价俞正燮道：“俞理初可以算是这样一个伟大的常人了，不客气的驳正俗说，而又多以诙谐的态度出之，这最使我佩服，只可惜上下三百年此种人不可多得，深恐只手不能满也。”[2]

[1] 周作人：《药堂杂文》，第145页。

[2]《知堂书话》，第804页。

俞理初詩自稱云不佳，亦正不必以詩重，然詩以人重，以世自當珍惜也。四養齋詩稿刻板去今才九十年，而今已云少見，蓋中經太平天國之亂，久已燬滅。吾鄉蔡子民先生為俞君作年譜，求此稿終不可得，乃從皖人借讀之。寒齋乃於不意中能得之一冊，大可欣幸，正宜珍重護持之也。

中華民國卅一年八月三日雨中　知堂記

知堂書記

四養齋詩稿卷一

黟　俞正燮理初

宣城秋夜看月呈同學

晝夜何逐逐萬物各營謀天地有餘惠吾生艮易周雅儀暱吳客嗟來愧黔婁丈夫行四方焉得泯恩仇感懷心局促挾策重玆遊志長羽翼短淩風不自由仰視河漢闊素月空際流九州雖云遠朗然共淸秋盈虛諒無違駕言消我憂何庸訪洛市聊用申咨諏

讀陶靖節詩

靖節能愼言久久言竟忘耕鑿義熙後高臥憶羲皇羣輔

竹生吟馆墨竹诗草

此新印本，已颇漫漶。民国初年在绍兴城内清道桥刻字店买得，二十一年二月二十三日重订一过。二十五日记于北平苦雨斋。作人。

《竹生吟馆墨竹诗草》二卷，清周师濂撰，清光绪十一年（1885）刻后印本。周师濂（1765—？），字双溪，号竹生，浙江会稽（今绍兴）人，嘉庆六年（1801）拔贡，工书擅画。此书牌记页作“光绪乙酉孟春之月开雕后学王继香题”，应初刻于光绪十一年。卷下多有漫漶处，为后印本无疑。

畫須咫尺之中有千尋之勢況此君之長身玉立干霄
蔽日乎予寫此竹亦取其勢耳

脩竹不受暑清風來故人予於夏日逃暑不得每寫風
竹以滌鬱蒸

此新印本已頗漫漶 民國初年在紹興城
內清道橋刻字店買得 二十一年二月二十三
日重訂一過 二十五日記於北平苦雨齋
作人

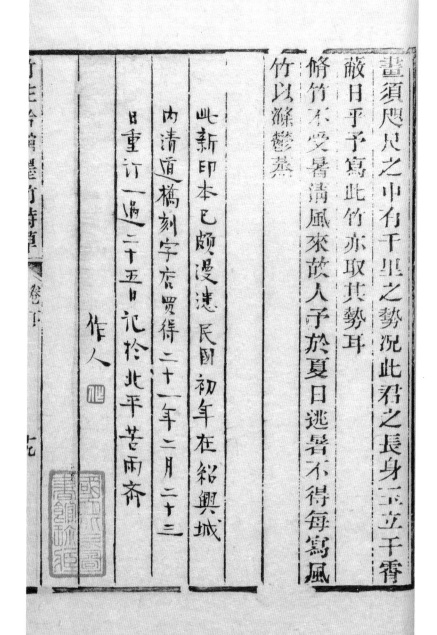

竹生吟館墨竹詩草卷上

會稽　周師濂　又谿

甲申三月二十六日時年六十屬胡夢山爲寫竹生吟館圖小影自題四十韻日月跳雙丸人老非我獨竟成六十翁有似籠鍾竹昔也長籜龍定道凌雲速今也守錐根盤錯在空谷攬鏡霜雪盈可憎此面目猶幸坐清風三斗撲塵俗世事百不能孤負短檠讀自揣譾劣才庸庸復碌碌造物厚我意我亦足所欲一領著青衿也得邀天祿半世坐青瑠也得收館穀年來貢成均服我八品服兄弟三人俱年壽都不促夫妻一室居因緣前

竹生吟館墨竹詩草　卷上　一

半生眉目

抄本二卷，审其中避讳字，当系道光中所抄也。原本似系第三、四卷，书贾作伪，乃挖改为一、二字，唯亦非近时所为，且此集未见刻本，吉光片羽，亦足珍重耳。中华民国廿二年六月廿六日，知堂题于北平苦雨斋。

《半生眉目》二卷，清葛庆曾撰，清道光抄本。葛庆曾，生卒年不详，字芝庭，浙江山阴（今绍兴）人，曾官云州知州。《两浙辅轩录补遗》录其诗。书前有墨笔题“《绍兴府志》卷七十八经籍志二”“小浣花集万里游草”“山阴葛庆曾撰，官云州牧”等字样。周作人题记写于上述墨笔字之后。

全书分为两卷：卷一为《万里游》，诗题下有注：“此吾入蜀时一路志游作也。有《后万里游》，故人陈云伯携去代抄，醉堕车外，无副稿，今独存此，录之。”卷二有诗题五十余首，诗六七十篇，后附词十阕、箴一首，卷端题名下有周作人墨笔题记：“此系卷之三，书贾作伪，去中画挖改作‘二’字，卷一则似系第四也。”

紹興府志卷七十八經籍志二集部别集類

小浣花集萬里游草

山陰葛慶曾撰官雲州牧

抄本二卷審其中避諱字當係道光中所抄也原本似係第三四卷書賈作偽乃挖改為一二字唯亦非近時所為且此集未見刻本吉光片羽亦足珍重耳中華民國廿二年六月廿六日　知堂題於北平苦雨齋

會稽周氏鳳皇專齋臧

半生眉目卷之一

萬里遊 此吾入蜀時一路誌遊作也有後萬里遊故人陳雲伯携去代抄醉墮車外無副稿今獨存此録之

江南泉石國秋晷九十刻夢醒天地間萬古同默默古人盡何往落花盈我側斑苔銅酒罍何人初相識日月轉滄海照人紅顔昃造物枯我情養空遊未息精神在阿堵看山有餘力偶見輙相憐（不見輙相憶）此意不自解愛山如愛色二十束芒屩放情隨冥鴻吟眺狂懶窮搏弄癡兀侗年華委青鬢顛倒任飛蓬所見千萬山都似金芙

蝶庵赋钞

廿三年元日在厂甸所得。知堂。

《蝶庵赋钞》二卷，清杨棨撰，清咸丰刻本。杨棨字羡门，号蝶庵，江苏丹徒（今镇江）人，道光五年（1825）选贡，天资敏悟，博贯古今，经史子集靡不研究，善谈名理，尤善征考，年七十五卒，著有《京口山水志》十八卷、《蝶庵赋钞》二卷、《蝶庵诗钞》四卷。《（光绪）丹徒县志》载其传记。

廿三年元日在厰甸所得　知堂

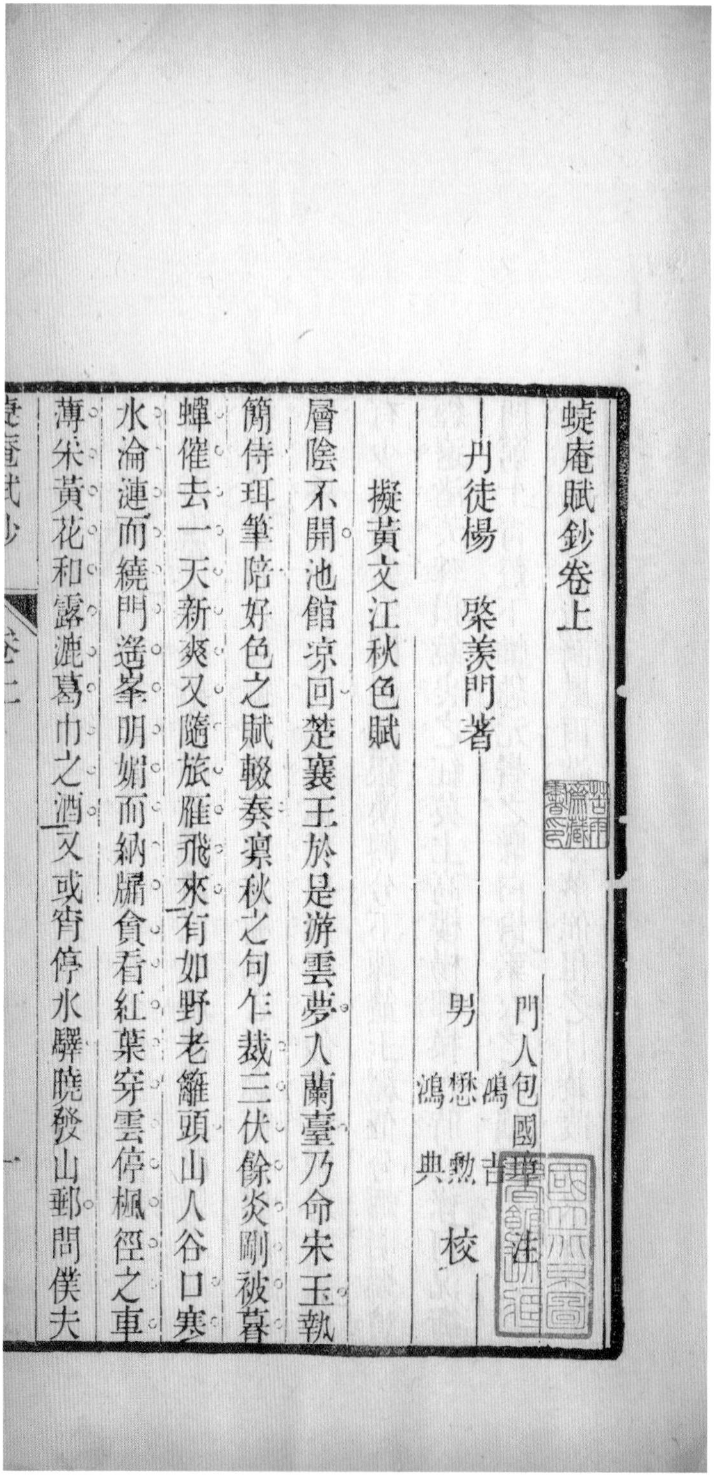
蜨庵賦鈔卷上

門人包國華注

丹徒楊　棨羨門著

男　鴻吉　懋勳　鴻典　校

擬黃文江秋色賦

層陰不開池館凉回楚襄王於是游雲夢入蘭臺乃命宋玉執簡侍珥筆陪好色之賦輟奏禀秋之句乍裁三伏餘炎剛被暮蟬催去一天新爽又隨旅雁飛來有如野老籬頭山人谷口寒水淪漣而繞門遥峯明媚而納牖貪看紅葉穿雲停楓徑之車薄采黃花和露漉葛巾之酒又或宵停水驛曉發山郵問僕夫

蜨庵賦鈔　卷上　一

知足知不足斋诗存

梦迹山人诗本与不佞别无关系，因前月偶得梁氏《试律丛话》八卷，题知足知不足斋刻，乃求得《诗存》读之，亦不知是否系山人所刻也。陈乃乾编《室名索引》著录知足知不足斋，下注“长白宝琳”，盖亦据此《诗存》欤？中华民国廿五年九月十六日，知堂记于北京苦雨斋。

《知足知不足斋诗存》一卷，清宝琳撰，清光绪二十七年（1901）刻本。宝琳（1792—？），字梦莲，马佳氏，满洲镶黄旗人。父昇寅，官至礼部尚书。宝琳由荫生任户部主事，出任赵州、定州知州，迁正定、保定知府，署清河兵备道，咸丰四年（1854）引退归养。本书前有光绪二十七年吴汝纶、乔树枏序，咸丰十年自序。正文一卷，分为《随侍沈阳草》《京华集》《随侍银川草》《随侍绥远草》《畿辅宦游草》《归养草》诸集。末有邵勋等宝琳诸子跋，以及光绪二十六年唐文治跋。另附张之洞撰《清故定州直隶州知州马佳君祠碑》。

“梁氏《试律丛话》”指梁章钜的《试律丛话》。周作人藏有一部同治八年（1869）高安县署刻本《试律丛话》，版心下镌“知足知不足斋”。按此知足知不足斋当与宝琳无关，可能是梁章钜之子梁恭辰。梁章钜另有一部著作《制义丛话》，该书道光咸丰本版心也镌“知足知不足斋”。据该版本的咸丰元年吴钟俊后序言“庚戌春，敬叔太守校刊是编工竣，乞序于余”，梁恭辰字敬叔，此书的刊刻者应当即是梁恭辰。

夢蘇山人詩本與不佞別無關係，且前月偶從
梁氏試律叢話八卷，題知足知不足齋刻，乃
求得詩存讀之，亦不知是否係山人所刻也。
陳乃乾編室名索引著錄知足知不足之齋，下注
長白寶琳，蓋亦據此詩存歟。中華民國廿五年
九月十六日知堂記於北平苦雨齋。

知堂書記

知足知不足齋詩存

長白寶　琳夢蓮

隨侍瀋陽草　自序

嘉慶丙子　先公授　陪都少宗伯道光乙酉入爲少司寇任瀋陽十載琳往返隨侍除赴試入都未嘗離　膝下也初未學詩因時奉拈題　命作親承　庭訓始解吟詠故以隨侍名草紀學詩之本也

兼山诗钞

兼山诗止于辛丑，时为清康熙六十年，又称庚子时六十一岁，然则当生于顺治十七年也。中华民国廿四年三月廿一日，知堂记。

《兼山诗钞》四卷，清柴育孝撰，清刻本。柴育孝，生卒年不详，字行原，会稽诸生，著有《兼山诗钞》。《两浙輶轩录》补遗卷五引商盘语说："兼山学杜，仅得形似，取其清挺流丽者，不必处处规抚少陵，反同寿陵之步。"

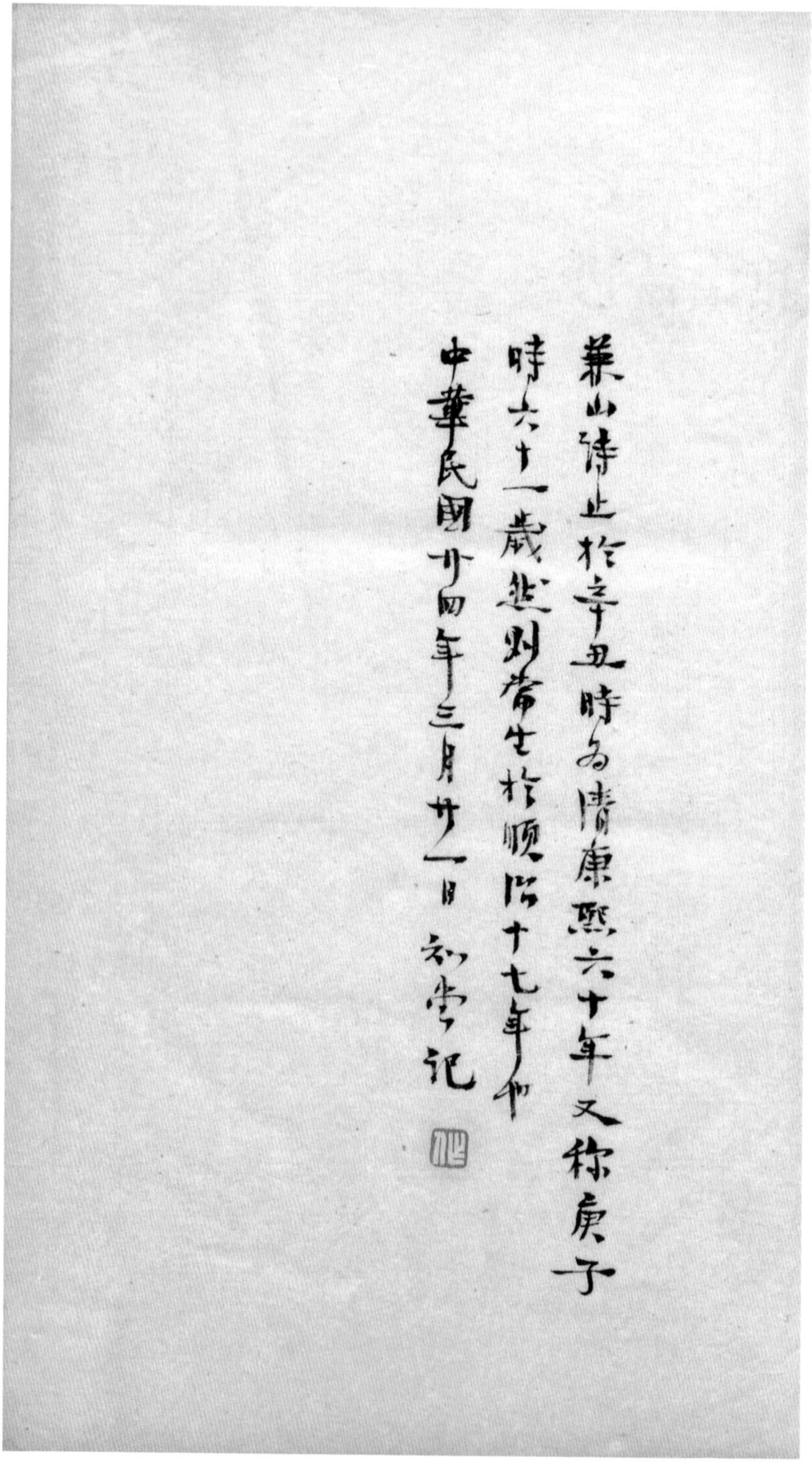

兼山詩止於辛丑時為清康熙六十年又稱庚子時六十一歲然則當生於順治十七年也
中華民國卅四年三月廿一日 知堂記

兼山詩鈔卷一

山陰 柴育孝 衍原

猻竹老婦簪高胡蜨花
炎威蒸鬱洞雙扉帽搭芙容蓮葉衣莫道秋風過
處好秋風過處芰荷稀
瑟瑟西風落木奔清谿細細石畱痕華嚴尖下楓
林好明日扶筇倒一尊
荳子圓時方柿紅村庄收穫各西東隔籬催道登
場蚕仔細明朝雨與風
　　魏二仲長假館州山村夏五負病刻意過
　　　訪言晤悵別作贈慰
百日課一經三月補　八成大名並不實苦

山詩鈔　一七

春晖阁诗钞选

廿五年十二月六日在厂甸得来。知堂记。

《春晖阁诗钞选》六卷，清蒋湘南撰，清同治八年（1869）刻本。蒋湘南（1796—1854），字子潇，号芙生，河南固始人，著名回族学者，撰有《七经楼文钞》《游艺录》《春晖阁诗钞选》等。书前有阳湖洪符孙、元和潘筠基序。此题记写于函套上。

周作人的《蒋子潇〈游艺录〉》一文对蒋湘南及其《游艺录》进行了详细的评介，认为："据我看来，蒋君的最可佩服的地方还是在他思想的清楚通达，刘元培所谓大而入细，奇不乖纯，是也。"[1]

[1]《知堂书话》，第620页。

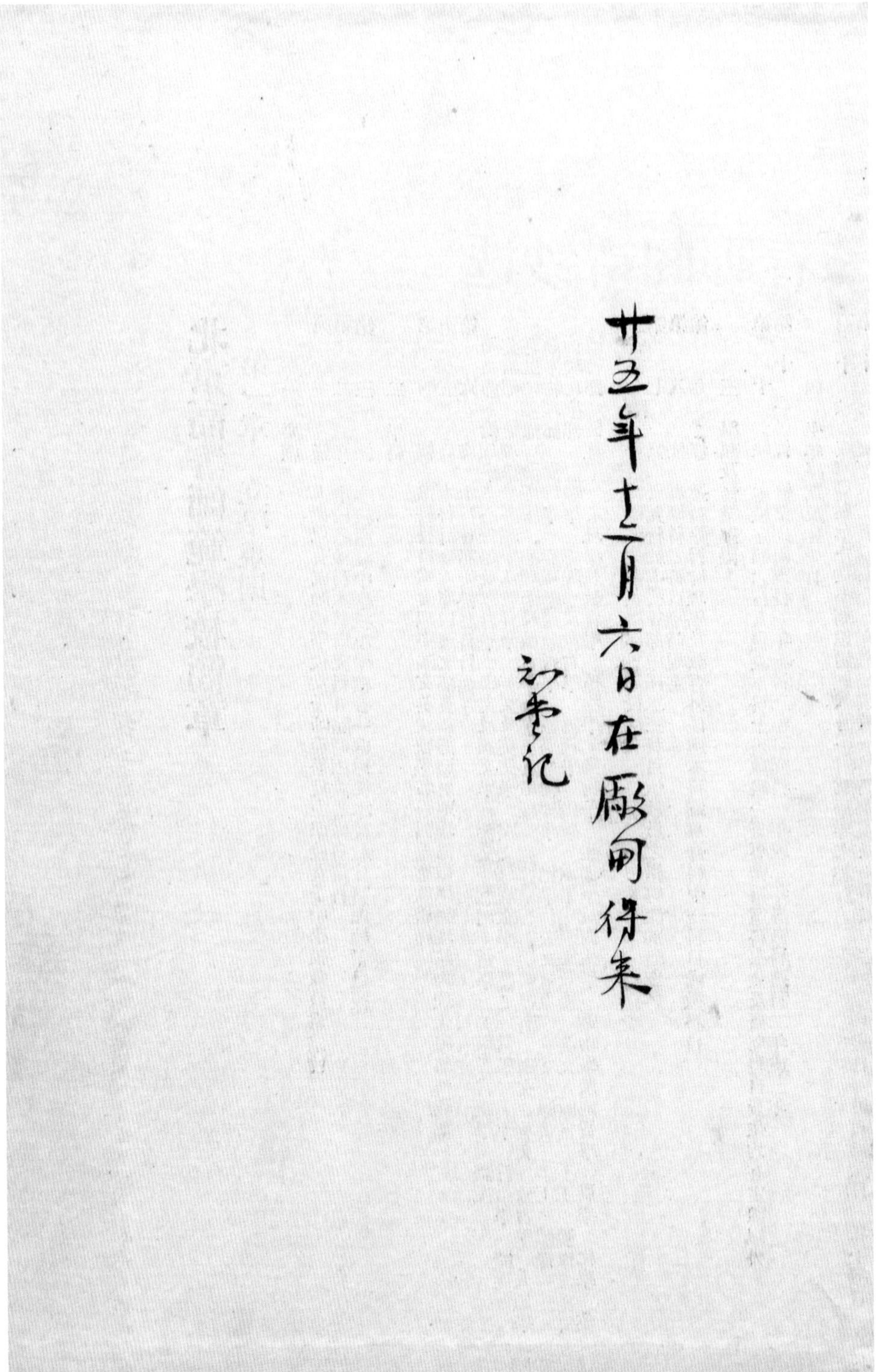

廿五年十二月六日在廠甸得來

知堂記

同治八年春季重鐫

春暉閣詩鈔選

本閣藏板

道光十六年七月符孫從何帥防河居河干蔣君子瀟自大梁以驛卒緘書來緘侈侈隆厚符孫曰必有異及發之則君詩也其書曰湘南已戒詩壹思慮研經有潘别駕筠基者願爲我刊詩詩非經幼褭定不可也又曰湘南不乞序於有名位者但乞諸幼褭耳符孫當復書許定君詩并許序君於是殫五晝夜力嚴汰謹錄得完善者可二百餘首作而曰是足以傳矣雖然君之詩不必以序傳者也君始以才受知於吳巢松侍讀登拔萃科侍讀宜於衆曰三年學政得此一人而程梓庭制府方撫豫亦目君國士當

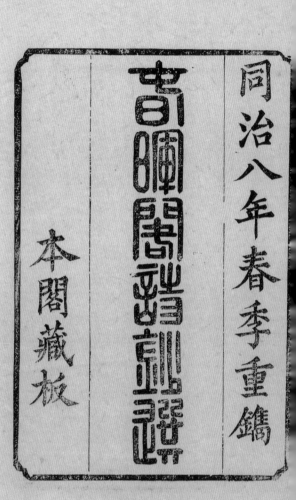

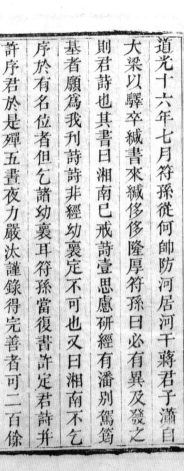

续东轩遗集

中华民国三十年三月从杭州抱经堂得来。知堂记。

《续东轩遗集》，清高均儒撰，民国朱格钞本。高均儒（1811—1869），字伯平，号郑斋，浙江秀水人，原籍福建闽县，同治时主讲杭州东城讲舍。

周作人在1944年书话之作《圭盦诗录》中提到自己收藏的几部写刻本，其中有高均儒写刻的《叶石农先生自编年谱》，认为此书“惟字甚肥大悦目，高君手迹亦可重也”。[1]

[1]《知堂书话》，第996页。

中華民國三十年三月從杭州抱經堂得來知堂記

第一行照此寫

續東軒遺集

詩

閩高均儒伯平著

以後凡均皆寫作均

家叔母以舊作殘雪詩命均儒之陳仲博繪圖因

題

宿雪曜晨暉寒極燠潛伏天地本自然得句闌沕穆叔母敦懿行餘事好詩牘佳咏抒性靈不屑累卷軸舊賦殘雪篇令我百回讀言將寫作圖聊補意未足摩詰既云渺畫師誰絕俗我述陳君才便便五經腹游藝精六法氣韵尤所獨以此形繪事點筆含駒育大矣造化工具此方寸穀

春在堂尺牍

前年在护国寺书摊得此册，止四卷，以为是残本，盖《全书》中本有六卷也。近日阅《全书》卷首《清史列传》所记尺牍，只云四卷。俞先生文中亦说及云三卷，似陆续增刻，故初无一定。然则此册当系刻成四卷时所印者欤？旧书面题“俞荫甫先生尺牍”七字，不云上卷，且如有两册，亦应每册各三卷，不会上册乃有四卷也。廿七年十月十九日改订后记此，知堂。

《春在堂尺牍》四卷，清俞樾撰，清刻本。俞樾（1821—1907），字荫甫，号曲园，浙江德清人，道光三十年（1850）进士，官至河南学政，著有《春在堂全书》等。

前年在護國寺書攤得此冊止四卷以為是殘本
蓋全書中本有六卷也近日閱全書卷首清史列
傳所記尺牘只云四卷俞先生文中亦說及之三
卷似陸續增刻故初無一定數則此冊當係刻
成四卷時所印者歟舊書面題俞蔭甫先生尺
牘七字不云上卷且如有兩冊亦應每冊各三卷不
會上冊乃有四卷也廿七年十月十九日改訂後記此

知堂

春在堂尺牘一

德清俞樾

與甫穀伯李少荃同年前輩

頃閱邸抄知承　恩命攝篆兩江　朝廷以節鉞付重臣東南顧而金湯萬里幕府以詩書爲韜略上下江之壁壘一新不特鍾阜煙雲有資管鑰抑且珂鄉父老都拜旌麾遊聽之餘噂噂起舞矣樾僑寓津門又將三載今年承崇地山同年延修天津府志而苦無經費未能設局不過從故書中鈔撮終朝伏案勞而無功因思金陵爲名勝之區又得閣下主持其間未識有一席之地

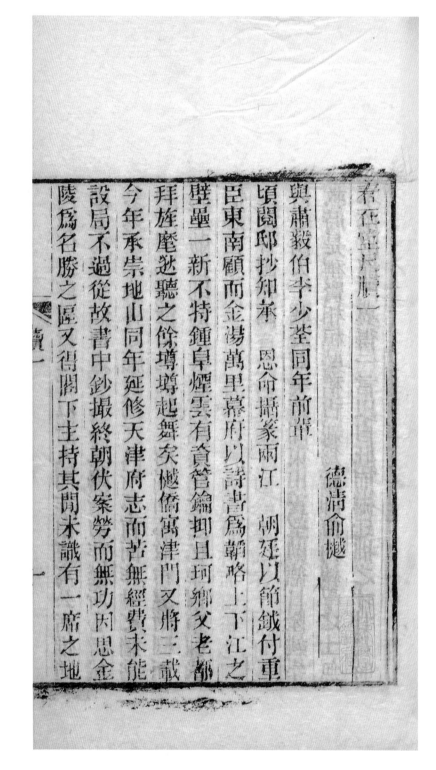

补勤子诗存

陈昼卿先生为先祖介甫公业师，幼时屡闻先祖说及，至今不忘，搜得其全集藏之后，又在绍兴大路旧书铺得此本，多存先生手迹，尤可宝也。民国十九年九月二十五日展观，敬题于北平煅药庐，周作人。

《补勤子诗存》十二卷卷首一卷，清陈锦撰，清末抄本。陈锦（1821—？），字昼卿，号补勤，室名橘荫轩，浙江山阴（今绍兴）人，道光二十九年（1849）举人，曾在山东任候补道。《补勤子诗存》卷首为序，包括钱勖、赵铭、贾树諴、钟宝华、何家琪、黄体芳等人。全书分为过庭草、陔养集、海角行吟、东南壬甲、闲居遣兴、沧海重经集、东征磨盾集、归舟消夏录等集，收录古近体诗、新乐府八百四十一首。

据《清人别集总目》载，光绪刻本《橘荫轩全集》内收录有《补勤诗存》二十四卷续编五卷，又浙江图书馆藏有稿本《补勤子诗存》七卷续编三卷。

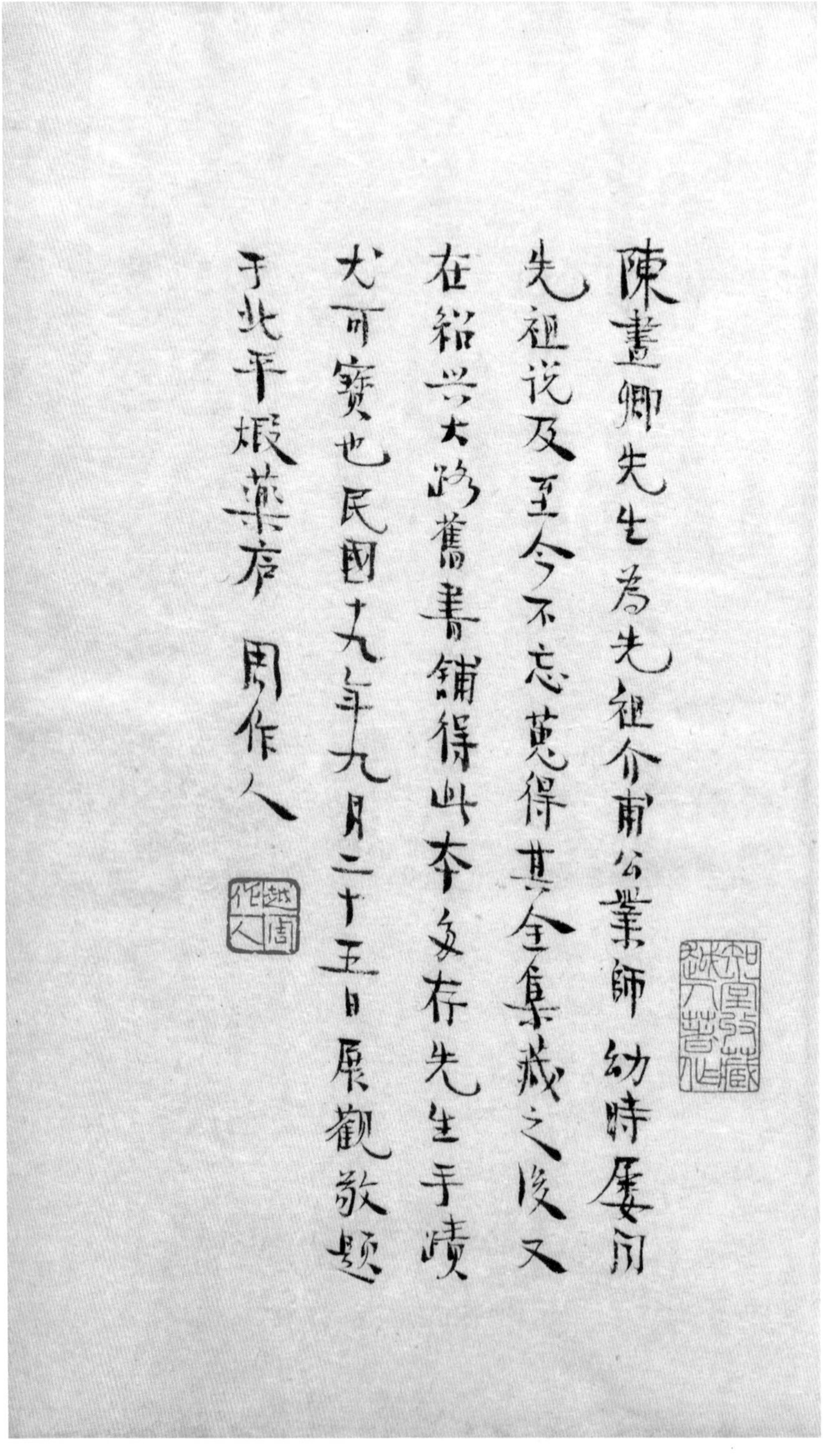

陳晝卿先生為先祖介甫公業師幼時屢聞
先祖說及至今不忘蒐得其全集藏之後又
在紹興大路舊書鋪得此本多存先生手蹟
尤可寶也民國十九年九月二十五日展觀敬題
于北平煅藥廬　周作人

補勤子詩存卷之一

山陰陳錦晝卿

戊申

唐昌隆山書院看牡丹遇雨

年年冠冕玉堂春富貴如斯不傲人天女無端抛紺雪楊妃有夢到紅塵衣披一品紆金紫位極羣芳重笑顰好雨也知憐國色特分香靄熨花茵

一隊游人蠟屐來坐看風片颭青苔洗殘金粉燕支瘦點濕鉛黄蝶夢猜三月花天多雨露萬山春色上樓臺紅顔猶自愁岑寂催起犀香作伴開（花旁有四季桂時方盛開）

二月十五春分日雪

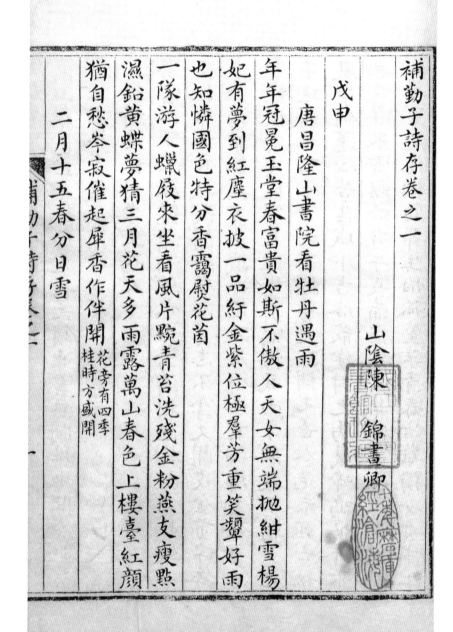

偶存集

此系吾乡陶子缜先生遗书，二面题字即其手笔也。民国十九年八月二十六日于北平记，岂明。

廿八年四月二十日晨重订讫，阅一过，再题数字，相去十年，即自己的字亦已大有改变了。知堂。

《偶存集》，清董贻清撰，清同治刻本。陶方琦（1845—1884），字子缜，号兰当，浙江会稽（今绍兴）人，光绪二年（1876）进士，曾督学湖南。此书第二叶有墨笔题“偶存集附援守井研记略”，当即是题记所言陶方琦手笔。

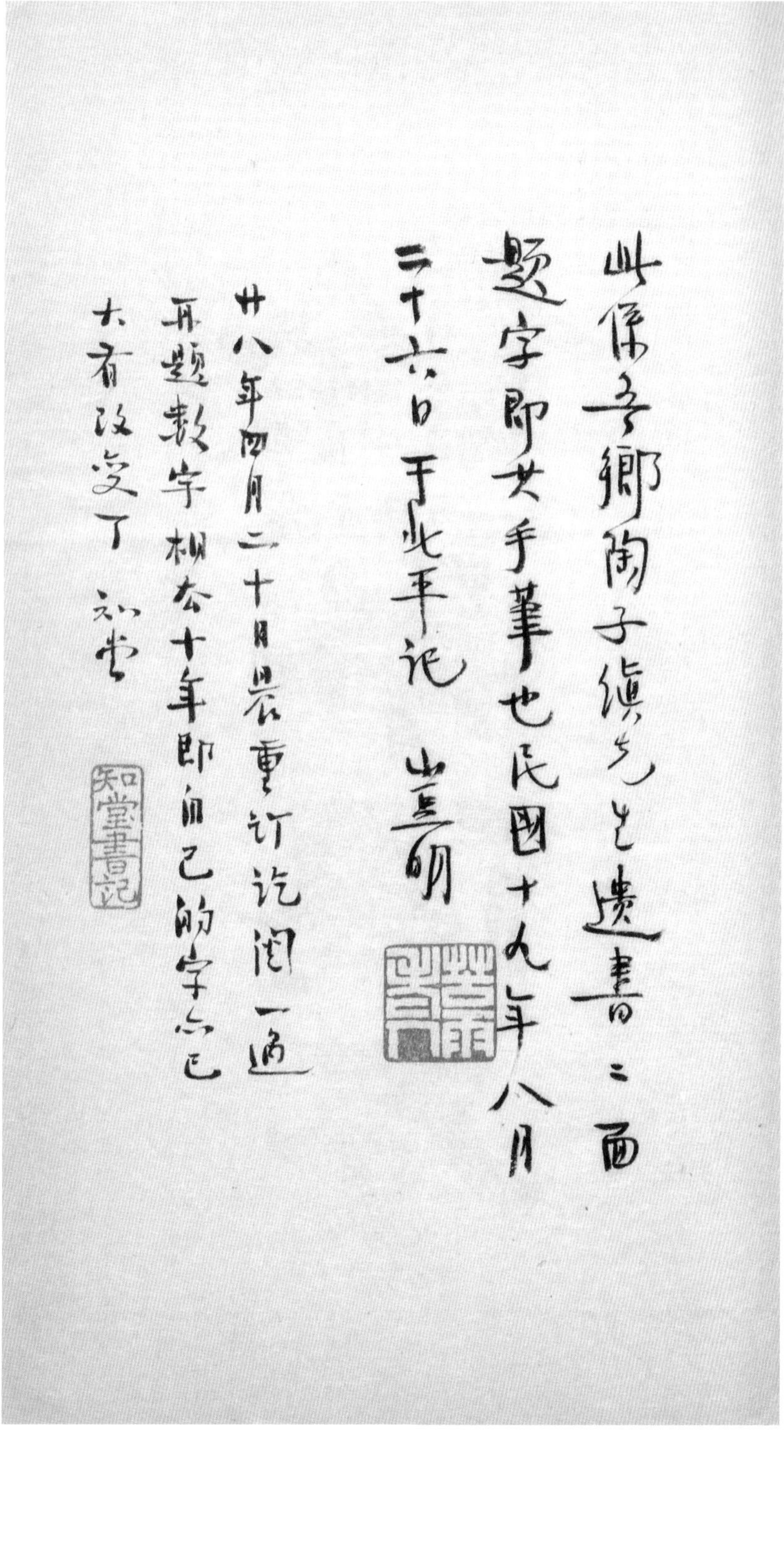

此係予鄉陶子縝先生遺書之面
題字即其手筆也民國十九年八月
二十六日于北平記　豈明

廿八年四月二十日晨重訂訖閱一過
再題數字相去十年即自己的字亦已
大有改變了　知堂

像存集

舒榈守井研記鬼

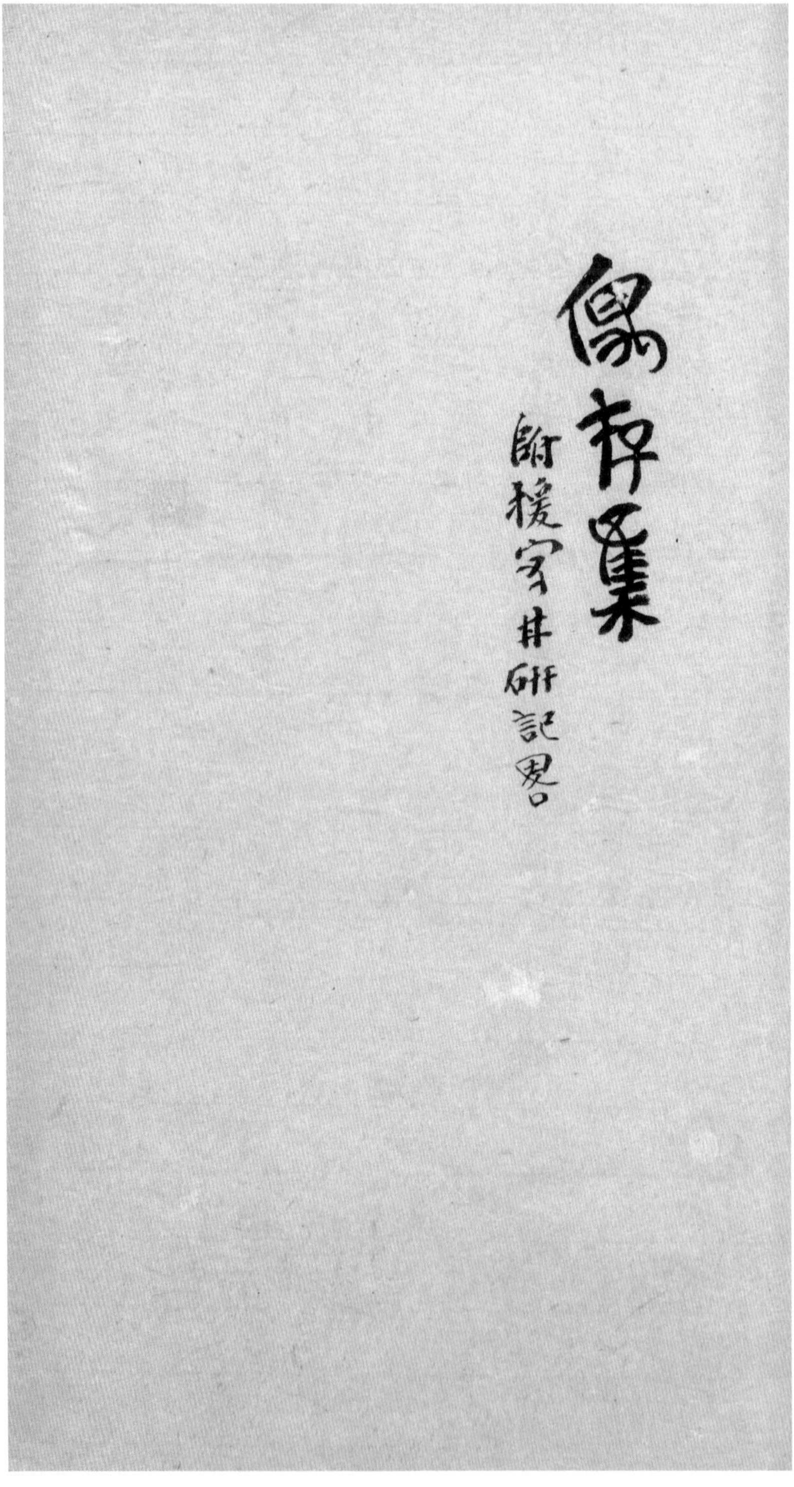

偶存集　　　陽湖董貽清叔純

春明卽事

瓊樹金蓮照上都承平朝野各歡娛天中太白明如月
海口全黃漲入湖佽卒盡驂霍氏乘流民誰繪鄭監圖
賈生不用馮唐老宵旰勤劬仗廟謨

蘆溝橋

向西楊柳自千條低拂長隄跨石橋短夢五更迷曉月
秋聲萬木拱寒潮雄關北奠神京固平野南趨涿郡遥
第一行程此駐馬悲歌長聽水蕭蕭

謁龐靖侯墓

雲旗十丈來翺翔參天翠柏環紅牆讀侯墓碑拜侯像

秦秋伊诗词稿

《秦秋伊诗词稿》,同治时抄本,卷中有“饮寿花草堂示族弟稺千”诗,则此本当即是稺千所钞存者也。民国癸未五月从杭州书估得此,二十三日晨读讫偶记,知堂。

《秦秋伊诗词稿》不分卷,清秦树铦撰,清同治抄本。书前有知堂墨笔抄补目录,据此可知全书分为五种:《勉鉏山馆初存稿》,收录诗四十一首;《留鹤盦诗稿》,收录诗六十八首;《疏影盦吟稿》,收录诗一百二十二首;《微云楼词》,收录词二十八首;《梅龛琴梦》,收录词九首。全书共计收录诗二百二十一首、词三十七首。周作人在《知堂回想录·关于娱园》中提到:“小皋埠秦氏是大舅父的先妻的母家,先世叫作秦树铦,字秋伊,也是个举人,善于诗画,是皋社主要诗人之一,家里造有娱园,也算是名胜之地。”

题记撰写时间署民国癸未五月二十三日,“癸未”即民国三十二年(1943)。这一年四月二十二日,周作人八十七岁母亲病逝。题记页所钤“作”以及卷端的“知堂收藏越人著作”“苦雨斋藏书印”等印都是蓝印,应是在守孝期间所盖。而题记页另有一枚“十堂私印”朱印,当是后来补盖的。

秦秋伊詩詞稿同治時抄本末有飲壽花草堂示孫弟釋千詩則此本當即是釋千所鈔存者也 民國癸未五月從杭州書估得此二十三日晨讀訖偶記 知堂

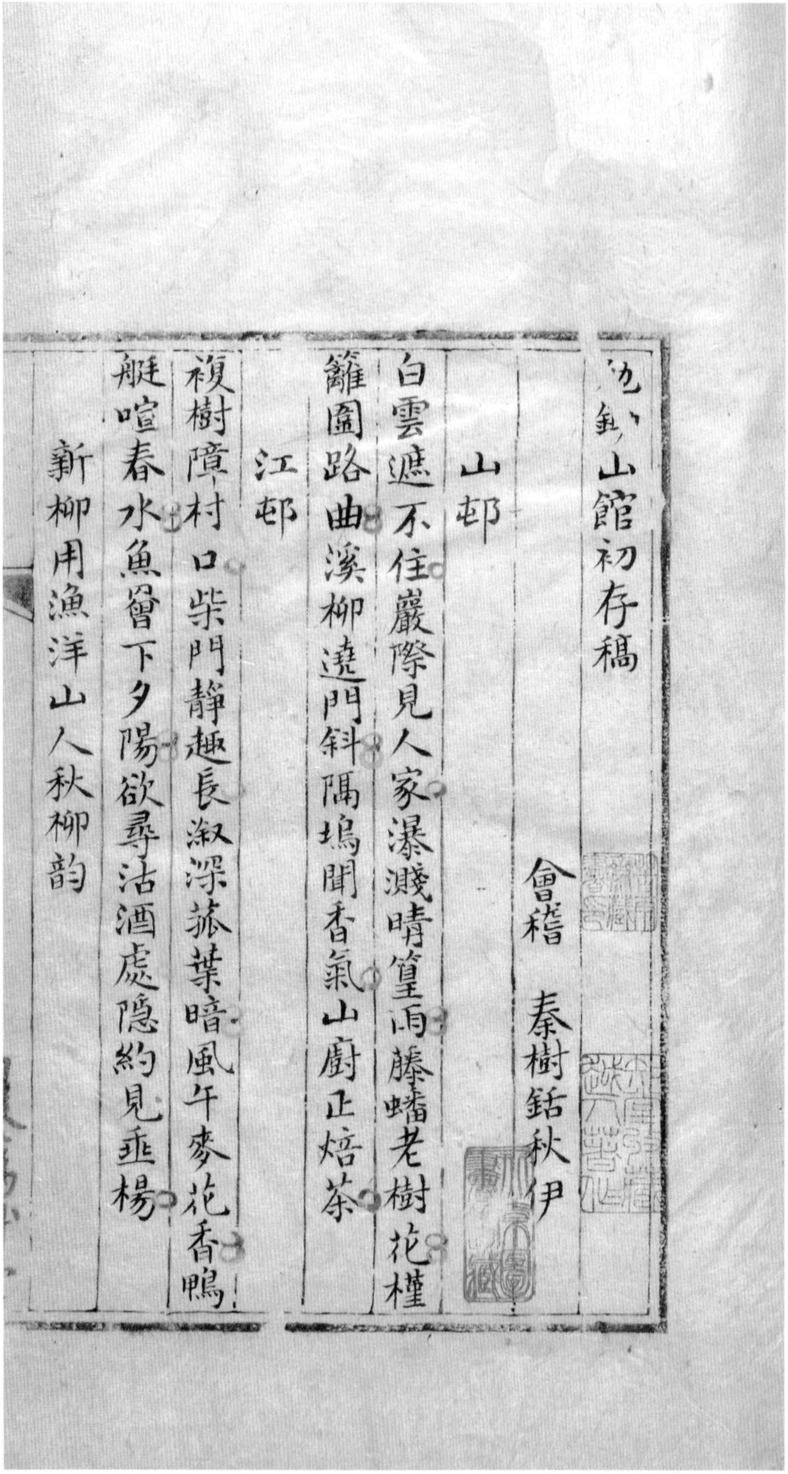

沈釣山館初存稿

會稽　秦樹銛秋伊

山邨

白雲遮不住巖際見人家瀑濺晴篁雨籐蟠老樹花槿
籬圍路曲溪柳遶門斜隔塢聞香氣山廚正焙茶

江邨

複樹障村口柴門靜趣長溆深菰葉暗風午麥花香鴨
艇喧春水魚罾下夕陽欲尋沽酒處隱約見垂楊

新柳用漁洋山人秋柳韵

群芳小集

麋月楼主即谭复堂，兰当即陶子缜，眉子王眉叔也。洞仙歌词三首及原序均见《笙月词》卷四。民国二十一年二月从杭州书店得此册，二十四日改订讫，记于北平苦雨斋，作人。

《群芳小集》一卷续一卷，清谭献撰，清末刻本。书前有眉子题词，续集末有兰当词人跋。“谭复堂”指谭献。谭献（1830—1901），原名廷献，字仲修，号复堂，自署麋月楼主，浙江仁和（今杭州）人，同治元年（1862）举人，官至知县。“陶子缜”指陶方琦。陶方琦（1845—1884），字子缜，号兰当，浙江会稽（今绍兴）人，光绪二年（1876）进士，曾任翰林院编修、湖南学政。“王眉叔”指王诒寿。王诒寿（1830—1881），字眉子、眉叔，号笙月，室名缦雅堂，浙江山阴（今绍兴）人，著有《笙月词》《花影词》《缦雅堂骈体文》等。

周作人在1932年2月24日给沈启无的信中谈到此书：“近从杭州买得一册《群芳小集》，皆是咏叹京都之相公们者，今查出即系复堂手笔，而序则王眉叔（诒寿）作，此小册恐亦不易得，故虽少贵亦不以为嫌，今日已改订宝藏矣。”[1]

[1] 周作人：《与沈启无君书二十五通》之第十通，载《周作人书信》，第130页。

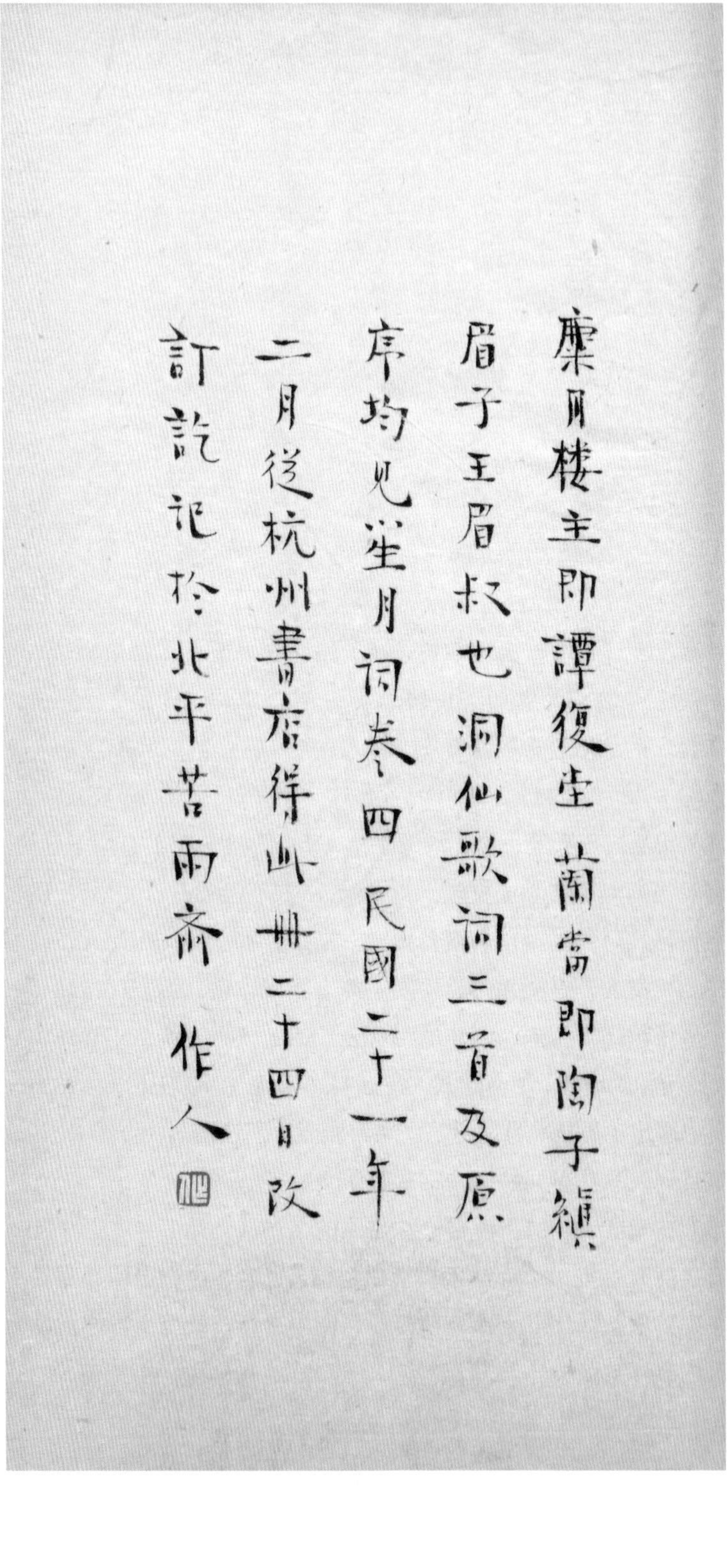

麋月樓主即譚復堂 蘭當即陶子縝
眉子王眉叔也 洞仙歌詞三首及原
序均見笙月詞卷四 民國二十一年
二月從杭州書店得此冊 二十四日改
訂訖記於北平苦雨齋 作人

羣芳小集　　麋月樓主譔

上品三人

逸品先聲二人

麗品先聲四人繼起六人

能品先聲四人繼起四人

妙品先聲四人繼起三人

五長三絕領袖羣芳者爲上品

岫雲主人徐小香字蝶仙

可园诗存

《续存》《癸卯除夕诗》自称六十七翁，则此系丙午年所照，即西历一九零六年也。廿七年四月廿五日，知堂记。

《可园诗存》二卷、《续存》一卷，清陈作霖撰，清末刻本。陈作霖（1837—1920），字雨生，号伯雨，晚号可园，江苏江宁（今南京）人，光绪元年（1875）举人，近代著名学者，著有《金陵通纪》《金陵通传》等南京史地之书多种。

题记中提到的《癸卯除夕诗》全名是《癸卯除夕感述示濮青叟》，中有“六十七龄客，于今尚卖文”诗句。该题记写于“雨叟七十岁小像”之前。

續存癸卯除夕詩自稱六十七翁則此係丙午所照

即西曆一九零六年也

廿七年四月廿三日　幻雲記

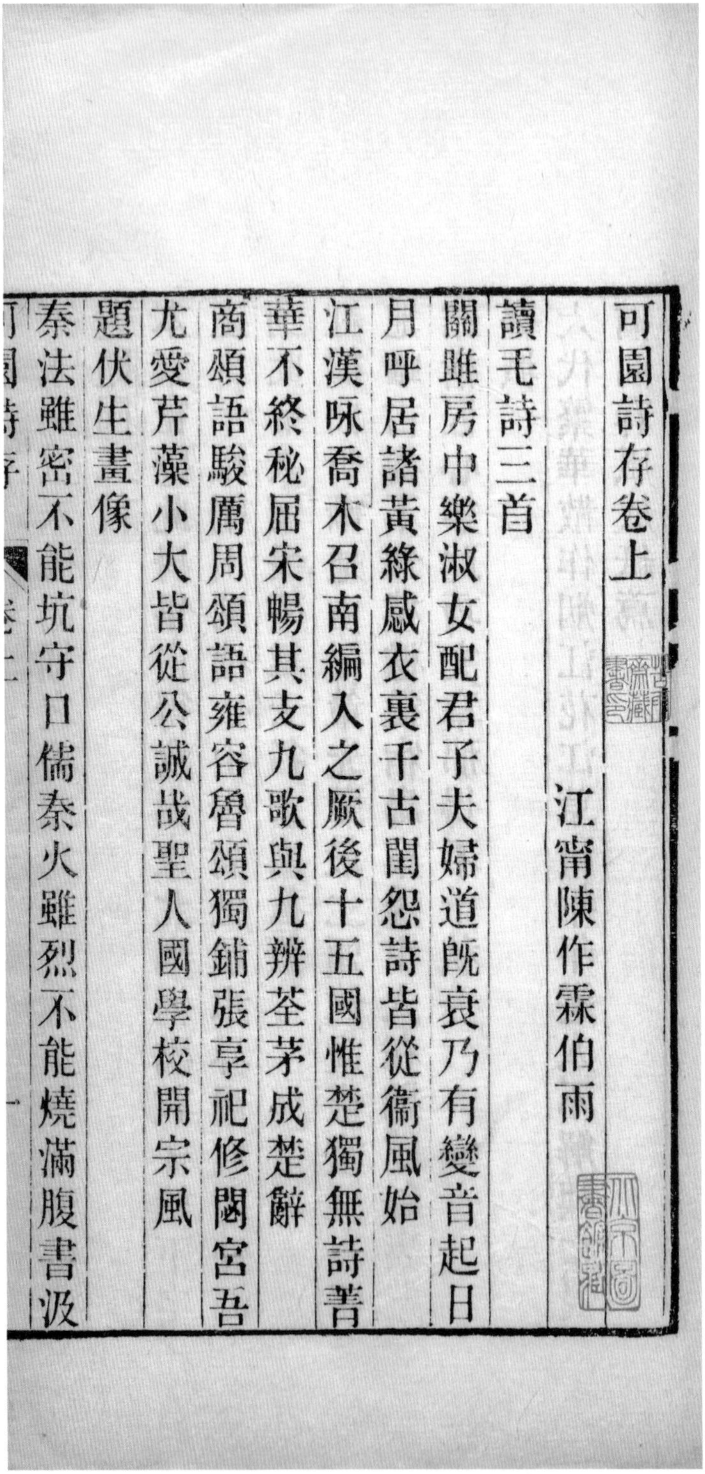
可園詩存卷上

江甯陳作霖伯雨

讀毛詩三首

關雎房中樂淑女配君子夫婦道旣衰乃有變音起日月呼居諸黃絲感衣裏千古閨怨詩皆從衞風始

江漢咏喬木召南編入之厥後十五國惟楚獨無詩菁華不終秘屈宋暢其支九歌與九辨荃茅成楚辭

商頌語駿厲周頌語雍容魯頌獨鋪張享祀修閟宮吾尤愛芹藻小大皆從公誠哉聖人國學校開宗風

題伏生畫像

秦法雖密不能坑守口儒秦火雖烈不能燒滿腹書汲

可園詩存　卷上　一

西湖棹歌

廿四年十月九日从杭州复初斋书店得此册，铅印光纸，而价须壹圆，可谓贵矣。却仍买得之，则因其有《鉴湖櫂歌》也。此真所谓乡曲之见欤？次日灯下订讫记此。知堂。

《西湖棹歌》一卷，清陈祖昭撰，清光绪十三年（1887）刻本。合刻有《鉴湖櫂歌》。陈祖昭，字子宣，江苏吴县（今苏州）人，附贡，光绪三十年曾任宁海县丞。

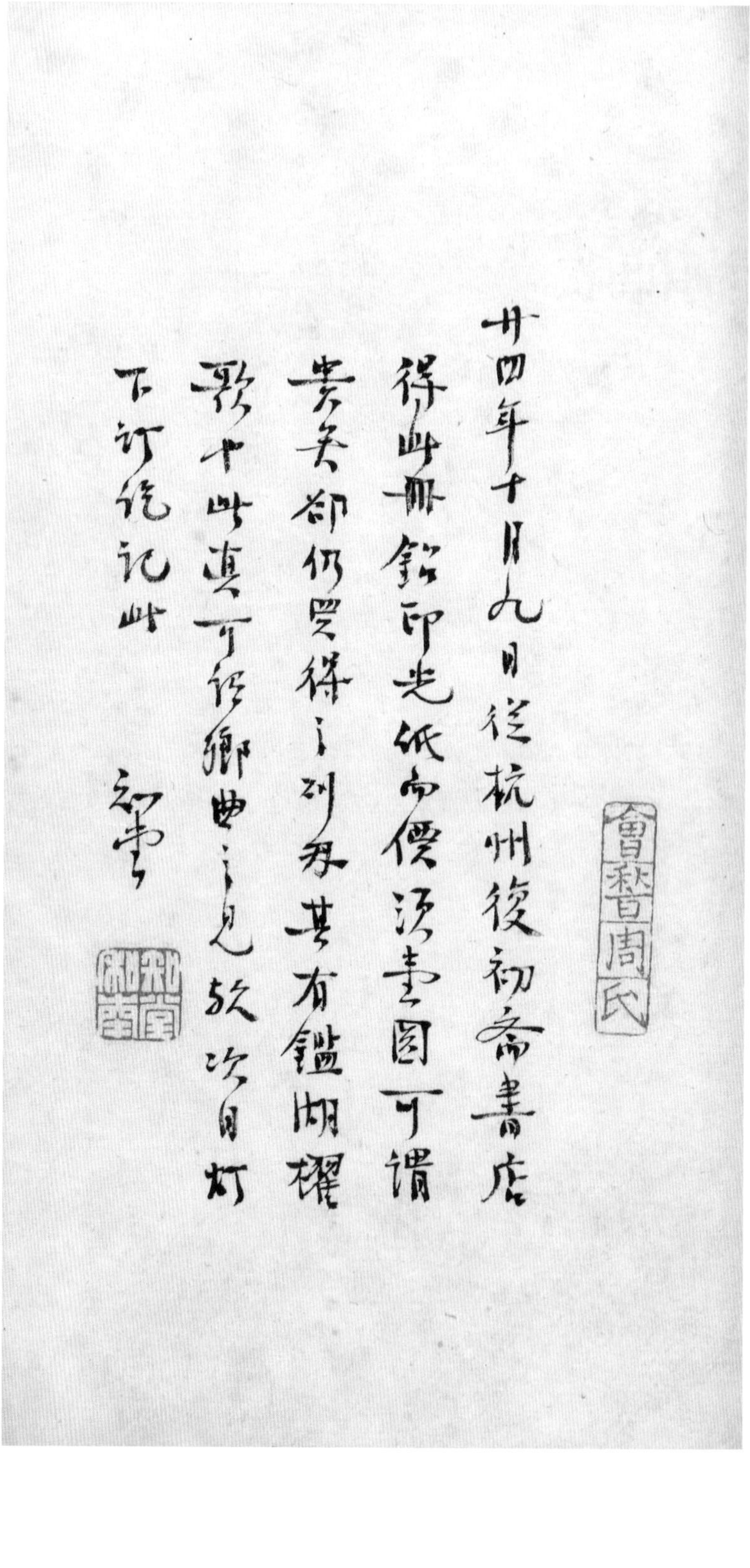
廿四年十月九日從杭州復初齋書店
得此冊鉛印連紙而價須壹圓可謂
貴矣却仍買得之以其有鑑湖櫂
歌十此真可謂鄉曲之見於次日燈
下訂說記此　知堂

會稽周氏

謝鴛湖萬竈烟

水鄉鶯脰恣搜羅我愛王郎斫地歌（王夢薇近有鶯脰湖櫂歌之作）吳下才人信多麗柳絲髣髴寫靈和

浙中山水烟霞窟隨處堪遊況子才他日扁舟更乘興直窮雁蕩賦天台

江甯袁晉培　雪莼

踏莎行

梅嶼攜筇柳堤停舫西泠勝跡頻搜訪宦囊羞澀問詩囊詩囊新句情酣暢　水泛紅霞山橫翠障浮光一碧湖天漾閒來盪槳六橋邊橋邊聽有船娘唱

西湖櫂歌

古吳　陳祖昭　子宣

西湖名勝甲於天下時經兵燹雖亭臺祠觀大半荒蕪而雲山無恙足供遊賞僕聽鼓西泠于茲三載天涯薄宦益復無憀輒以名區故蹟風土景物及近所增者形爲吟咏援竹垞老人鴛鴦湖櫂歌例亦得百首非敢云詩付諸篙師舵工聊當歌謠云爾庚辰仲秋祖昭自記

西子湖中此日遊亭臺大半刼灰留山青水碧仍無恙[illegible]着天晴好放舟

洗斋病学草

《洗斋病学草》系山阴胡寿颐所作，因有足疾，故号踵息道人。卷首原有画象（像），今已撕去。以廉值从杭州得来，不知旧为何人所有，乃如此勤学，于空白处写上许多笔记，其殆学法政之徒与。廿八年三月廿一日重订后记，知堂。

《洗斋病学草》二卷，清胡寿颐撰，清昨非居士辑，清光绪十年(1884)刻本。胡寿颐，生卒年不详，字梅仙，浙江山阴（今绍兴）人，同治六年（1867）举人，官至兵部郎中。

知堂比较关注同乡人著作的收藏。乡人著作中的纪事与写景是先生比较感兴趣的，“但是诗文集中带有乡土色彩的却是极少，我所看过的里边只有一种可取”，这就是《洗斋病学草》。先生曾撰有一篇书话，专门介绍此书：“书名《洗斋病学草》，凡二卷，光绪甲申刊，题踵息道人著，有自序，有道装小像，以离合体作赞，隐浙江山阴胡寿颐照八字……自序言性喜泰西诸书，读之得以知三才真形，万物实理……序又言年三十七以病废，废四年始学诗自遣，学六年以病剧辍，先君题识谓其艰于步履，盖是两足痿痹也。”[1] 知堂又收藏有一部相同版本的《洗斋病学草》，书上有先生父亲的题记：“是书为山阴胡驾部丁卯孝廉讳寿颐字梅仙所著，尔时艰于步履，作诗遣怀，盖亦无聊之极思也。既赴道山，乃郎以此册见赠。披而阅之，真觉管中窥豹略见一班矣。丙戌初冬，剪烛读此，书数语于简端以志其由。伯霓周仪炳走草。”其后又有先生的题记：“右为先君遗墨，去今已四十四年矣。民国十九年（1930）五月十五日，作人。”上述书话中所言《洗斋病学草》当即是指此本。

[1]《知堂书话》，第563页。

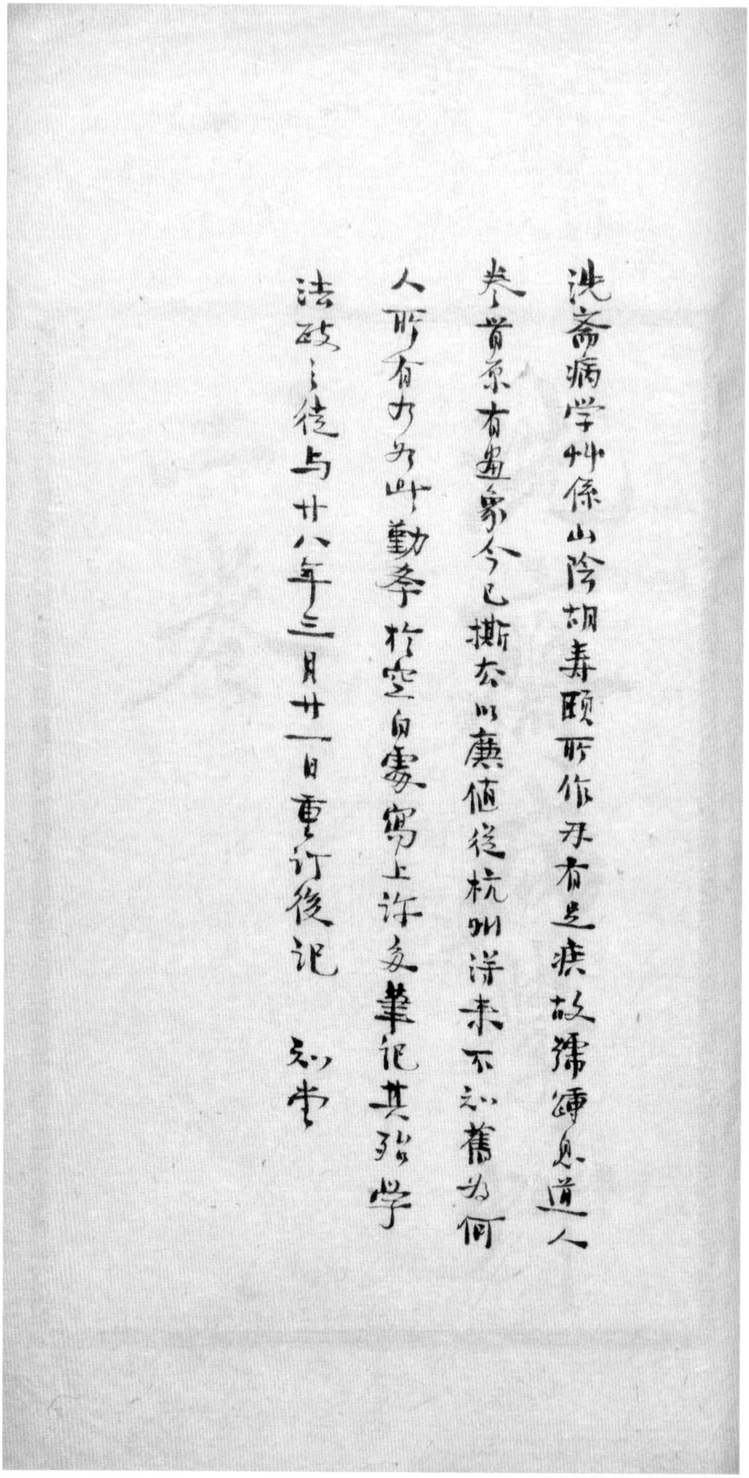
洗斋病学艸係山陰胡寿颐所作，殆有是疾，故稱鍾息道人。卷首原有画象，今已撕去，以廉值從杭州得来，不知舊為何人所有。如此勤学，於空白處寫上許多筆记，其殆学法政之徒與。廿八年三月廿一日重订後记。知堂

內閣ㄧㄧ參贊機務自明成祖始然惟大學士學士而已即所謂入ㄧㄧ辦事也

洗齋病學草擬存詩一卷

踵息道人著　昨非居士編輯

秋風辭

秋風吹閨閣佳人玉漏長一朝成捐棄紈扇疊空箱

其二

秋風吹塞上壯士扣刀環霜天馬嘶曉衰柳玉門關

日本杂事诗

此本不著出板时、地，查行款与同文馆本相同，但每半页少一行，铅字亦甚类似，或即黄君定本跋语中所云之中华印务局本与。廿六年二月二日，知堂。

《日本杂事诗》二卷，清黄遵宪撰，清光绪铅印本。黄遵宪（1848—1905），字公度，室名人境庐，广东嘉应（今梅州）人，著有《日本国志》《人境庐诗草》《日本杂事诗》等。

知堂对黄遵宪推崇有加："黄公度是我所尊重的一个人，但是我佩服他的见识与思想，而文学尚在其次。"[1] 又说："清末的诗人中间，有一个人为我所最佩服，这就是黄公度。"[2] 先生对黄氏的著作比较关注，多方搜集。他先后于民国二十五年（1936）三月三日和二十六年

[1]《知堂书话》，第745页。

[2]《知堂书话》，第757页。

二月四日撰写二篇书话，评述黄氏的《日本杂事诗》和《人境庐诗草》。此前，《日本杂事诗》共有九个版本，而先生拥有五个版本，其中四种是光绪五年（1879）同文馆集珍本、光绪六年香港《循环报》馆巾箱本、光绪十一年梧州刻本、光绪二十四年长沙刻本。“又有一种系翻印同文馆本，题字及铅字全是一样，唯每半页较少一行，又夹行小注排列小异，疑即是中华印务局本。”

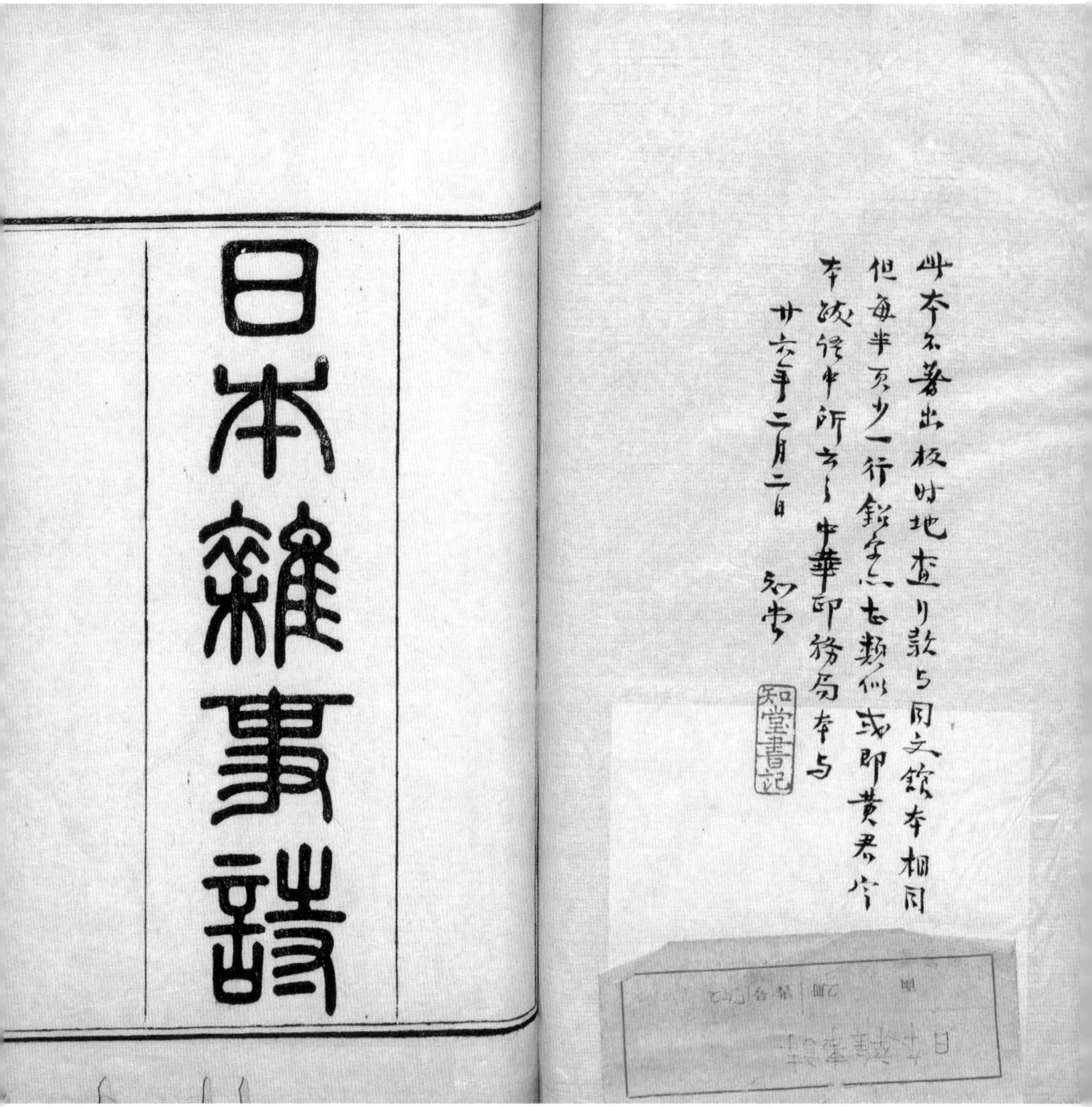

日本雜事詩
此本不著出板时地查行款与同文館本相同
但每半页少一行鉛字亦甚類似或即黄君定
本跋語中所云々中華印務局本与
廿六年二月二日　知堂
知堂書記

日本雜事詩卷一

廣東黃遵憲公度著

立國扶桑近日邊外稱帝國內稱天縱横八十三州地上下二千五百年

日本國起北緯線三十度止四十三度起偏東經線十三度止二十九度地勢狹長以英吉利里數計之有十五萬六千六百零四方里全國瀕海分四大島九道八十三國戶八百萬口男女共三千三百萬有奇一姓相承自神武紀元至今歲己卯明治十二年爲二千五百三十九年內

窥园留草

廿二年八月廿四日在佛西处见地山，以此书见赠。窥园者，即地山尊人也。廿五日记，知堂。

《窥园留草》，许南英撰，民国二十二年（1933）铅印本。另合订有《窥园词》《窥园先生自订年谱》。许南英（1855—1917），号窥园主人，台湾人，光绪十六年（1890）进士，著名爱国诗人。

题记中所言“佛西”指熊佛西。熊佛西（1900—1965），著名戏剧教育家。“地山”指许地山。许地山（1894—1941），名赞堃，字地山，笔名落华生、落花生，著名作家、文学家，许南英为其父。《周作人日记》1933年8月24日载：“（上午）十二时，至佛西处，因地山赴印度为设宴也。来者平伯、佩弦、西谛及主客夫妇，共八人。”[1]

[1]《周作人日记（下）》，第478页。

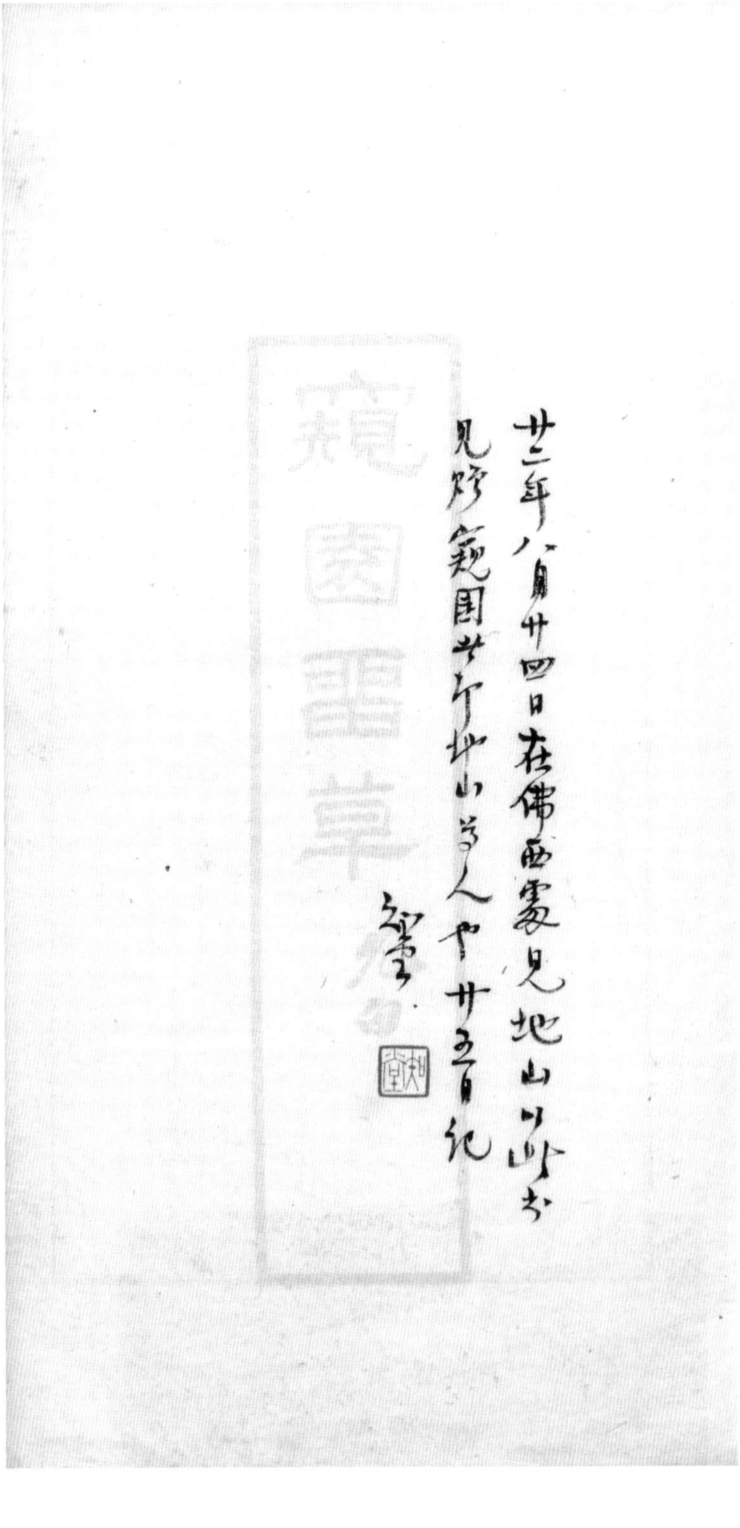
窥园留草
廿二年八月廿四日在佛西处见地山以此书
见赠窥园留草地山尊人也廿五日记
知堂
知堂

窺園留草

臺南許南英

甲申以前

聞樨學舍將於臘月初五日解館初四夜燈花忽開喜而誌之

終年伴我讀書帷方與青燈悵別離今夜忽開花燦爛多情若此可無詩

卜得寒燈意不差從今只照話桑麻思將贈我無他物結撰春心一朵花

深宵相對理殘篇學舍明光又一年不意居諸長夜夜而今始現火中蓮

有心臘燭還垂淚何事燈花艷到明是否春光知獨占佳音漏洩到寒檠

筆

質直而心虛與人無他技毫末不敢私盡心而已矣

画虎集文钞

前得敦礼臣著《燕京岁时记》，心爱好之。昨游厂甸，见此集，亟购归。虽只寥寥十三叶，而文颇质朴，亦可取也。民国廿四年二月十四日，知堂记。

《画虎集文钞》，富察敦崇撰，民国刻本。撰者生平见《芸窗琐记》。

此则题记收录在周作人所撰书话《燕京岁时记》中，只是没有后面“民国廿四年二月十四日，知堂记”等字。周作人评价此书说：“（全书）十一篇中有六篇都说及庚子，深致慨叹，颇有见识，辛亥后作虽意气消沉，却无一般遗老丑语，更为大方，曾读《涉江文钞》亦有此感，但惜唐氏尚有理学气耳。”[1]

[1]《知堂书话》，第626页。

前得敦崇礼臣著燕京歲時紀心愛好之昨於厰甸

見此集亟購歸雖只寥寥十三葉而文頗質樸亦

可取也 民國廿四年十二月十四日 知堂記

知堂

富察敦崇著

覆科布多參贊大臣內弟瑞景蘇書（庚子嘉平月初一日）

別來半載城社為墟從古及今無此奇局謹為吾弟詳言之拳匪之禍起於山東即嘉慶間之八卦教也巡撫某丞到任從竭力剿辦嘯聚無所藏延直境直督裕祿姑息養奸置之不理匪勢愈熾匪膽愈張復用嘉慶間林清故技勾串各府閹人動以禍福掀以不畏槍砲之說閹人信之妃妾信之王公等遂亦信之各立私團各張旗幟紅巾抹額儼然髮捻復生甚可畏也追根深蒂固奸計已行而在外之匪則據城矣戕官矣砍電杆矣燒鐵路矣撫之不

晚香庐诗词钞

陈津门君见赠，十日从绍兴宋家溇寄出，今日收到。廿九年四月廿日，知堂记。

《晚香庐诗词钞》，清韩潮撰，民国四年（1915）铅印本。韩潮（1831—1909），字秋帆，浙江山阴（今绍兴）人，咸丰三年（1853）秀才，后屡试不售，以设馆授徒为生。《晚香庐诗词钞》前有薛炳撰《韩秋帆先生小传》。

陈津门，周作人友人，1913年任绍兴县教育会副会长，周作人时为会长。

陈津门君见赠十日從俗與宋家慶亭
出今日旧阅 廿九年四月廿日知堂记

晚香廬詩詞鈔敘

貫四時不改柯易葉者竹也晤香疏影槎枒於山巔水涯者梅也而義熙天民獨惓惓於東籬之鞠靈均遐想美人香草亦不能忘情於秋菊之落英誠曷以故愛其香憐其晚節之傲霜確乎其不可拔夫是以歷久而彌芳故人而不鑿渾沌之竅不識之無不知哀樂斯亦已耳否則情之所鍾調調刁刁發乎天籟而自鳴必有勃然不能禁者　秋颿韓先生晚清越國之詩人其生平孤芳自賞連不得志於有司中年錦瑟迸絃金瓠傷子一一畢宣之於詩詞故其鑄辭

晚香詩稿　一

铁梅花馆北风集

庆博如诗集从松风阁得来，重订讫记。廿七年十二月十七日，知堂在北平。

《铁梅花馆北风集》，清庆珍撰，清光绪刻铁梅花馆丛书本。庆珍（1870—？），字博如，号铁梅，满洲正蓝旗人。

1939年1月间，周作人曾撰有《铁梅花馆北风集》的书话文章，对此书予以专门介绍，并评价说："此系庚子在郊外避乱时所作，有好些都觉得可喜，卷末《归家》二首尤令人读之怅惘。"当时他只有庆珍一部著作，两个月后，张次溪赠给他庆珍著作三种二册："阅两月承张君次溪惠赐铁梅花馆著作三种，即《怀古集》《闷翠诗》各一卷，合订一册，《铁梅七十自述诗》一卷。"[1]

国图馆藏中有这两册书，书上有周作人的题记。《铁梅花馆怀古集》

[1]《知堂书话》，第914页。

（清光绪刻《铁梅花馆丛书》本）作："庆博如著作二种，合订一册，张次溪君所赠。廿八年三月十九日亲订讫记，知堂。"《铁梅七十自述诗》（民国铅印本）作："廿八年三月十九日收到。张次溪君所赠，庆博如著作之一。二十日改订后，知堂记。"

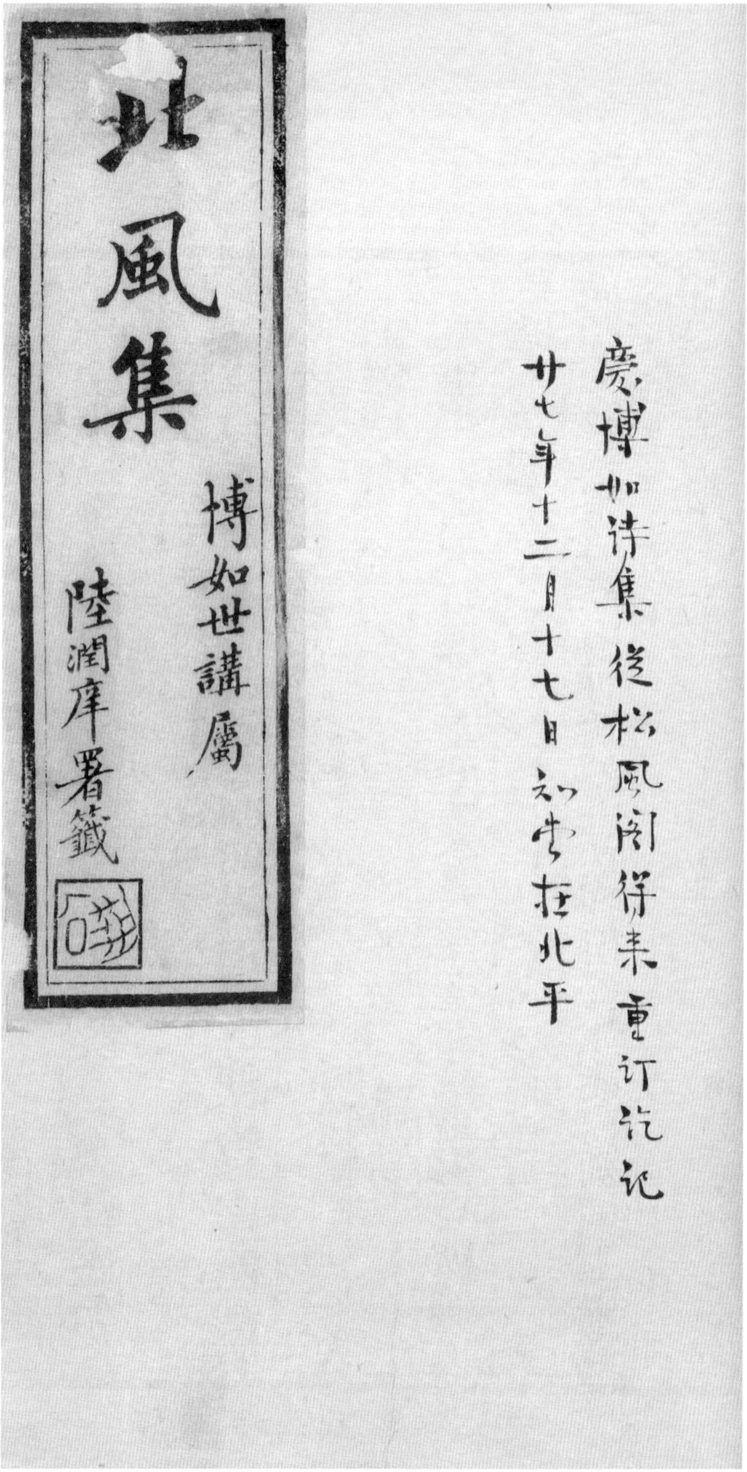

北風集

博如世講屬

陸潤庠署籤

度博如詩集從松風閣得來重訂訖記

廿七年十二月十七日知堂在北平

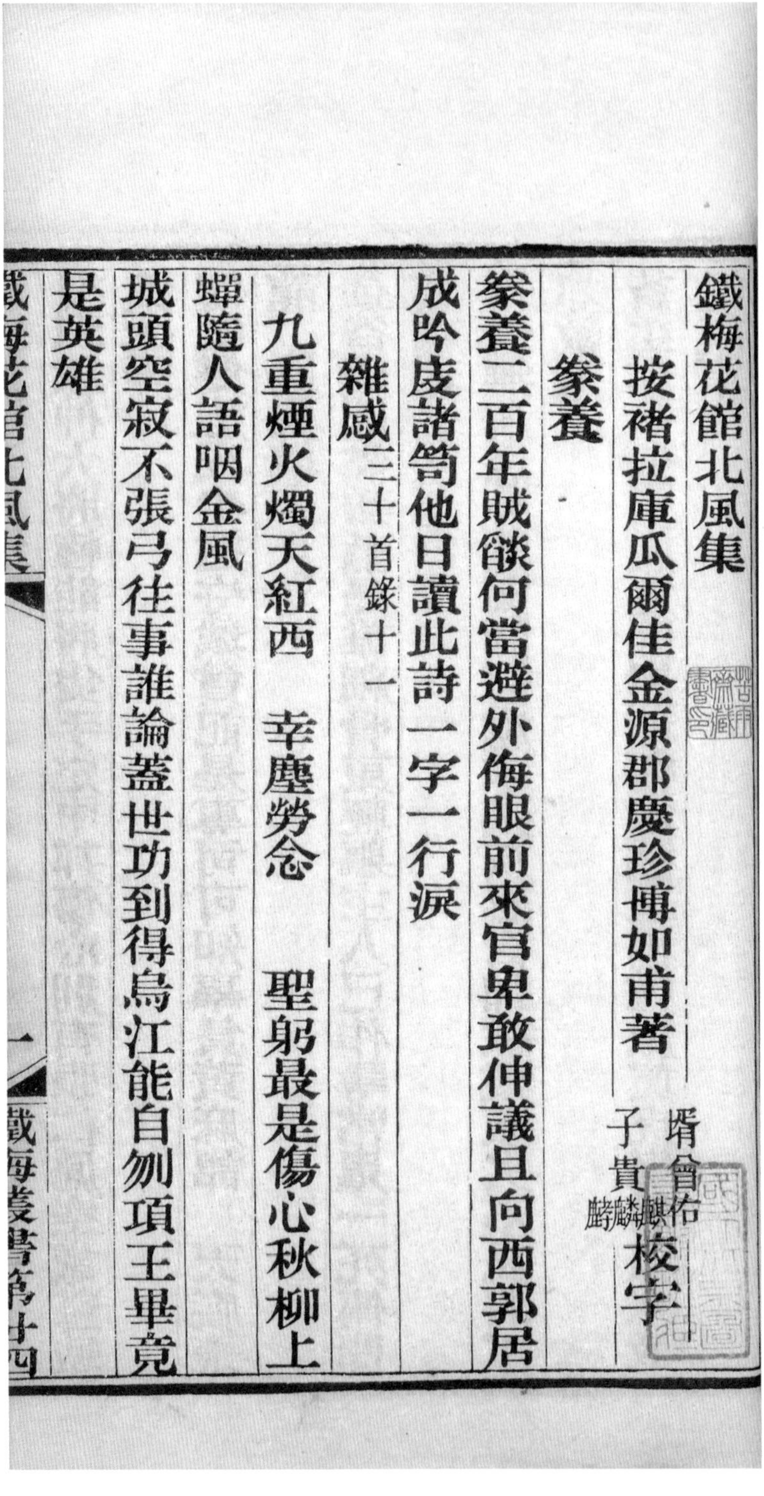

鐵梅花館北風集

按褚拉庫瓜爾佳金源郡慶珍傅如甫著

壻曾佑 子貴麒麟麔 校字

豢養

豢養二百年賊燄何當避外侮眼前來官卑敢伸議且向西郭居

成吟庋諸笥他日讀此詩一字一行淚

雜感三十首錄十一

九重煙火燭天紅西　幸塵勞念　聖躬最是傷心秋柳上

蟬隨人語咽金風

城頭空寂不張弓往事誰論蓋世功到得烏江能自刎項王畢竟

是英雄

鐵梅花館北風集　一　鐵梅叢書第十四

啸盦诗存

夏君别号枝巢子，著有《旧京琐记》十卷。今《诗存》卷二中有《枝巢落成诗》一首。廿七年十月廿八日书于北平苦雨斋，知堂。

《啸盦诗存》六卷《啸盦词》四卷《啸盦词拾》一卷，夏仁虎撰，民国江宁夏氏刻本。夏仁虎（1874—1963），字蔚如，号枝巢、枝翁、枝巢子等，江苏江宁（今南京）人，戊戌通籍后常驻北京，清末曾任职于刑部、商部、邮传部，民国时官至国务院秘书长，后弃官归隐，曾任教于北京大学、北京师范大学，中华人民共和国成立后聘为中央文史馆馆员，著有《旧京琐记》《枝巢四述》等数十种。

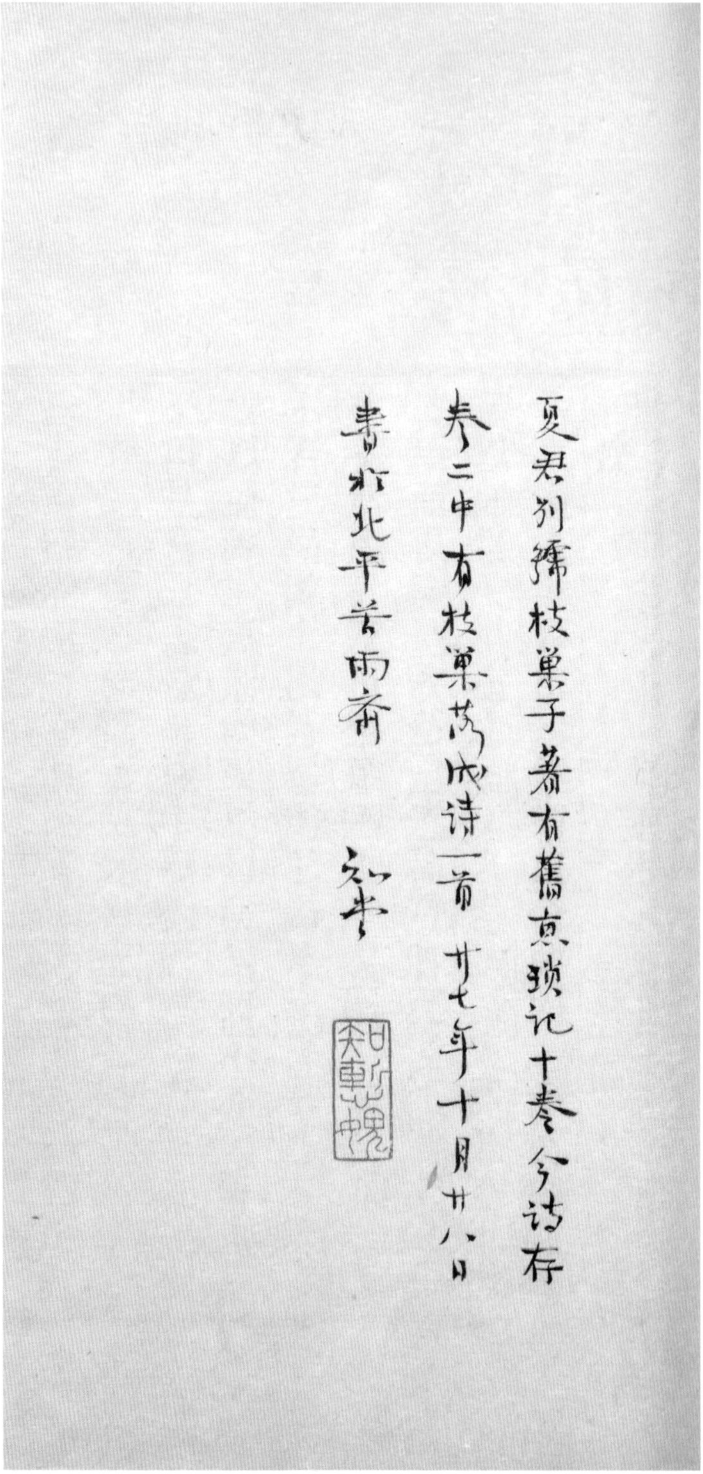

夏君别號枝巢子著有舊京瑣記十卷今詩存
卷二中有枝巢落成詩一首 廿七年十月廿八日
書於北平苦雨齋 知堂

嘯盦詩存卷一 觚夢稿

江甯夏仁虎嘯盦箸

潯陽郡齋夜坐

林風響蕭蕭夜坐疑雨至攬衣步前除明月正在地鄰溪水夜漲羣蛙閙鼓吹牆陰光出沒螢火燭深翠余懷茲以適獨立久忘寐翹首望太虛碧空靜無翳

灣頭夜泊

自廣陵買舟游淮上十里泊灣頭即古之茱萸灣也時方仲春宵來風寒雪甚蓬窗擁被曠然有行役之感作此以紀

偁山遗集

此道墟人章锡光诗文集，民国十年所刻。辛亥后自称子僧，作遗老，其思想背谬不足怪，乃文甚恶劣，可称越中文苑之末人也。校刊不精，其中且有许多墨钉未刻者，纸劣而又横印，种种离奇，无一可取。吾买此册费四角半钱，真是看青山的面子耳。民国廿四年二月十八日改订讫，记于北平苦茶庵。知堂。

《偁山遗集》四卷，章锡光撰，民国十一年（1922）刻本。章锡光（1866—1920），浙江会稽（今绍兴）人，光绪三十年（1904）进士，曾任湖南兴宁、桃源等地知县，民国后辞官居家。

此道墟人章錫光詩文集民國十年所刻辛亥後自
稱孑僧作遺老其思想悖謬不足怪乃文亦惡劣
可稱越中文苑之末人也校刊不精其中且有許多
墨釘未刻者紙劣而又橫印種種離奇無一可取只
買此冊費四角半錢真是買青山的面子耳
民國廿四年二月十八日改訂訖記於北平苦茶庵
知堂

知堂

侮山文集卷一

會稽章錫光劼丞氏著　男　建侯
門人倪文瀾　同校訂

乙巳奏稿

爲國家大計存亡攸關昧死上陳恭摺仰祈　聖鑒事
臣聞明臣沈鍊有言曰大臣不言則小臣言之夫國家豢養臣子至優極渥身爲大臣知之而不敢言則大臣爲負恩不知而不能言則大臣爲溺職彼小臣者本無可言之權又無應言之責卽緘口不言亦可隨俗浮沈以博取富貴又何必冒當軸之不韙哉然自古小臣每不避權貴直言敢諫前者誅而後者繼非僥倖沾天下

快雪轩文钞

三年前偶于厂甸得钱君著书，喜其见识通达，因注意搜集，至今凡得八册，共十五种。此二册似不完，惜《诗话》等不能得到也。第十九页缺一传，察系撕去者。原是论孔子诛少正卯事，想必有新意思，为俗人所不悦与？序言著者在壬辰十八岁，当生于光绪元年乙亥一八七五，今年尚健在，盖是六十三岁也。廿六年五月十一日从松风堂得此，灯下改订讫，次晨记此，知堂。

《快雪轩文钞》，钱振鍠撰，民国木活字本。与此书合刻有《课余闲笔》。钱振鍠（1875—1943），字梦鲸，号谪星，又号名山，江苏阳湖（今常州）人，光绪二十九年（1903）进士，曾任刑部主事，撰有《星隐楼诗集》《星隐楼诗集》《星隐楼杂著》《星隐楼词》《课余闲笔》等。

周作人在《厂甸之二》中谈到自己于1935年新年购得《谪星说诗》一卷《谪星笔谈》三卷《谪星词》一卷，后又搜得钱氏所著《名山续集》九卷、《语类》二卷、《名山小言》十卷、《名山丛书》七卷，并通过友人请钱氏代写一扇面。[1]

[1] 周作人：《厂甸之二》，载《苦茶随笔》，第28—34页。

三年前偶於廠甸得錢君名山書，甚見錢適達所注
意，甚集之多，凡得八冊，共十五種，此二冊似不見謫詩
話，其不錄何以也。第十九至廿缺一紙，係撕去，其篇是論
孔子誅少正卯，予想必有新意思，為時人所不悅，與序言
其年在壬辰十八歲，當生於光緒元年乙亥（一八七五），今年尚健
在，蓋是六十三歲也。廿六年五月十一日從松筠閣得此，
燈下改訂訖，次晨記此。

知堂

知堂書記

論性

與人同生者爲性後性而生者爲心卽心而發者爲事世之言性者衆矣孟子曰性善荀子曰性惡揚子曰性有善有惡聽其言皆是也噫實皆未能深知性者也人之性無不善人之心無不惡人之事無不有善有惡三子者言孟子之說爲是然孟子不能剖性心事之辨以示人何怪人之羣疑其言也至荀揚所言言雖有理然非言性也性蓋無不善也嬰兒之始生無心也純乎性者也純性無不善是故天下無不

河渭间集选

三十年十二月于北京得此，为知堂所藏佳书之一。杨氏《秋室集》卷一有此书题跋一篇。廿三日灯下，知堂记。

《河渭间集选》十卷，清钱价人选，清刻本。钱价人（？—1662），字瞻百，浙江归安（今浙江湖州吴兴区）人。工文词，清初郡人成立孚社，推为领袖，后受魏耕通海案牵连，下狱而死。

周作人撰有文章专门介绍《河渭间集选》，内容在上述题记的基础上有所丰富。该文章1943年9月刊于《古今》30期，后收入《书房一角》中。题记中所说的“杨氏《秋室集》卷一有此书题跋一篇”，当即是文章中提及的“案杨凤苞《秋室集》卷一钱瞻百《河渭间集选》序”。周作人在文章中说此书的珍贵之处在于：“寒斋所有《河渭间集选》，即以坊刊禁书目中不曾列名，故尚能以平价买得，如同时所得之将玉渊编《清诗初集》，便不能如此矣。”[1]

此书《中国古籍善本书目》《中国古籍总目》未著录。

[1]《知堂书话》，第1013—1014页。

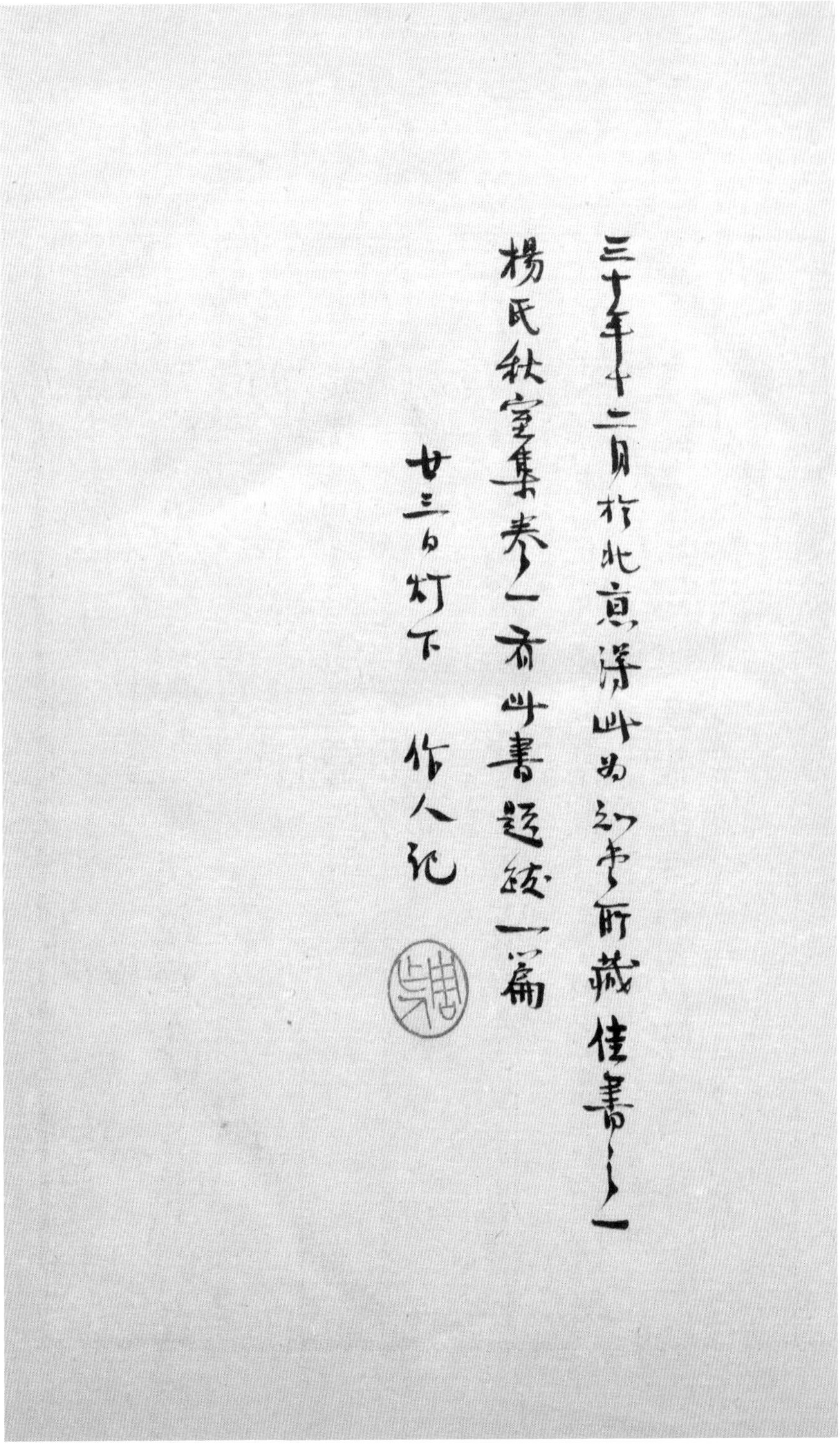
三十年十二月於北京得此為幻雲所藏佳書之一
楊氏秋室集卷之一有此書題跋一篇
廿三日灯下 作人記

河渭間集選卷一

吳興錢价人瞻百著

樂府詩

擬魏樂舞曲碣石篇四解

觀滄海

東臨碣石言觀滄海浩何菭菭震盪終古日月羅生青天冥晦樓臺廣莫島嶼孤起九島之落不知何年岱輿之沉不知何所幸甚至哉歌以咏志

冬十月

多岁堂古诗存

廿八年二月一日得自隆福寺街三友堂，价二元八角也。

《多岁堂古诗存》八卷附一卷，清成书选评，清道光十一年（1831）刻本。成书（？—1821），字倬云，穆尔察氏，满洲镶白旗人，乾隆四十九年（1784）进士，曾官户部右侍郎。《多岁堂古诗存》系成书编选的诗总集，共八百八十九首，每首诗后有成书评语。所选诗起先秦，讫隋代。书前有乾隆四十七年成书序，序后为例言。此则题记写于函套上。

周作人撰有书话之文介绍此书，其中谈到："前阅《天咫偶闻》，中录《古诗存》例言四十七则，颇可喜，因求得全书读之，评点不多费笔黑，却多有佳趣，思想尤明达，至不易得。"[1]知堂藏有此版本的《多岁堂古诗存》三部。

[1]《知堂书话》，第924页。

廿八年二月一日得自隆福寺街三友堂價二元八角也

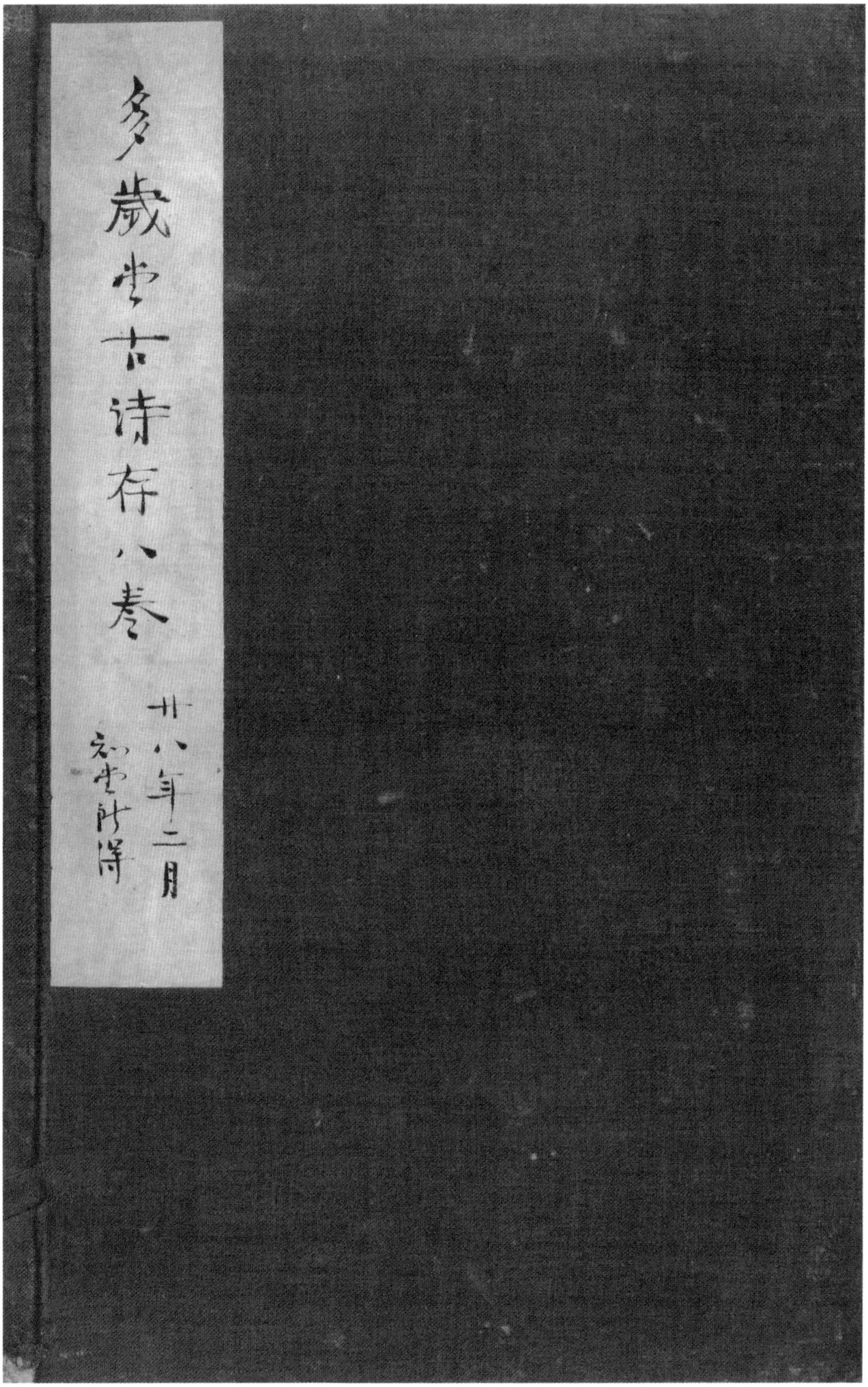
多歲堂古詩存八卷
卅八年二月
知堂所得

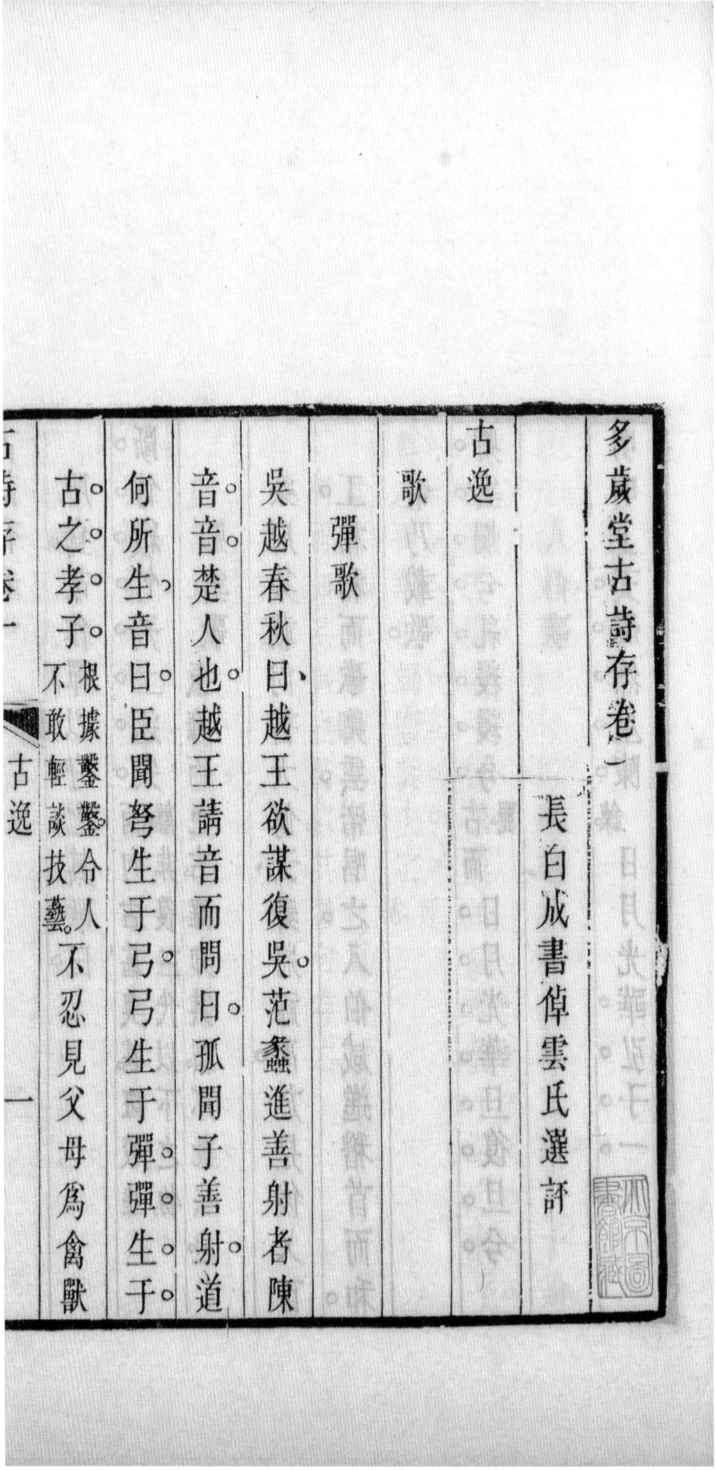
多歲堂古詩存卷一
長白成書倬雲氏選評
古逸
歌
彈歌
吳越春秋曰越王欲謀復吳范蠡進善射者陳
音音楚人也越王請音而問曰孤聞子善射道
何所生音曰臣聞弩生于弓弓生于彈彈生于
古之孝子（根據鑿鑿令人不敢輕談技藝）不忍見父母爲禽獸
古詩存卷一　古逸　一

六朝文絜笺注

《六朝文絜》应得有注，庶便初学。此本笺注虽不得力，亦尚可备览，胜于无有耳。唯校字太不精，首数叶中有误字五六，却均刻作一字，殊可骇笑也。乱世文人常多暇，如得有人重加订补，精校付刻，其有益于中国殆胜写报章文字万万也。廿八年八月末日，知堂记。

后得原刻本，颇精善，此盖是坊间翻刻本欤？又记，民国三十二年七月四日。

《六朝文絜笺注》二卷，清许梿评选，清黎经诰笺注，清光绪刻本。许梿（1787—1862），字叔夏，号珊林，浙江海宁人。道光十三年进士，曾官山东平度知州，著有《说文解字统笺》《读说文记》《古均阁书目》《识字略》等。《六朝文絜》是许梿编选的一本关于六朝骈文的简明选集，自问世后即广泛流传。黎经诰，字觉人，晚号觉翁，江西德化（今九江）人。为便于初学者阅读《六朝文絜》，黎经诰为之详加笺注，光绪年间刊刻行世。

先生又收藏有一部《六朝文絜笺注》，书名页与牌记页与此均不同，目录末有“广陵浦锡五镌”字样，当是题记中所言“原刻本”。

六朝文絜箋注得有注庶便初学此本箋注殊不得力
亦尚可備覽勝於無有耳惟校字太不精首数葉
中有誤字五六卻均刻作一字殊可駭笑也亂世文人
南多暇如得有人重加訂補精校付刻其有益於中國
始勝寫報章文字萬萬也廿八年八月末日知堂記
後得原刻本頗精善此蓋是坊間翻刻本歟又記
民國三十二年七月四日 知堂

宋孝武時臨海王子頊有逆謀照爲參軍隨至廣陵見故城荒蕪乃漢吳王濞所都濞以叛逆被滅照因賦其事諷子頊

六朝文絜箋注卷一

海昌許槤評選

德化黎經誥覺人箋注

福州林羣玉琴南　丁芸耕鄰

望江何聲灝伯梁　聲煥仲呂　參定

蕪城賦

集云登廣陵故城作漢書曰廣陵國高帝十一年屬吳景帝更名江都武帝更名廣陵江都易王非廣陵厲王胥皆都焉補孫志祖補正曰何云世祖孝建三年竟陵王誕據廣陵反沈慶之討平之命悉誅城內丁男以女口爲軍賞照蓋感事而賦

鮑明遠 沈約宋書曰鮑照字明遠文辭贍逸世祖時照爲中書舍人上好爲文章自謂物莫能及照悟其旨爲文多鄙言累句當時咸謂照才盡實不然也臨海王子

小题才子文

民国廿四年十月四日麦叔达君见赠，至廿四日改订讫记此，知堂。

《小题才子文》，清金人瑞编，清光绪十五年（1889）上海扫叶山房刻本。书前有光绪十五年李文藻识语、道光二十九年（1849）李兆洛序、重刻小题才子文记言四则、顺治十四年（1657）金圣叹序。金人瑞（1608—1661），字圣叹，明末清初苏州人。《小题才子文》系金圣叹评点八股文之书，系罕见的金氏佚作。

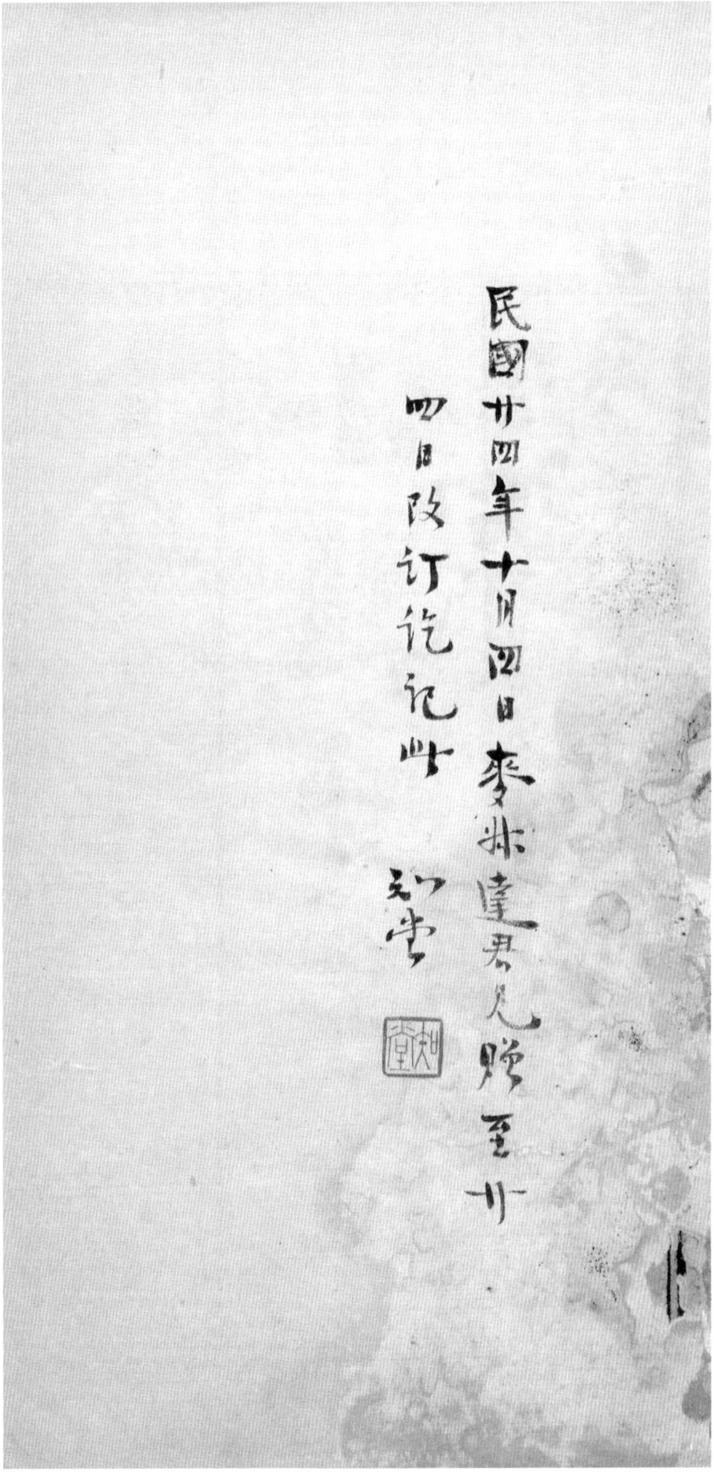
民國廿四年十月四日麥叔達君見贈至廿
四日改訂訖記此
知堂
知堂

金聖嘆先生評選
小題才子文
翻刻石印縮小必究

度针编

《度针编》，吾乡小皋部人所编、经梁星海批点者。民国二十一年十月七日下午看护国寺庙会，于地摊上得之，重衬订讫，次日晨记此，知堂。

《度针编》，清闻人均编，清谢光绮重订，清光绪刻本。闻人均生平不详。书前有光绪七年（1881）户部右侍郎、顺天督学使者孙诒经序，以及乾隆三十五年（1770）闻人均自序。闻人均在自序中谈及此书的编纂目的："余之为是编也，仅举十篇，论其法脉……特以多方涉猎，不若揣摩；广为搜罗，先须简练。盖法也者，律也；律也者，一也。吾得其所谓一者，可以齐万焉。"此书为清代科举八股文的范本集，虽然仅收录十篇，但是评论详细，分析透彻，另外书中多有朱笔批校、圈点。

闻人均序末署"乾隆庚寅岁长至之月朔日会稽闻人均晓岚氏书于郡东小皋部村之散怀草堂"，题记中言"小皋部人"即指小皋部村人。光绪十九年，祖父周福清科举案发，周作人曾随家人避居小皋部村。

《周作人日记》1932年10月7日载："下午往看护国寺会，买旧书二部而返，改订《度针篇》，晚了，系梁星海批点本也。"[1]"梁星海"指梁鼎芬。梁鼎芬（1859—1919），字星海，广东番禺人，晚清著名学者、藏书家。

[1]《周作人日记（下）》，第315页。

晚香齋訓蒙本

度鍼編

光緒辛巳冬日謝光綺題

度鍼編吾鄉小皋部人所編經梁星海批点者民國二十一年十月七日下午看護國寺廟會於地攤上得之重襯訂訖次日晨記此 知堂

知堂

會稽周氏

不憤不啟不悱不發　　秦道然

此兩扇題也題既兩扇則文可如題分比不必另立柱子矣◎此文一氣相生並不用總發及交互看其脈絡更自容易故特以此為首◎篇中多警省語學者宗之此編以此始而以傳不習乎終不無意也

破題

聖人不輕於啟發（題面）欲有所待而後施也（題意）

題面是題中字面題意是題中意自此先破不啟發是題面也後破有所待是題意也餘此可推餘詳各篇

承題

夫夫子固欲盡人而啟發之（先翻一句）而無如不憤不悱何也（正轉題面）欲求啟發者亦不知所省哉（收到正意）

耄余诗话

民国卅一年六月得于北京，惜多误字，如尘土入目，读之不快。知堂。

《耄余诗话》十卷，清周春撰，清抄本。书前有嘉庆十四年（1809）周春自序。周春（1729—1815），字芚兮，号松霭，又号内乐村叟，浙江海宁人，乾隆十九年（1754）进士，曾官广西岑溪县知县，著名藏书家、学者。书中多记以师友交游酬唱讲学之事。蒋寅《清诗话考》对此书考证甚详。[1]

[1] 蒋寅：《清诗话考》，中华书局2005年版，第350—351页。

耄餘詩話自序

余有黃髮集襲徐蘋村先生之名也先生八十後所作詩文名曰耄餘殘瀋余精力衰頹草詩話以遣日憶往事追舊聞所重師資而於貧交死友尤致意焉獻歲迄今積成十卷過此以往未之或知假我數年安敢萌奢望乎

嘉慶十四年歲在屠維大荒駱陽月朔日內樂村叟周春書時年八十有一

民國卅一年六月得於北京惜多誤字多塵土八月讀了不快 知堂

苦茶庵知堂記

自序 一

耄餘詩話卷之一

大夫子天台齊息園宗伯掌教萬松書院余常得晉見公自述墜馬額破腦流後蒙古大夫治療之法甚奇而詳世傳所讀之書不復記憶此言過也但精神頓衰不能如舊耳公為余序中文孝經爾雅補注二書載文集公筆墨酬應、繁嬾於構思、喜集古人詩文成語、嘗集蘇題余著書齋圖云君方傍海看初日。無數雲山供點筆。清夢時時到玉堂。只恐先移北山檄。腹有詩書氣自華。一篇珠玉是生涯。給札看君賦雲夢。他年應作畫圖誇。畫工欲畫無窮意。笑人空腹談經義。若人如馬亦如班。故作明窗書小字。萬卷

卷之一　一

罨画楼诗话

此诗话编录法甚奇，全书无叶数，每叶自为起讫，长短数则，安排恰好，极为难得，不知其有何用意也。去年夏间买得，友人借阅，久留郊外。昨日始见还，因改订记之。廿八年一月十九日午，知堂书于北平。

《罨画楼诗话》八卷，清廖景文撰，清乾隆刻本。廖景文（约1713—？），字觐扬，号檀园，江苏青浦（今属上海）人。乾隆十二年（1747）举人，十九年会试登明通榜，二十一年任合肥知县，后因事去官。著有《古檀吟稿》《罨画楼诗话》等。缺卷三至四。版心上镌“清绮集”。书前有乾隆五十年（1785）廖景文自序、古檀小像，像后有张嘉猷题词。廖景文自序谈及此书的编纂和出版：“（宦游途中）或偶见口占，或遥为唱和，或得之目睹耳谈，凡诸零光片羽，尢不手自抄撮，即一生残毫剩墨，亦常留之小市金箱，盖所摭拾亦良富矣。辛卯春，抵鹭门官署，旧雨晨星，吟情如睹，不禁感今追昔，取而汇之，年侄黄君长汀请付梨枣，为名之曰清绮集。”书中内容引用书目达数十种，以作者自己所撰为主，兼及他人著述，如《西樵诗话》、查为仁《莲坡诗话》等。

此詩話編録係古今全書與葉數每葉自為起訖吾選數則安排恰好極為難得不知其有何用意也去年夏間為友人借閱久留郊外昨日始見還存後訂記之廿八年一月十九日午知堂書於北平

知堂書記

是詩書麴蘖醞釀就此覩模慣唫對壺冰量移尺玉靜掩紗幮誰如指呃水吸旱巨川濟後一舟癡料理柔〻阮屐將迎雯〻潘輿　披圖合喚來呼蘸臭味略無殊祇文三画物畫顛潔癖一樣工夫歌呼逸才借問又徵之紈縵牧〻麤道氣常流杖履高蹤不涸椎漁　木蘭花慢

雲漁張嘉畝拜題

罨畫樓詩話

杜韓作詩或用險韻以見奇後人效之多成強押毛奇齡嘗謂纖題險韻皆不必作誠爲至言　瞻岵詩話

古今流傳名句如思君如流水如池塘生春草如澄江淨如練如紅藥當階翻如月映清淮流如芙蓉露下落如空梁落燕泥其情景俱佳足資吟咏然不如南登霸陵岸回首望長安忠厚悱惻得遲遲我行之意　說詩晬語

陶靖节纪事诗品

民国廿四年二月七日，即乙亥四日，在厂甸得此。知堂记。

《陶靖节纪事诗品》四卷，清钟秀编，清同治刻本。此题记写于函套上。书前有同治十三年（1874）钟秀自序。钟秀（1808—？），字官城，江西赣县（今江西赣州赣县区）人，官至刑部司官，著有《观我生斋诗话》四卷。[1]书末钤有“如之何如之何”印，相关说明参见“二树山人写梅诗”条。

[1] 蒋寅《清诗话考》有专条及此，见第607—608页。

民国廿四年二月七日即乙亥四日

在厰甸得此

知堂记

陶靖節紀事詩品四卷

鍾官城編

苦茶庵

梦痕馆诗话

玉津翁不知何名，自云系石笥宗人，然则当姓胡，亦山阴人也，诗话无足取，其系乡邦文献，故存之。民国廿四年三月二十日知堂记。

此人名胡薇元，大兴人，虽原籍山阴，今不以越人论可也。廿八年三月廿日又记。

《梦痕馆诗话》四卷，民国三年（1914）刻本。胡薇元（1850—？）字孝博，号诗舲，又号玉津，别号玉居士、七十二峰隐者，室名玉津阁，直隶大兴（今属北京）人，祖籍浙江山阴，光绪三年（1877）进士，官至陕西同州知府，所著结为《玉津阁丛书甲集》十二种。石笥，胡天游字，系胡薇元高祖。

玉津翁不知何名自云係石笥宗人然則當姓胡亦山陰人也詩話無足取而其係鄉邦文獻故存之 民國廿四年三月二十日 知堂記

知堂

此人名胡薇元大興人則原籍山陰今亦以越人論可也 廿八年三月廿日 又記

夢痕館詩話卷一

七十二峰隱者撰

宣統戊申秋僕奉召入都同年徐仁父楊嘯邨何梅叟集萬柳堂言及時事岌岌可危小雅繁霜之憂復見于今仁父謂陳氏稽古篇云或疑正月詩是東遷後作以赫赫宗周褒姒威之二語爲據也僕言此周室將亾之語也國語幽王三年山川震伯陽父料周之亾不過十年鄭桓公爲司徒謀逃死之所史伯引檿弧之謠龍漦之讖決周亾不及三稔梅叟乃云方今立憲之說議院之設卽召彼故老訊之占夢也言之龐雜人之無忌憚卽具曰予聖誰知烏之雌雄也而陰雨之懷我輩眞不自我先不自我後我瞻四方蹙蹙靡所騁之時僕太息吟曰憂心如惔不敢戲談國既卒斬何用不監相與

诗话新编

此即《试律新话》也，不知何以改头换面而成此书。知堂。

《诗话新编》四卷，清倪鸿辑，清光绪十四年（1888）刻本。书名页镌“光绪戊子夏新镌”“东塾草堂家藏本”等字。书前有同治十二年（1873）王拯、罗惇衍序以及倪鸿自序。倪鸿（1829—1892），字延年，号耘劬，广西临桂（今桂林）人，曾官福建候补知县，撰有《退遂斋诗钞》《桐荫清话》八卷等。

《试律新话》初刻于同治十二年，系临桂倪氏野水闲鸥馆刻本，光绪时仁和葛氏啸园重刻。此《诗话新编》乃据同治刻板剜改而成。

此即试律新话也不知何以改头换面而成此书　知堂

詩話新編卷一

臨桂倪鴻耘劬輯

日下尊聞恭錄 高宗純皇帝御製詩極多如乾隆庚辰 朝考題爲南風之薰得同字謹按 御製句云在位虞賓讓來儀鳳鳥翀又試浙江士子題爲春雨如膏得逢字 御製句云雯霎初猶細霈霶繼遂濃荼花黃沃灌柳葉綠鬖鬖又庚辰 恩科鄉試題爲平秩西成 御製句云秋收報介福天眷益昭明六星躔日次八月秩金行順時將出塞

荔墙词

民国二十一年三月十七日衬订《荔墙词》讫，题记于北平苦雨斋。作人。

《荔墙词》，清汪曰桢撰，清同治二年（1863）刻本。汪曰桢（1813—1881），字刚木，号谢城，又号薪甫，浙江乌程（今湖州）人。曾官会稽县学教谕，精史学、算学，通音韵之学，好填词，善医术，刊刻有《荔墙丛刻》。

《周作人日记》1932年3月17日载：“上午衬订《荔墙词》《客杭日记》。”[1]

[1]《周作人日记（下）》，第208页。

民国二十一年三月十七日襯訂荔墙

词讫题记 於北平苦雨斋

作人

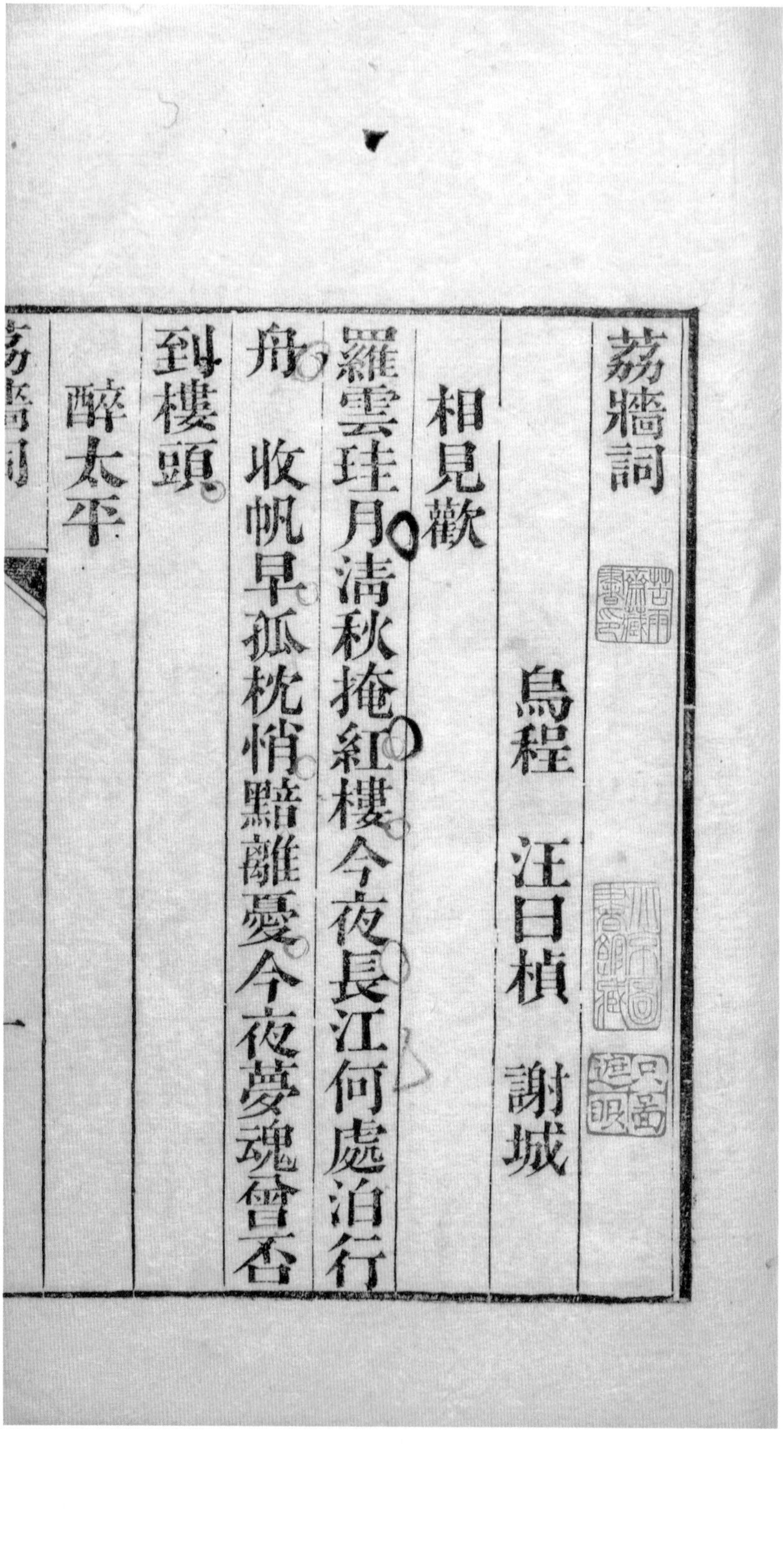

荔牆詞

烏程 汪曰楨 謝城

相見歡

羅雲珪月清秋掩紅樓今夜長江何處泊行舟 收帆早孤枕悄黯離憂今夜夢魂曾否到樓頭

醉太平

荔牆詞

红萼轩词牌

民国廿二年二月得此书于北平隆福寺街三友堂，价银四元也。知堂记。

《红萼轩词牌》一卷，清孔传铎编，清刻本。孔传铎（1673—1735），字牖民，号振路，山东曲阜人，康熙间赐二品冠服，袭封衍圣公，辑有《阙里盛典》，工诗词，著有《安怀堂全集》。《清史稿》卷四百八十三有传。本书前有孔传铎、顾彩序，后有孔传鋕跋。

《红萼轩词牌》为词选集，包括一百二十首词，长调、中调、小令皆有。孔传铎在序中言其“冬夜与顾子湘槎挑灯展卷，论次唐五代宋元人词，择其佳者汇录成帙，较他家词选为富，而又别制词牌，取其便于觞政，为调凡百二十，皆取调不聱牙、词堪击节者，付之枣梨”。

知必應鼓掌大笑曰吾添一勝己之
友矣

闕里孔傳鋕西銘氏跋并書

孔傳鋕印

西銘

六

民國廿二年二月得此書於北平隆福寺
街三友堂價銀四元也 知堂記

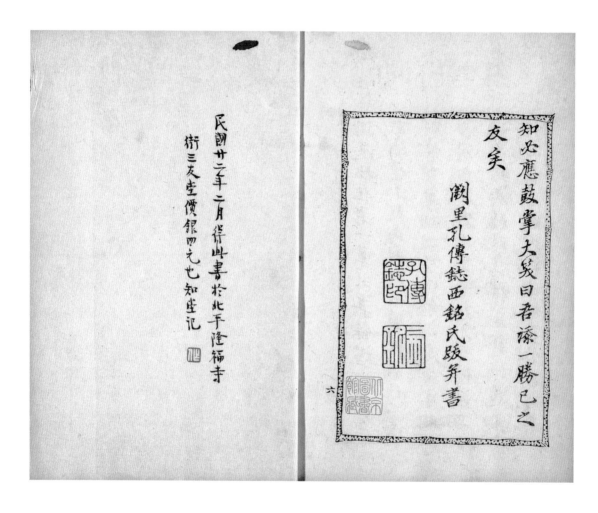

詞壇雅玫

詩餘牌引

昔人有言日夜者日之餘冬者歲之餘老者壯之餘餘也者極盛而將衰將衰而未盡之謂也夫詩自三百篇變而漢魏又變而三唐三唐之詩極盛而無以

惜餘春慢　鄂仲逸　長

弄月餘花團風輕絮露濕池塘春草鶯〻戀友燕〻將離欄悵矓殘清曉還似初相見時攜手旗亭酒香梅小酌登臨長是傷春滋味淚彈多少因甚却輕許風流終非長久又說分飛煩惱羅衣瘦損繡被香消那更亂紅如掃門外無窮路歧天若有情和天須老念高唐歸夢淒涼何處不流雲遶

四鸣蝉

《四鸣蝉》一卷，所收汉译杂剧凡谣曲二，歌舞伎、净琉璃各一。《熊野》《赖政》皆世阿弥作，《山琦与次兵卫寿门松》为近松作，《大塔宫曦铠》则是出云作也。堂堂堂主人又称“白霓居士”，不知为谁。此书刊于明和辛卯，即乾隆三十六年。其时法梧门正十九岁，以第二名入学云。日本有汉译《忠臣藏》，序题“乾隆五十九年”，殆可与此竞爽。廿九年十一月四日灯下，知堂记于北平。

此书原在东京神田山本书店，今托王仲廉君购得寄来，价金八圆也。王君来书，颇嫌其旧敝，有虫蛀。唯如书目上所注，实不多见，不妨称之为珍本也。知堂又记。

《四鸣蝉》一卷，（日本）亭亭亭主人译，（日本）堂堂堂主人训，日本明和八年（1771）刻本。

知堂在书话文章《四鸣蝉》中谈到：“近代日本文学作品，由本国人翻为汉文，木刻出版者，在江户时代中期大约不很少，我在北京所见已有三种”[1]，分别是《艳歌选》《海外奇谈》和《四鸣蝉》。《四鸣蝉》凡收译文四篇：《惜花记》（原名《熊野》，亦作《汤屋》）、《扇芝记》（原名《赖政》）、《移松记》（原名《山琦与次兵卫寿门松》）、《曦铠记》（原名《大塔宫曦铠传说》）。《海外奇谈》一名《日本忠臣库》，为《假名手本忠臣藏》之译本。先生藏有一部日本宝文阁刻本《日本忠臣库》，其前有乾隆五十九年（1794）译者鸿濛陈人撰写的“忠臣库题辞”。

题记中提到的“王仲廉君”指王钟麟。王钟麟（1901—1958），字仲廉，号古鲁，江苏常熟人，著有《言语学通论》，译有《中国近世戏曲史》。当时王钟麟任教于日本东京文理科大学，故而才有周作人托其购书之举。

[1]《知堂书话》，第308页。

四鳴蟬一卷所收漢譯樣劇凡謠曲二歌舞伎淨瑠璃各一熊野頼政皆世阿彌作山崎與次兵衛壽門松為近松作大塔宮曦鎧則是出雲作也書〻書主人又稱白兎居士不知為誰此書刊於明和辛卯即乾隆三十六年其時法橋門正十九歲以第二名入学云見本有漢譯忠臣藏序題乾隆五十九年殆可與此並觀廿九年十一月四日灯下知堂記於北平

知堂書記

此書原於東京神田山本書店今託王仲廉君購得寄來價金八圓也王君來書頗嫌其舊敝有虫蛀唯如書目上所注实不多見不妨稱之為珍本也 知堂又記

四鳴蟬

惜花記

司樂家本　題湯屋

（生扮平宗盛頭戴風折帽身穿繡衣外披長絹腰繫大口袴手把叉扇上臺云）自家平宗盛是也曾有這個遠江州池田宿長呼瑜耶者留他在京師久矣近日他家母親害出老病幾回寄信告暇要回省去今春既在花時且要挾他遊賞一回故仍留他了有誰伺候（丑扮從士戴烏帽繫袴提着小刀隨生既在上云）（丑云）在左右（生云）有瑜耶來要告我（丑云）領旨

窣地錦襠詞

（小旦扮[illegible][illegible]掩假面戴假髮穿繡衣文書揷襟端上唱）夢時一霎惜光春是一夢霎時堪惜春順路探花物華

越南使臣诗稿

三十三年八月二十日谢五知君见赠，知堂。

《越南使臣诗稿》一卷，清越南阮述等撰，清抄本。钤“谢兴尧藏”印，又有墨笔题“富察敦崇藏”。书末粘贴有梁鼎芬致张之洞密函一纸。

此书系鞠捷昌与越南使臣阮述、陈庆洊、阮懽、张仲刁等人的唱和诗。密函的内容言梁鼎芬近阅藩课卷中有文童避讳“醇”字，认为殊为不妥，直斥此人为乱臣贼子。

谢兴尧（1906—2006），号五知，四川射洪人，著名太平天国史研究专家。曾任人民日报社图书馆馆长。

三十二年八月二十日

徐正知君见赠

知堂

贈越南國　貢使阮荷亭用王馨庭觀察原韻

鞠捷昌

曉氣霜清驛路開雲邊雁共使星來
天家萬里車書會海國九能著作才五馬風塵慚學步（時余已奉赴任宛郡之檄）
重陽時節喜追陪黃花紅葉皆吟料收入奚囊珍重回

鄭州道中口占用阮荷亭贈王馨庭觀察原韻

多稼西成麥脚新皋原雨後净無塵朝煙鋪白迷平楚霜
葉添紅作小春（時將屆立冬矣）海外英才儲杞梓眼中俊物楦麒麟

當陽

参考文献

周作人著文，钟叔河编订：《知堂序跋》，中国人民大学出版社2004年版。

周作人著文，钟叔河编订：《知堂书话》，中国人民大学出版社2004年版。

鲁迅博物馆藏：《周作人日记》，大象出版社1996年版。

周作人著，止庵校订：《周作人自编集》，北京十月文艺出版社2011—2013年版。

周作人、俞平伯著，孙玉蓉编注：《周作人、俞平伯往来通信集》，上海译文出版社2014年版。

张菊香、张铁荣编著：《周作人年谱》，天津人民出版社2000年版。

孙殿起：《琉璃厂小志》，上海书店出版社2010年版。

郑伟章著：《文献家通考》，中华书局1999年版。

李灵年、杨忠主编：《清人别集总目》，安徽教育出版社2000年版。

柯愈春著：《清人诗文集总目提要》，北京古籍出版社2001年版。

陈玉堂编著：《中国近现代人物名号大辞典》，浙江古籍出版社2005年版。

后 记

说实话，因为所学的专业是历史，不是文学，在参加工作之前，我对知堂的印象，不外乎以下三点：鲁迅的弟弟、著名的文学家、抗战时期曾附逆。近年在阅读知堂著作《雨天的书》的时候，我猛然想起，上大学后买的第一部书好像就是这个名，至于作者是谁，已经完全想不起来了。这或许可以视为作者与知堂冥冥中的一种缘分。

工作后，我参与了国家图书馆所藏普通古籍的回溯编目，经眼了大量的古籍，并且在书中发现不少知堂的题记，于是和同事石光明老师合作，撰写了《周作人藏书题记辑录》一文，发表在《文献》上。后来笔者在工作中陆续又收集了一些，在所编著的《文津识小录》中予以了揭示。

2019年年初，我决定系统整理馆藏古籍中的知堂藏书题记，并将之编纂成书。随后，我开始全面阅读知堂全集、日记、年谱等，深入了解知堂；阅读相关的研究论著，了解知堂藏书题记的整理状况；有目的地翻阅普通古籍中的知堂藏书，辑录书中的题记。经过三年的努力，初步实现了当时的目标，这就是如今呈现给读者的《知堂古籍藏书题记》。

近些年来，知堂古籍藏书题记的整理引起了学界的关注，已经陆续有一些成果发表。这给我的整理工作提供了参考和便利。本书能够出版，离不开古籍馆领导和同事的大力支持，也离不开国家图书馆出版社领导的大力支持。编辑王燕来先生自始至终的肯定、鼓励、催促和辛勤付出，使本书得以顺利出版。韦力先生拨冗赐序，为本书增色添彩。在此，我对大家的支持致以诚挚的谢意！

限于学识，整理之中难免有不足、错误之处，敬请读者不吝赐教。

谢冬荣

2022年3月

相关系列图书

《**书魂寻踪**》/ 韦力撰

《**文津识小录**》/ 谢冬荣编著

《**文津书话**》/ 谢冬荣著

《**嘉树堂序跋录**》/ 陈郁著

《**守藏集**》/ 刘波、林世田著

《**妙无余——中国藏书印的历史与文化**》/ 王玥琳编著

《**脉望——书魂寻踪续集**》/ 韦力著（即将出版）

《**馆窥——我的图书馆之旅**》/ 韦力著（即将出版）